马克·吐温小说精选

[美]马克·吐温 著　李彦 译

中国友谊出版公司

图书在版编目（CIP）数据

马克·吐温小说精选 /（美）马克·吐温著 ；李彦译. — 北京 ：中国友谊出版公司，2017.9（2021.6重印）

书名原文：The Signet Classic Book of Mark Twain's Short Stories

ISBN 978-7-5057-4146-1

Ⅰ. ①马… Ⅱ. ①马… ②李… Ⅲ. ①中篇小说－小说集－美国－近代②短篇小说－小说集－美国－近代 Ⅳ. ①I712.44

中国版本图书馆CIP数据核字(2017)第196375号

书名 **马克·吐温小说精选**
作者 [美]马克·吐温
译者 李彦
出版 中国友谊出版公司
发行 中国友谊出版公司
经销 新华书店
印刷 北京中科印刷有限公司
规格 889×1194毫米 32开
9印张 185千字
版次 2018年6月第1版
印次 2021年6月第4次印刷
书号 ISBN 978-7-5057-4146-1
定价 39.80元
地址 北京市朝阳区西坝河南里17号楼
邮编 100028
电话 （010）64678009

目录

译者序

密西西比河上的漂流赋予马克·吐温（Mark Twain，1835—1910）纵横恣肆的笔风，可以说当代人在编故事的本领上真的很难超越这位巨匠。本书中这些中短篇作品怎么看都不像是对历史或文学的记述，倒像是一位饱尝了江湖风险后的老人，擎着一只烟斗与身边过客神侃消磨时间。那只跳蛙的故事总是听过的，其中不可思议的情节、痛揭人性的结局谁能不为之惊叹呢？马氏以笔锋辛辣、戏谑人生而著称，文论界将他供奉在美国批判现实主义文学的奠基人、世界著名的短篇小说大师的宝座上。或许阅尽近现代文学的你并不肯贸然相信，毕竟马氏在中国风头最健的时候，中国文论界还是无产阶级文学评论最昌盛。

接受翻译马氏名篇的任务在1998年，然则因为出版业为当时的读者市场所左右，最终放弃了出版全集的计划。其后又有两家出版社对该书表示有兴趣，然则每每兴奋谈起，败兴结局。时隔十七年，读者的审美曲折变迁了几个回环，最后又回到了经典的怀抱，由此可见，文学经典是超越时间界限的。

本书中的选篇无不是马克·吐温戏谑名篇。其辛辣不因篇幅而空洞，其回味不因长度而浅薄。其中最知名的《百万英镑》，是马氏作品中典型的甜文。其余作品也都以主人公历经艰辛、最终好人赢得美满结局为主要特色，当然不可或缺的元素是揭示一些社会的“潜规则”。

《百万英镑》是本书中最脍炙人口的作品，故事情节紧张而富于戏剧性。谁料想规律而进取的生活因周末的出游而彻底改变，然而不破不立的社会规律再一次显现出其超强悍的话语权。这个沦落街头的小伙子凭靠气派和修养，以及有了一张百万钞票赢得了真正的富贵，甚至美满的姻缘。本文与已有译本唯一的不同点在于措辞，毕竟这样一篇内容轻松、结局美好的故事语言也应当轻松愉快，译者并不想用佶屈聱牙的辞藻来表现自己的学养。

人从什么时候开始撒谎呢？让我们推算一下吧。马克顿足捶胸坦白了“第一次撒谎又是如何改邪归正”的经历，与世人共勉。那是一只别针的故事，发生在 1835 年。

阿尔弗雷德·帕里什把护照丢了，“要家要自由，还是要西伯利亚要死亡”，全看他的父亲怎么评价一幅邻家男孩的画作。你说稀奇不稀奇？让我们感谢上帝创造了这位艺术家吧！因为那幅画简直就是你可能做过的最可怕的噩梦，然而如果它能帮你找到身份证明人的话，它简直就是天地造化了。

另一位已然故世的老马先生曾经调侃偏方治大病的故事，这位老马也介绍了一剂偏方：西瓜。当然故事的魅力并不在西瓜上，就算是三角形的西瓜又能如何？大不过贵一点。不过再看看出身社会底层的扫烟囱的小汤米是怎么上达天听的吧，有没有点触动呢？有一首新生代诗写得好："这人生本没有路，有的只是网络。"当你请十个人吃饭的时候就正好坐在十条线的结点上举杯。

见过"一赶五"的角色吗？有没有想起什么京剧名角或者《古今大战秦俑情》之类的情节？这出戏是在维也纳的伯格剧院上演的《巴尔米拉的主宰者》，估计马氏未必真的相信灵魂转世，他只是想给世人提个建议，生活并不总是喜剧的，严肃与孤独的情节同样真实。

"外交官的薪水与衣着"向来不是平民百姓需要考虑的事，然而细腻入微的马克先生居然注意到了。因为美国大使收入菲薄，官方场合露面的时候只能穿着毫无高雅尊贵可言的服装，比起别国官员来说，美国大使的朝服简直就是一声虔诚而激昂的谴责。至于话外音就要看读者的理解了。

弗朗索瓦兹·米勒究竟是"活着还是死了"呢？出名的未必是真才子，才子未必出名，反正艺术家如果还活着，他的作品是卖不出好价钱的。如果死了……？四个绘画朋友用掷色子的方式选出米勒，第二天三个人带着几个法郎上路了。长路行走，鼓号喧天，米勒出名了。也许合上书本时，你瞥见有个陌生的身影闪进隔壁的寓所，而他就是某个早已妇孺皆知、不在人间的巨匠呢！

奥地利的爱迪生逃过兵役，可他是著名的发明家，政府也打算帮他合理合法地解决这个问题。于是在官方煞费苦心地寻找之下，终于找到一条已经让人民忘在脑后的法令来，于是发明家可以免除兵役了，但他必须成为一名小学校长，每两个月回村子一趟，给学生上半天课。掩卷之余，亲爱的读者，你说谁才是真正的发明家呢？是什切潘尼克，是政府，还是马克·吐温呢？

人之初，只有亚当和夏娃两个人。夏娃居然从树林里找到一条鱼，还总是半宿抱着它，和它做游戏。后来亚当发现它不是鱼，恐怕是只袋鼠，再后来又有点像熊。十年之后才明白，它是个男孩子。亚当显然因为没有把苹果核咽下肚，写的日记也让人费解。当然如果你环顾周围，你的家人、你的居所，处处都是线索。

《死亡赌博》的故事发生在克伦威尔时代，英勇的军官为了军人的荣誉违犯了护国公的军令，他和另外几名军官之中有一个人面临死亡。小女儿艾比亲自登场了，解决了克伦威尔的两难之境。孩子把死亡圆盘交给了父亲，人间的悲剧莫过于此了。幸而上帝在关上门的时候没有忘记开启一扇窗。

马克·吐温的思想和创作从轻快调笑到辛辣讽刺再到悲观厌世，经历过三个阶段。他的早期创作，如短篇小说《竞选州长》（1870）等，以幽默、诙谐的笔法嘲笑美国“民主选举”的荒谬和“民主天堂”的本质。中期作品，如长篇小说《镀金时代》（1874，与华纳合写）、代表作长篇小说《赫克贝利·芬恩历险记》（1886）及《傻瓜威尔逊》（1893）等，则以深沉、辛辣的笔调讽刺和揭露像瘟疫般盛行于美国的投机、拜金狂热，及暗无天日的社会现实与惨无人道的种族歧视。《赫克贝利·芬恩历险记》通过白人小孩赫克跟逃亡黑奴吉姆结伴在密西西比河流浪的故事，不仅批判封建家庭结仇械斗的野蛮，揭露私刑的毫无理性，而且讽刺宗教的虚伪愚昧，谴责蓄奴制的罪恶，并歌颂黑奴的优秀品质，宣传不分种族地位人人都享有自由权利的进步主张。

19世纪末，随着美国进入帝国主义发展阶段，马克·吐温一些游记、杂文、政论，如《赤道环行记》(1897)、中篇小说《败坏了哈德莱堡名声的人》(1900)、《神秘来客》(1916）等的批判揭露意义也逐渐减弱，而绝望神秘情绪则有所生长。他被誉为“美国文学中的林肯”。本书并非全集，只摘选了马氏著作中或老少皆知，或默默无闻的十来篇中短篇作品。我们认为就好像许多伟人的一生一样，不可能每一个决定都是惊世妙笔，马克·吐温最吸引人的作品都在这部文集之中，等待你去发掘她的魅力。

百万英镑

二十七岁的时候，我在旧金山的一家矿产代理商的公司里做职员，股票领域的一切细枝末节我都精通得很。当时我孑然一身，毫无倚仗，能赖以为生的只有自己的这点才华，还有清白的名声。然而正是因为有才华有好名声才让我踏上致富之路，心甘情愿地为璀璨的未来而奋斗。

周六下午股市收盘之后，我的时间就都由自己支配了，我习惯于在此时划上一条小舟到海湾里待会儿。有一天，我的泛舟探险之旅出了格，一直划到了海面上。夜色垂了下来，我堪堪要丧失所有希望的时候，却被一艘开往伦敦的大型双桅的横帆船救了起来。漫长的航程中风雨交加，他们让我当一个普通水手，用劳力抵充船票的钱。抵达伦敦时，我上了岸，这时候已经衣衫褴褛，只有一块钱傍身了。就靠这一块钱，我解决了二十四小时的食宿问题。随后的二十四小时里我既没有食物可以果腹，也没有片瓦能够遮头了。

再之后的那个白天，大约在上午十点钟左右，我当时穿着一身破衣烂衫，饿着肚子，拖着脚步在波特兰大街上走。这时一个保姆领着一个小孩走过我身边，一只肥美的大鸭梨就被他扔进了下水道，才刚刚咬了一小口。我自然停住了脚步，渴求的目光紧紧地盯住了那个满身泥污的至宝。我口水泛滥，我的胃肠是那么需要它，我的整个躯体都在祈求它的垂怜。然而，但凡我稍微动作一下想去把它捡起来的时候，就有过路的人发现我的动机，于是我又只好站直了身子，装出对它完全无动于衷的样子。同样的情况一次又一次地重现，我怎么也拿不到那个梨。正当我绝望到准备不要脸、捡了梨再说的时候，身后的一扇窗子打开了，一位绅士在窗子里开口道：

“请进这里来。”

一位身穿华美制服的侍者为我开了门，带我来到一个美轮美奂的房间，两位年长的绅士正坐在里面。他们要侍者退下，而后请我落座。两人刚刚用过早餐，那席上的残羹冷炙一入眼就征服了我。有这些食物在眼前，我很难保持自己的机智，然而没有人要我品尝，我只好强忍着。

这间屋里刚刚发生了一件事，直到好多天以后我才知道事情的原委，我现在就告诉你是怎么回事。这两位是老哥俩，这两天有件事两人观点相左，争执不休，最后俩人议定打个赌来论输赢——这是英国人摆平事端的手法。

你也许记得，英格兰银行曾经发行过两张面值一百万英镑的巨额钞票，原本要用于和某一个国家之间进行的一个特殊的交易。不知什么缘故，只用了其中一张，而后就注销了；另一张还躺在英格兰银行的地下室里。好了，这对老兄弟聊天的时候突发奇想：假如有位诚实守信、足智多谋的外地人在伦敦落了难，没有朋友可以求助，除了一张百万英镑的巨钞没有别的资金可以依赖，而且还没有办法证明自己就是这张巨钞的主人，那么这个人会遭受怎样的命运呢？兄弟甲说这个人肯定会饿死；兄弟乙说饿不死。兄弟甲说，无论是银行还是别的什么地方这张巨钞都没法用，因为他肯定会被人家当场逮捕。于是兄弟俩争论了起来，直到最后，乙说愿意出两万镑打赌，赌这个人靠着这张巨钞怎么也能挺过三十天，而且不会被抓进监狱。甲接受了提议，而后乙跑到英格兰银行把那张巨钞买了回来。你瞧，百分百的英国派儿，胆气十足。而后，他口述了一封信，让一位职员用优美的圆体字书写出来。再后来兄弟俩就坐在窗前待了整整一天，等候着找到一个合适的人选把这张巨钞交给他。

他们看到了形形色色的面孔：很多人看起来诚实可信，但不够聪明；有的聪明伶俐，却不够诚实；还有不少既聪明又诚实，但是算不上穷光蛋；即便瞧见一个穷光蛋，偏偏又不是外乡人。总有一点不尽如人意，直到最后我出现了。这次两兄弟达成了共识，认为我符合所有的条件，一致选定了我。而现在我正等着人家告诉我究竟为什么叫我来这里呢。他们开始询问一些有关我个人情况的问题，不多久就摸清了我的身世。最后，他们告诉我，我的情况正合他们的心意。我说很高兴自己能合二位的心意，但不知是哪方面。两位之中的一位递给我一个信封，说打开一看就明白了。我正要打开信封，他却阻止了我，要我带到下处去再仔仔细细地看，不能浮光掠影地看，也不能鲁莽从事。我摸不着头脑，还想要进一步谈谈，他们却不肯。于是我只得告退，他们显然是拿我开涮呢，可我的境况由不得自己冒犯这些有钱有势的人，不得不忍受人家的羞辱，心底觉得很受伤。

我本来可以捡起那个鸭梨，当着全世界的面吃掉，可是现在鸭梨不见了。就是说因为不凑巧碰到这件事，我连鸭梨都丢了，一想到这里，对那两位的怨念就一丝儿也减不掉了。刚刚走到看不见那座房子的地方，我便打开了信封，却发现里面装的居然是钱！跟你说实话，我对他们的看法一下子就转变了！我一分钟也没耽搁，把信和钱往马甲口袋里一塞，拔腿就往离我最近的便宜小吃店跑。哇，真是好一顿胡吃海塞啊！到最后肚子实在撑不下了，我才把钱掏出来、展开，只扫了一眼，我差点晕了过去。五百万美金！怎么会这样，我的脑袋都不会转了。

我目瞪口呆、两眼放光地瞪着那张巨钞足足一分钟才神魂归位。而后发现，第一个映入眼帘的是小店老板。他的目光全在钞票上，仿佛已经石化了。他全身心都在膜拜这张钞票，看上去手脚都不会动了。我顿时灵机一动，采取了唯一理智的举动。我把钞票递给他，一副浑不在意的样子说：

"请您给找钱吧。"

他这才恢复了常态，千言万语地道着歉，说实在找不开，无论怎么说都不肯碰我的钞票。他其实想看，一个劲儿地打量；好像怎么看也看不够似的，可是偏偏又畏畏缩缩地不敢碰它，仿佛那上面有什么神圣的灵光，像他这样的肉体凡胎是承受不住的。我说："若是给您添麻烦了，我很抱歉，但是我坚持您要收下。请给我找钱；我没有其他钱了。"

可是他说没关系；这点小事微不足道，他很乐意下次再说。我说，很长一段时间内恐怕不会来这一带；他又说无所谓，他等得，而且下次我想吃什么就吃什么，愿意什么时候来就什么时候来，结账的事乐意什么时候结就什么时候结。他说，总不能就因为我本性活泼，喜欢乔装打扮跟老百姓开个玩笑，他就信不过我这样一位有钱的绅士。这时候又进来一位吃客，于是老板示意我把这张巨灵神收起来，然后一路鞠躬如也地送我出了门。我抬脚就直奔那座房子而去，那兄弟两人犯了这么大一个错误，得赶紧找他们纠正过来，别等警察把我抓起来替我纠正错误。我精神高度紧张，简直是忐忑不安。虽说不是我的错，但是我很了解人性，我知道要是他们发现本想用一个英镑打发一个流浪汉，结果错把一百万英镑打发了出去，他们肯定要大发雷霆臭骂流浪汉一顿，却绝不会怪自己眼神不济。那房子越走越近，我发现四下里平安无事，忐忑的心情才渐渐平复，我断定还没有人发觉给错了钞票。我按响了门铃。出来的还是那个侍者。我求见两位绅士。

"他们走了。"他摆出一副高傲冰冷的态度说道，就是他这种人惯常的口吻。

"走了？去哪里？"

"旅行。"

"可是去什么地方？"

"我想是去欧洲大陆了。"

“欧洲大陆？”

“是的，先生。”

“什么方向——走哪条路线？”

“无可奉告，先生。”

“何时返回？”

“他们说一个月后。”

“一个月啊！噢，糟糕！给我出个主意吧，怎么才能给他们传个信。事情迫在眉睫。”

“实在是无能为力。他们去了哪里我根本不清楚，先生。”

“那么，我必须面见他们家的其他人。”

“全家都走了；出国几个月了——我想他们都在埃及和印度呢。”

“小伙子，出了一个万分严重的错误。不入夜他们肯定会回家。可否请你告诉他们我来过，这件事一天没有处理妥当，我就天天来，他们不必担心？”

“他们一回来我就转告他们，但是我料定他们不会回来的。他们说过，你走后一个小时之内肯定会赶回来询问他们的行踪，我必须告诉你一切正常。他们会按时返回等着你来。”

话说到这份上我只好不再追问，走开了。真是猜不透！我好像一点头绪都没有。他们会“按时”返回。按的什么时？对了，那封信上也许说了。我把信的事忘光了；抽出信来一看，上面写道：“你的面容透露出你头脑聪明、诚实可信。我们看出你手头拮据，来自外乡。信封里有一笔钱，可以借给你用三十天，不用付利息。期限截止当日你要来这座宅邸汇报。我以你的事情打了个赌。如果我赢了，你可以在我的职权范畴内任选一个职位就任——所谓任选的职位指的是你能够证明自己确实熟知并且能够胜任的任何职位。”

信后没有署名、没有地址，也没有标明日期。

哇，好大一团乱麻呀！这件事的起因你现在已经知道了，但是我当时对此毫不知情。那时候我就仿佛陷身于一个乌漆墨黑的地洞，这个游戏究竟是怎么回事我一丁点都不明白，也不清楚卷进去是福还是祸。我走进一个公园坐下来，想梳理一下思绪，考虑该如何是好。

经过整整一个小时的推想，我终于归结出以下的结论：

那两个人也许出于好心，也许出于歹意，无可推究，所以就不研究了。他们设计了一个游戏，也许是一个阴谋，也许只是一个实验，无可推究究竟是什么，所以也不研究了。他们拿我打了个赌，赌的内容无可推究，所以也不研究了。于是无法确定的成分都清理出去了，剩余的部分都是看得见、摸得着、实打实的，或许可以贴上确认的标签。如果我要求英格兰银行将这张钞票存入那个人的账户，对方肯定会照办，因为银行认识此人，虽说我不知道他的身份；但是银行必定要问我这张钞票怎么落到了我的手里。如果实话实说，银行自然会把我送到收容所；如果满嘴跑火车，他们会把我送进拘留所。如果我企图把钞票存在哪家银行里，或者抵押了它换点钱，下场也一样。不管我乐意不乐意，我只得扛着这个“亚力山大”的包袱，一直扛到那两个人回来。这张钞票对我百无一用，形同废纸一张，可是我还得一边讨生活，一边小心看好了它，照顾它。即使想甩掉它也办不到，因为无论安善良民还是拦路的强梁都不肯要它，一指头都不会碰。那兄弟两个一点风险都没有。即便我把钞票丢了或者烧了，还是没有损失，因为他们可以要求银行止付，他们的财产分毫不动；可是这个月里我操心受累，既没有辛苦费可拿，也没有红利可分——除非我能帮他赢了赌约，无论究竟赌的是什么吧，我就能获得许诺给我的职位。我情愿得到那个职位，因为他们那个层次的人职权所及的职位都是值得搏一搏的。

想到那个职位，我浮想联翩，开始越来越期盼。毋庸置疑，薪水绝对可观，一个月之后就能开工，熬过一个月我就万事大吉了。一霎时我感觉妙极了。想到此处我又在街道上游荡起来。一家裁缝店映入眼帘，我立时产生了一个强烈的愿望，想要剥掉这身破衣烂衫，给自己重新置一身体面的行头。买得起吗？买不起，除了那张百万英镑，我身无分文。因此，我强自压抑着继续往前走。然而过不多久我又晃了回来。那诱惑好比酷刑折磨着我。在坚决地和这个诱惑做斗争的过程中，我已经在裁缝店门口来来回回往返六趟了。最终，我还是屈从，只有投降了事。我问他们是否有人家不合身甩下的衣服。我问的那个伙计没应声，只是朝另一个人点了点头。我又朝他示意的那个伙计走去，他同样一声不吭，又朝第三个人点了点头。我朝这个人走去，他说：

“马上就来。”

一直等到他干完手头上的活，他才引我去里间屋，在一堆被人退货的衣服里扒了扒，捡出最邋遢的一套给了我。我换上了衣服，并不合身，一点也不好看，但终归是新衣服，我急不可待地想要买下来；所以我什么毛病也没挑，只是不太自信地说：

“如果您可以赊几天的账我将不胜感激。我身上没有带零钱。”

那个伙计做出一副极其嘲讽的表情，说道：

“哦，您没零钱啊？好吧，当然了，我原本也料定您没带。我以为像您这样的绅士只带大钞票出门呢。”

我被他刺痛了，说道：

“朋友，碰到陌生人，可别只看衣服不看人啊。衣服我买得起，只是怕你找不开大票子，不想给您添麻烦罢了。”

听了这话，他稍微收敛了一点，可是说话的口吻还是有点那个劲儿，他说：

“我可没有出口伤人的意思，可是既然您怪罪了，我还是得说，您不分青红皂白就断言我们找不开您带的票子，按说找钱这事可不归您管。事情根本不是那样，我们肯定找得开。”

我把钞票递给他，说道：

“哦，太好了；很抱歉。”

他接了过去，脸上漾着笑意，就是那种满脸笑成一大朵花一样的笑容，笑容里藏着一层层的褶儿、一圈圈的皱、一团团的漩儿，整张脸仿佛往池塘里扔了一块砖头之后的样子。然而，才瞅了那张钞票一眼，他的笑容就冻住了，枯萎了下去，好像维苏威火山的山坡上有些平坦的地方遍布着起起伏伏，像虫子蠕动着爬过似的凝固了的熔岩。我从来没见过谁的笑脸定格成这副样子，顿成永恒了。那家伙抓着钞票站在当场，又带着那样一副表情，于是店主赶紧过来看看究竟怎么回事，他轻快地说道：

“喂，怎么回事？出了什么问题？您想要点什么？”

我说：“没有任何问题。我在等他找零钱。”

“去啊，去啊，给人家找零钱去，托德；给人家找零钱去。”

托德回嘴说：“给人家找零钱去！说得轻巧，先生，您自己瞧瞧这是多少钱。”

店主瞅了一眼，吹了一声悦耳的口哨，声音不高，而后一头扎进那堆退货的衣服里，劈手抓了这件、捡了那件。一边挑选一边激情地说话，仿佛是自言自语似的：

“托德真是个笨蛋——天生的笨蛋。他居然把这么一套让人难以启齿的衣服卖给一位古怪的百万富翁。他老是干傻事。他迟早得把百万富翁都轰走，因为他从来就分不清谁是百万富翁，谁是穷光蛋。啊，这才是我要找的东西。求求您把身上的衣服脱下来烧掉算了，先生。请您赏脸换上这件衬衫和外衣；这几件才对，太合适了——朴实、华美、端庄，这气派堪比王侯；原本是给一位外国的亲王做的——也许您还认识他，先生，哈利法克斯的赫斯庞达尔殿下。他把衣服留在这儿，带走了一件丧服，因为他母亲垂危了——可是后来并没去世。不过一切都好，怎么可能都照我们——我是说，都照他们——好啦！裤子正合适，衬得您很精神，先生；再试试马甲；啊哈，也合适！还有外套——我的主啊！瞧瞧，喏！完美——简直完美无缺！今生今世我头一回见到这么华丽的打扮！”

我表示满意。

“先生明见，先生明见。我得说，这身衣服能权且应付一阵子。不过，您等着瞧好了，看我们按照您的身材定制衣服。托德，过来，带上本子和笔；量一下尺码。裤长32英寸——”还有如此之类的话。不等我插一句话，他已经量完了，开始吩咐手下定做大礼服、日间礼服、衬衫，还有形形色色的衣服。我好容易才插嘴说道：

“不过，亲爱的先生，除非您愿意赊账，不确定付款的限期，或者您能找开零钱，否则我不能订制这些衣服。”

“不确定限期！这话太没底气了，先生，太没有底气了。得说无期限——这样说才给力，先生。托德，赶紧动手把这些衣服赶制出来，做好了一刻也别耽搁，按照这位绅士的地址送到府上去。那些无关紧要的客户先放一放。把先生的地址先记下来，然后——”

“我正要换个落脚处。下次顺路来的时候我会把新地址留下。”

“先生明见，先生明见。您慢走——请允许我送您出去，先生。走好——再会先生，再会。”

哇，这以后会发生什么事你还不明白吗？我只要随心所欲地买下自己想要的东西，然后要求人家找零钱。不出一个星期，所有舒适生活所需以及奢侈品我都配置得极为丰富了，还在汉诺威广场一家昂贵的私家旅馆里安置下来。正餐我都在旅馆里吃，但是早点我每每到哈里斯开的寒酸的小门脸吃，这张百万英镑给我换来的第一顿饭就是在那里吃的。我成就了哈里斯小吃店的成功。消息传开了，说有个怪异的外国人马甲口袋里装着一张百万英镑的巨钞常来光顾这家小店。有这句话就足够了。

当初那个勉强糊口的可怜小店，如今闻名遐迩、贵客盈门。哈里斯对我感恩戴德，非要借钱给我，推都推不掉；因此，虽然我仍然一文没有，但是囊中并不羞涩，过上了富足奢华的生活。我也估摸着，过不了多久这个美梦就得破碎，但是我现在正在梦中，如果不继续做下去，就得淹死在梦里。你瞧，这件事原本荒唐至极，可是现在因为有几分大祸临头的感觉，反而显出严肃而悲情的一面。夜色黯然降临时，这种悲情的感受每每从黑暗中浮现出来，警告我、威胁我，让我长吁短叹，让我翻来覆去、难以入睡。但是在明媚的阳光下，这点悲情的感觉又悄然消逝，我又醺然而笑，飘飘然起来。

这也不奇怪：我已经成为这座国际都会里大名鼎鼎的人物了，头脑的转变何止是一点点，那当真是很可观。当你拿起一份报纸，无论是英格兰的、苏格兰的，还是爱尔兰的，绝对会看到一两条有关"马甲口袋里揣着百万英镑的富豪"以及此人最近的所作所为、言谈话语的报道。最初，有关我的报道列在街谈巷语栏目的尾巴上；后来，就超过了爵士们的消息，再后来依次超越了准男爵、男爵，以此类推，随着我的名气越来越响亮，在报纸上的排名也越来越高，一直抵达社会地位的最高境界才维持不动。这时我的排名已经超越了所有非皇族出身的公爵和除了全英大主教以外所有的神职人员。不过注意，这可不算是名望，迄今为止我赢得的不过是名气。就在这时，有件事将我的名声推向了巅峰——就好比被皇室封赏了爵位一样——于是我那不堪一击的名气瞬时化作了万古长青的纯金声望：《笨拙》杂志刊登了我的漫画！对，现在我已经是成功人士了，地位也稳固了。仍旧有人拿我开玩笑，但是即便是玩笑也都是恭恭敬敬的，不含嘲讽的意味或者粗野的口吻；面对我的笑脸也都是温情的笑靥，再没有冷嘲热讽。那样的日子终于一去不复返了。《笨拙》杂志把我画成一副衣衫褴褛的穷酸相，浑身都飘着布条儿，正在跟守卫伦敦塔的壮汉讨价还价。哇，你能想象到，一个从来无人问津的小伙子，突然之间，每说一句话都有人记下来宣扬得人尽皆知，但凡出门就能听到这样一句话从一个人口中传到另一个人耳中："走在那边的那个人，就是他！"每逢用个早餐都有一群人围观；一旦出现在歌剧院的包厢里，就有上千支长柄望远镜瞄准你。哇，我每天都在荣耀中旋转——也就是大出风头。

你知道，我还保留着那套破衣烂衫，时不时地穿出去，好重温一下当初的乐趣：买点零头碎脑的小东西，等着人家把我损一顿，然后甩出百万英镑的巨钞把胆敢嘲讽我的人砸死。可是现在这点把戏玩儿不成了。报纸上的插图把我这套行头宣传得街知巷闻，所以但凡我穿着它出门时，立即就被人认出来，然后一大群人追在身后；每逢我想买点什么，不等我抽出巨钞，店主早就恨不得把满店铺的商品全赊给我了。

赢得了名望之后约莫过了十天，我去拜访美国公使，想为祖国尽尽职责。他以最适宜我身份的热情接待了我，责怪我不该在为祖国效力时迟迟不见踪影，还说要想得到他的原谅，就必须参加今晚的宴会，当晚有位嘉宾因病不能出席，我得补上空出来的座席。我表示同意，而后大家就聊了起来。原来他和我父亲是儿时的校友，后来又是耶鲁大学的同学，两个人的感情一直很亲近，直到我父亲离世。因此，他要求我但凡有空闲的时候就来他府上串串门，我当然求之不得。

实际上，何止是求之不得，我太开心了。因为将来露了馅的时候，他也许能救我于水火，免得我遭受灭顶之灾。具体怎么做我不清楚，但是也许他知道该怎么做。事到如今，我已经不能冒险彻底交代自己的情况，假如我在伦敦刚刚卷入这件糟糕事的时候就遇到他，肯定早就一吐为快了。不成，现在可不能冒险说出来；我已经深陷其中，也就是说，不敢对刚结识的朋友交心。还好就我个人看来，陷的深度还没有超过自己的心理底线。因为，你瞧，我赊账的时候很当心，一直不让债务超过自己的支付能力——我是指我的工资水平。当然，我还不清楚未来的工资到底有多少，但是我有足够的把握来估算：假如我赢了赌约，那么就有机会在那位豪阔的老先生职权范围内任选一个职位，只要我担当得了——我肯定能够担当；这一点毋庸置疑。至于那个赌约，我根本不担心；我运气一直不错。目前我猜想年薪应该有六百到一千英镑，就是说，首年能拿六百英镑，而后逐年递增，等到证明了自己的价值就能达到最高的数字一千英镑。目前我负债总额还在头一年的薪水范围内。人人都想借钱给我，我千方百计地好容易才谢绝了其中绝大部分，因此现金欠款有三百英镑，还有三百英镑是生活费和买东西赊的账。相信，只要小心点，节省着过日子，第二年的年薪足够我度过这个月剩下的那些天，我打定主意要打上万分的小心，别花超了。等到这个月过完了，我的老板也旅行归来了，那时我就可以万事大吉，可以立即用头两年的薪水把债主们的账分别还上，然后马上投入工作。

晚上的宴会十分美好，席上一共十四位：有肖尔迪奇公爵夫妇和他们的爱女安妮—格蕾丝—爱莲诺—赛莱斯特等等—德·博恩女士、纽盖特伯爵夫妇、齐普赛子爵、布拉瑟斯凯特爵士夫妇，几位没有爵位的百姓，男女都有，公使夫妇和他们的女儿，以及女儿的朋友。她是个英国姑娘，芳龄二十二岁，名叫波西亚·兰厄姆，相识仅仅两分钟我就爱上了她，而且不必戴上眼镜我也看得出——她也爱上了我。还有一位宾客来自美国——这个人我提得早了。大家还在会客厅里等着，一边为晚餐培养着情绪，一边冷眼审视着晚来的宾客。这时仆从大声说：

“劳埃德·黑斯廷斯先生到。”

黑斯廷斯和别人寒暄如常，而后他就瞧见了我，于是笔直地走过来，热诚地伸出手来；正要和我握手，他蓦然顿了一下，脸上现出几分尴尬地说：

“不好意思，先生，我原本以为认识您呢。”

“啊，您确实认识我，老朋友。”

“不可能。难道您就是那位——那位——”

“马甲怪人？对，就是我。不用害怕叫我的外号，我已经习惯了。”

“哇，哇，哇，太意外了。有过一两次我看见你的名字和那个外号出现在一起，但是我从没想过报上说的亨利·亚当斯居然就是你。怎么说呢，这才过了六个月，六个月之前你还在旧金山布莱克·霍普金斯的公司里当职员，挣点工资为生，为了挣点补贴还得加夜班，帮我整理核查古尔德和加利矿业公司的招股文件和统计数字呢。如今你居然来到伦敦，成了百万富翁，还名气冲天！怎么说，难道是《天方夜谭》的故事重现人间了。伙计，我根本想不透啊，怎么也弄不明白，容我再想想，脑子里简直是一盆糨糊。”

“其实，劳埃德，你也不比我差呀。其实我自己也没弄明白。”

“天哪，这事太唬人了，不是吗？怎么说呢，距离今天整整三个月以前，我们还一起去矿工饭店吃饭——”

“不对，那天去的是快活林餐厅。”

“对，是快活林，我们凌晨两点才去的，那些招股文件把我们折磨了整整六个小时，然后我们就去啃了块排骨，还喝了杯咖啡。当时我想劝你跟我一起来伦敦，还提出替你请假、出路费，假如那笔生意谈成了，我还要给你点好处；那时候你根本听不进去，你说我成不了，说自己的工作进度不能打断，一旦断了回来的时候再想接手原来的进度，那花的时间就没头儿了。可是你还是来了。世事难料啊！你是怎么来的？究竟出了什么事让你迈出这么不可思议的一步？”

“哦，那是个意外。故事说起来话就长了——要是人家说，肯定得说是传奇故事。之后我再跟你说，可是现在不行。”

“什么时候？”

“这个月底。”

“还有两周多的时间呢。有这么件事老是勾着我的好奇心太难受了。一周怎么样？”

“我还不能说。慢慢你就知道了。话说你的生意进行得怎么样了？”

他兴冲冲的喜色一下子化成了青烟，叹了一口气说：

“你简直是未卜先知，哈尔[1]，未卜先知啊。要是当初没来伦敦就好了。这事我不想提。”

“不讲不成。今晚告辞之后，你必须要跟我走，去我那儿，原原本本地告诉我。”

“噢，可以吗？你是诚心的？”他的眼睛里露出了水光。

“对，把这件事一字不落地告诉我。”

“真是感激不尽！经历了这么多坎坷之后，居然还能从别人的话语和眼神里听到、看到他对我本人、对我的事情的关心——我的主啊！你的关心就值得我折腰！”

他牢牢地握住我的手，精神也昂扬起来，而后情绪也恢复了，准备轻轻松松地参加宴会——不过现在还没有开席。不好，还是老问题，在那个满是臭毛病的、恨人的英国制度下，总是犯这个老毛病——入席的先后顺序问题还没解决，就没法开席。英国人出门赴宴的时候总是先吃一顿垫垫肚子，因为他们深知有可能饿肚子，可是没有人事先警告外地人当心，因此外地人总是心平气和地掉进陷阱里。当然，这次谁都没挨整，因为大家都曾经赴过宴，唯有黑斯廷斯是新手，但公使先生邀请他赴宴的时候曾经告诉过他，为了尊重英国人的习俗，晚宴其实根本没准备饭菜。每位男士都挽起一位女士鱼贯步入餐厅，因为通常都要走这个过场；不过，争议也由此开始了。肖尔迪

① 亨利的昵称。

奇公爵想率先入席，坐桌子的横头位置，他认为自己的地位比公使地位高，因为公使只是一个国家的代表，不能代表一位君王，但是我也坚持自己有权坐首席，不肯让步。在街谈巷语栏目里，我的排名在所有非皇室出身的公爵之上，因此我明说了，要求排在这位公爵的前面。尽管我俩争执不休，还是解决不了问题，最后他打算比出身和先人（这太不明智了），我“看得出来”他是想搭上征服者威廉一世，而我则“举起”亚当的名字反击回去。我是亚当的直系后裔，我的姓氏就是明证；而他不过是威廉一世的旁支后裔，不仅从他的姓氏可以看出，还有他那根基短浅的诺曼血统都可以看得出来；于是大家重新鱼贯着回到客厅，站着吃点东西——碟子里盛着沙丁鱼和草莓，自愿组合，都站着吃。这种场合对座次的坚持就不那么重要了；地位最高的两位用抛硬币猜枚的方式决定先后，赢家第一个吃草莓，输家得到那一先令的硬币。然后轮到下两位猜枚，以此类推。用过点心，有人把桌子搬来了，我们就打克里比奇[①]，六便士一局。英国人玩游戏的时候从来都不是为了怡情。如果不能赢点什么或者输点什么——他们倒是并不在乎是赢还是输——他们绝对不玩。

时间过得很愉快，当然是说我们两个，我和兰厄姆小姐。我仿佛中了她的魔法，手里但凡超过两副顺子就数不清楚了；分数凑够了也没发觉，还从最外面一排开始，原本我每局都得输，幸好那姑娘和我没什么两样，明白吧。因此我们两个谁都

---

① 一种纸牌游戏。

没赢，或者说我们俩谁都没花心思想想究竟为什么。我们只觉得心情好得很，其余的都不打算过问，也不希望被琐事打扰。我告诉她——我明说了——告诉她我爱上了她；而她——哇，她娇羞得连头发都红起来了，不过她喜欢听到我这样说；她也明确说了。啊！我这辈子从没经历过如此幸福的夜晚！我每次记录分数的时候都要加一句甜言蜜语；轮到她记录分数的时候她就表示接受了，和我一样。怎么说呢，哪怕是说一句“跟两张牌”，也要随后加一句：“我的天哪，你的样子真是甜美！”然后她会说：“一个十五得两分，一个十五得四分，一个十五得六分，加上一副对牌得八分，再加八分一共二十八分——你真的觉得我很美？”眸光从睫毛后边斜挑起来偷偷瞄着我，要知道，那模样真是甜蜜又狡猾。啊，真是绝妙佳人！

不过，我对她可是实话实说、光明正大的。我告诉她我手里除了这张传说得沸沸扬扬的百万英镑的巨钞以外，我一文不名，而且即便这张钞票也不是我的，我的话激起了她的好奇心；然后我就低低地把故事的始末都告诉了她，她笑个半死。究竟什么缘故让她笑成这样，我也不明白，但是肯定有原因；每隔半分钟都有点新的情节吸引了她，我只好暂停下来，等上一分半钟，等她笑够了。怎么说呢，她的脸简直都笑得僵硬了——真的；我从来没有见过这种情况。我是说从没见过有人听到这样一段心酸的经历——一个人千辛万苦、愁肠百结、战战兢兢的经历——居然制造出这样的“笑”果。因此，眼瞅着她在实在没有什么事值得一笑的时候居然这么开心，我对她的爱意就更加直线上升了；因为要知道，照当时的情况看来，也许过不久我所需要的太太就是她这样的。当然，我还告诉她我们必须等上两年，等我挣上钱来；不过她并不介意这个问题，唯一的希望是我应当尽量控制一下花销，小心经营，千万别给第三年的薪水带来哪怕一星半点的损害。说完，她才开始担心我有没有估算错了，把第一年的起薪估算得太高，超过我实际所得。这话言之有理，我原本自信满满，现在却信心减弱；不过她的话同时也给我一个好点子，于是我开诚布公地跟她谈了。

“波西亚，亲爱的，等到我面见两位老先生的时候，你肯不肯陪我同去？”

她略微瑟缩了一下，不过还是说：

“我，我肯，假如陪你一起去能给你打打气的话我就去。不过——你觉得我去合适吗？”

“我不知道是不是合适，事实上，恐怕是不合适。但是，你瞧，这件事全靠你呢，你——”

“那我无论如何也去，不管合适不合适。”她婀娜美好、慷慨激昂地说道，“噢，想想看我也能帮得上忙，真是开心！”

“何止是帮忙？亲爱的。怎么说呢，这事全靠你了。你有如此迷人的美貌、如此惹人怜爱、如此使人陶醉，但凡你陪着我一起去，我的薪水准能越堆越高，让那两位好心的老先生宁可破产都心甘情愿。”

哎哟！你真该看看她红霞上涌、美目晶莹的样子！

“你这个坏心眼儿的马屁精！你说的一句真话都没有，不过我还是会陪你一起去。也许能给你个教训，千万别指望别人也和你一样的看法。”

要问我心头的谜团烟消云散了没有？要问我的信心振作起来没有？你就看事实吧：我在心底把头一年的起薪一下子提高到一千二百英镑。不过我可没告诉她；我要存在心底，到时候吓她一跳。

回程中我一路上都仿佛踩在云端一般，黑斯廷斯说的话我一个字都没听进去。直到我俩走进客厅，他对房间里应有尽有、舒适奢华的陈设赞叹不已的时候，我的心思才归位。

“让我在这站一会儿，看个够吧。我的老天！这简直就是王宫啊——简直就是王宫！一个人能想到的东西一应俱全，暖洋洋的炉火，连晚餐都预备齐了。亨利，看到这些，我不仅明白了你究竟多么富有，而且打骨子里明白了自己究竟有多穷——穷光光、惨兮兮，被打了一闷棍，一败涂地，全军覆没了！”

老天收了他吧！他的话让我激灵灵打了个冷战。我吓得如梦方醒，这才清醒过来，自己脚下的地壳只有半寸厚，地壳下方就是火山口。我原本还没意识到自己其实一直在做梦——也就是说，我一直没有给自己一点时间，容自己清醒地思考。可是现在，天哪！债台高筑、身无分文，还有一个可爱的姑娘的福祸未来就攥在我的手心里，而我的未来一片渺茫，只有一份也许——哦，恐怕——真的这辈子也到不了手的薪水！唉！唉！唉！我这辈子算是毁了！什么指望都没有！谁都救不了我！

“亨利，你一天挣的钱里只要稍微挥霍一丁点儿，我就——”

“哦，我一天挣的钱！来，热热地干了这杯苏格兰威士忌，振作起来。我们一起干了它！还是，不——你还饿着呢，坐下，来——”

“我一口都不用吃；我已经饿过劲了。这些天我一直食不下咽；不过我一定陪你喝个够，喝倒为止。来！”

“一杯对一杯，我奉陪！预备好了？开动！哪，劳埃德，我来兑酒，你把自己的事给我抻开了讲讲。”

“抻开了讲讲？怎么，还说啊？”

“还说？怎么这样讲？”

“说来，我是说，你真的想从头到尾再听我讲一遍？”

“怎么说我真的想从头到尾再听一遍吗？你这一问真让我摸不着头脑。等等，别再灌酒了。千万别喝了。”

“瞧瞧你，亨利，你吓着我了。来的路上我不是已经把前因后果都说了一遍了吗？”

“你说了？”

“对，我说了。”

“我要是听见了一个字，就让老天收了我。”

“亨利，这不是小事。我很头疼。在公使家你都干什么去了？”

这话有如一道闪电照亮了我，我得当个真汉子，实话实说。

“世界上最可爱的姑娘成了我的——俘虏！”

于是，他冲过来，和我握手，握呀，握呀，握得手都疼了，而且也不再责怪我怎么一路走了三英里，说了一路的话居然一个字都没听进去。而后他坐下来，耐心满满的还像原来的那个好小伙儿一样，他又把自己的故事复述了一遍。故事梗概大体如下：他来英国的时候原本带着一个自以为不凡的商机，替古尔德和加利矿业公司作“地方代表”，出售矿产“期权”，价格高出一百万的部分全部归他。他非常卖力地工作，所有认识的关系都拉扯上了，但凡是光明磊落的法子没有哪个放过的，几乎所有的钱都扔了进去，还是没有一个资本家为他所动，他的期权到下个月就到期了。总而言之，他完了。说完，他跳起身来大声喊起来："亨利，你救得了我！你救得了我，而且世上唯一能救得了我的人就是你呀。好不好？难道不好吗？"

"告诉我该怎么做。说吧，小伙子。"

"给我一百万，再加上路费，我把'期权'给你！千万，千万别拒绝我！"

我懊恼起来，有句话简直就要脱口而出了："劳埃德，我自己也是个穷光蛋——镚子儿没有，还欠着人家好多钱！"但是，刹那间一个金点子蹿了出来，炽热得要烧起来似的，我一咬牙，竭力让自己的头脑平静下来，直到最后冷静得像一个资本家一样。然后我才用在商言商、泰然自若的口吻说道：

"我可以救你一把，劳埃德——"

"那么我已经得救了！上帝永远保佑你！有朝一日我——"

"让我把话说完，劳埃德，我会救你，但是绝不是用那种方式；因为你千辛万苦、冒着风险工作了很久，那对你不公平。我不需要购买矿产；我把资金放在伦敦这样的商贸中心城市，用不着买矿产资金也能涨；如今我的钱都投在这儿了，一直都这样运作的。不过我打算这样做：我对那座矿山当然也很熟悉；我知道它的价值很可观，如果有人要我发誓说这座矿山价值连城，我一定发誓。你可以随便借我的名义去推销，两个星期为期限，售价三百万，我们俩平分利润，五五分账。"

知道吗，要不是我把他绊倒捆起来的话，他欣喜若狂之下，一定会又蹦又跳地把家具都毁成柴火，把屋里的陈设砸个稀巴烂。

然后他躺在那里，喜悦地说：

“我可以借用你的名义！你的名义——想想看！伙计，这些伦敦的有钱人肯定会蜂拥着赶过来，为了抢购这些股票非得打起来不可！我大事已成，大事已成，这辈子我都忘不了你！”

不到二十四小时，伦敦城里就起了轩然大波！一天又一天，我白天什么都不用干，就坐在屋里对来访的人说：

“对，是我告诉他的，有人问起就来找我。我认识这个人，也很了解这座矿山。他的人品无可指摘，那座矿山的价值也远远超过他的要价。”

到了晚上就天天去公使府上陪着波西亚。关于矿山的事情我只字未提；我想留到以后再说，给她个惊喜。我们谈过薪水；只谈薪水和爱情，其余绝口免谈；有时候谈谈爱情，有时候谈谈薪水，有时候把爱情和薪水放在一起谈。我的天哪！公使的夫人和女儿对我俩的小事那么感兴趣，用尽聪明才智给我们创造条件，不让我们受人打扰，把公使先生蒙在鼓里，让他丝毫疑心都没有——哇，她们的心眼儿太好了！

终于到了月底，我在伦敦国民银行的账户里存入了一百万美金，黑斯廷斯也存了这么一笔数字。那天我穿着一身最体面的打扮，驱车经过波特兰大街上那座宅邸，种种迹象表明，外出的鸟儿回巢了；我到公使的府上接上我的至爱，一边往回走，一边兴冲冲地大谈薪水的事。兴奋和急切的情绪使她的魅力谁都无法抵御。我说：“亲爱的，以你现在的美貌，我要的薪水若是比年薪三千英镑少一个子儿都是作孽。”

“亨利，亨利，你想毁了我们俩嘛！”

“别害怕。保持现在的样子，相信我。准保没问题。”

于是，一路走来，我反而要不断地给她鼓劲儿。她一直求我：“噢，千万记住，如果价码定得太高，也许就一毛钱也挣不到了；那我们就再也没有门路为生了，让我们怎么办好呢？”

还是原先那个侍者把我们引进了门，两位老先生都在。看到居然有一位俏佳人陪同我一起来，他们都很惊诧，但是我说：“这不算什么，先生们；她就是我未来的依恋和贤内助。”

我把两位先生介绍给她，直接叫出了他们的名字。他们并没有感到惊讶，因为他们知道我肯定查过地址簿，早就知道他们是何许人也。他们请我们落座，对我的态度很客气，对她则关心备至，生怕她感到不安，竭力让她放松。而后我说：

“先生们，我准备报告自己的经历了。”

“很高兴听你讲一讲。”赌我活得下来的那位先生说，“现在就能判断我和哥哥阿贝尔之间打的赌究竟谁输谁赢了。如果你让我赢了赌约，在我职权范围内的职位你随便挑。那张一百万英镑的钞票带来了吗？”

“给您，先生。”我把钞票递了过去。

“我赢了！”他喊了起来，拍了拍阿贝尔的后背，“现在还有什么可说的，哥哥？”

“我只好说，他确实活下来了，我还输了两万英镑。真是难以置信。”

“还有一件事要和二位汇报一下。”我说，“说来话长。请允许我再来一趟，巨细无遗地谈谈这一个月以来的经历；我保证值得一听。此外，请上眼看看这个。”

“什么，小伙子！二十万英镑的存单？是你的？”

“是我的。三十天里，我慎重地运用了您赐予的这笔小小的贷款挣来的。这笔贷款的唯一用项是买一些零七八碎的东西，然后递给人家找零钱。”

“哎呀，太惊人了！不可思议啊，小伙子！”

“没关系，我来证明这招好使。别以为我的话毫无根据。”

但是，现在轮到波西亚大吃一惊了。她一双妙目睁得好大，说：“亨利，这真是你的钱吗？你一直没说实话？”

“确实，亲爱的。不过我知道你会原谅我的。”

她噘起嘴巴，说：

“别那么有把握哦。居然瞒着我，你不老实！”

“哦，这不算事，甜心儿，这不算事。你明白，只是想开个玩笑。好啦，我们继续说。”

“不过，且慢，且慢！记得吧，还有那个职位的事。我愿意给你一个职位。”赌我赢的那位先生说。

“好吧，”我说，“真是感激不尽，不过我确实不再渴望那份工作了。”

“可是，你能要到我职权所及最顶尖的职位。”

“再次感谢您的盛情，对此我铭感五内。但是即便是顶尖的职位我也不想要了。”

“亨利，你真让我脸上无光。对这位好心的先生你连起码的谢意都没表达出来。我可否替你表达谢意？”

“亲爱的，如果你能表示出更深刻的谢意，当然可以。瞧你的了。”

她迈步走向赌了我能活下来的那位先生，站在他两腿之间，手臂搂住他的脖子，直接亲上了他的嘴唇。两位老先生哈哈大笑起来，我傻眼了，你也许会说我当时惊得化作了石像。波西亚说：“爸爸，他说您的职权范围内没有他想要的职位，我觉得好伤心，好像——”

“亲爱的，他是你爸爸？”

“是啊，是我的继父，也是有史以来最疼人的爸爸。在公使府上你因为不知道我的家世，还告诉我爸爸和阿贝尔伯伯给你惹来多少麻烦和忧愁，现在你明白我当时为什么居然笑得出来了吧？”

我自然是直来直往，不再斗心眼儿了；我直奔主题说道：

“噢，最最亲爱的先生，刚才说的话不算。您确实有个职位我想应聘。”

“说说是什么职位？”

“女婿。”

“你啊，你啊，你啊！要知道，如果你从未就任这个职务，当然就无法满足约定的条款里所提到的擅长，那么——”

“考验考验我吧——噢，求求您，考验考验我吧！考验个三四十年就够啦，如果——”

“哈哈，好吧，就这样；你所求也不算过分，带着她走吧。”

你问我们俩高兴不高兴？哪怕是在没有删节的足本字典里也找不到合适的词句足以形容我们俩的心情。又过了一两天，当伦敦人知道了我怀揣着那张巨额钞票在这个月里的一番奇遇之后，伦敦人是不是又口沫横飞地开了一通心呢？没错。

波西亚的爸爸把那张热情好客的大钞票送回了英格兰银行，兑换成现款；银行随后注销了这张钞票，并把它当作礼物送给了他，而后在我们的婚礼上又被当作礼物送给了我们，从此之后，就镶嵌在镜框里，悬挂在我们家最神圣的位置上。因为是它带来了我的波西亚。要不是有它在，我怎么能留在伦敦，怎么会出现在公使府上，那就永远没有机会与她邂逅。因此，我总是说：“对，您没看错，这就是那张百万英镑的大钞；这张钞票平生就做过一次交易，后来我只用了一成左右的价格把真品买下来了。”

竞选州长

几个月以前，我被提名代表独立党参选纽约州州长，我的对手是斯图阿特·罗·伍德福先生和约翰·特·霍夫曼先生。与这两位先生相比，我总觉得自己具有一个明显的优势，那就是人品不错。即使他们明白了名声好有多重要，从报纸的报道上看恐怕他们已经错过了维护名声的好时机。显然，近几年来，他们俩对各种类型的无耻的罪行都已经习以为常了。然而，就在我为自己的优势得意扬扬的时候，就在我在心底窃喜的时候，却出现了一股暗涌的泥汤子灌入我快活的心底——那就是总听见有人把我的名字和这些人卷在一起四处乱传，这让我心里好生不痛快。最后，我只得给祖母写了一封信，说了这件事。回信神速地到了，措辞非常尖锐。她说：

你这辈子一件可耻的事都没干过——一件都没有。再瞧瞧报纸——瞧瞧那些人，你就明白伍德福和霍夫曼这两位先生究竟是些什么货色，然后你就明白是不是还愿意把自己降低到他们俩的水平上，跟他们一起参加公开竞选了。

这也是我的心思！那一宿我没睡着。可是事已至此，我已经无路可退了。我已经全力投入了这件事，只好继续作战。早餐时我百无聊赖地浏览着报纸，突然报上写了这么一段，实话说，我从来没有这么惊慌过。

做伪证罪——既然马克·吐温先生身为一名州长候选人站在公众的面前，那么或许他可以纡尊降贵为公众解释一下，1863 年在交趾支那的瓦卡瓦克他被三十四名证人指控犯了伪证罪究竟是怎么回事。当时他图谋抢夺一小块薄田，当地的一个可怜寡妇和她孤苦伶仃的一家人经历了丧亲之痛，家境凄凉，这块大蕉田是她们仅存的赖以为生的倚靠了。为了对吐温先生本人负责，也是对他促请投票的选民们负责，吐温先生理当澄清这个问题。他肯不肯说明呢？

这一惊，我感觉自己简直要炸飞了！这么残忍狠心的指控——其实交趾支那我见都没见过！瓦卡瓦克我听都没听过！至于那块种大蕉的薄田，我也从未从哪只袋鼠那里听到过！我不知道该如何是好。我被折磨得发疯，束手无策。我没有任何作为，就任由这一天的日子偷偷溜走了。到了第二天清晨，还是那家报纸登载出这么一段——别的什么都没写：

重大新闻——大家将会注意到，有关交趾支那的伪证案的报道吐温先生保持沉默，令人浮想联翩。

（备忘：从此之后，竞选活动中这家报纸每逢提到我言必称“声名狼藉的伪证犯”。）

接着《公报》登载了这么一段文字：

敬请说明——州长选战中的新科候选人能否为本市的市民们（那些即将因投他一票而苦恼的市民们）解释一下，他在蒙大拿州居住时，同居一宇之下的室友们为什么每每丢失一些个头不大的值钱物件，而这些物件终归都能在吐温先生本人或者他的“行李箱”里（实则是在报纸卷里）找到。大家为了他好，只好给他一番友好的轻责，给他涂满柏油，粘上羽毛，要他骑坐在一根大棍子上，而后告诫他，他在这块营地占了一块地方，那地方还是永远空着的好。这件小事您可否说明一下？

还有什么事比这样的污蔑更居心叵测吗？我这一生何曾到过蒙大拿州。

（从此之后，这家报纸就形成了惯例，把我称作“蒙大拿州的窃贼吐温”。）

报纸成了我心里的隐忧——每逢拿起报纸，就仿佛瞌睡的时候想要抖开一张毯子，可心里却隐隐地觉得毯子底下藏着一条响尾蛇似的。有一天，这样一段文字撞进了我的眼帘：

> **谎话大曝光**——马克·吐温先生曾经恶意中伤我党德高望重的领袖约翰·霍夫曼已故的祖父，无端污蔑他是因拦路抢劫被处绞刑的。五点区的迈克尔·欧弗拉纳根先生、华特街的启特·柏恩斯先生和约翰·亚伦先生三人联名做证，这种卑鄙的说法毫无事实根据，纯属谣言，用意着实险恶。他们三人宣誓为自己的证言负责。居然给九泉之下的人泼脏水，玷污他的清名。采用如此无耻的手段博取政治上的成功，真是让品行高洁的民众心寒。当我们想到这样卑鄙的谎言必然给死者无辜的亲眷和朋友们带来极度的痛苦时，我们就简直恨得要鼓动不堪受辱的公众跟这个谰言生事的家伙讨个说法，用非法的手段报复他。不过，我们偏不——就让他受良心的谴责，自己品尝苦恼吧——（不过假使公众的内心激情澎湃，出于义愤盲目地对诽谤者加以人身的伤害的话，没有哪个陪审员会给这些出手的人定罪，也没有哪家法院会给义愤填膺的公众加以处罚。）

文章最后一句别出心裁的话当天夜里就见到效果了。我匆匆由床上爬起来，从后门逃了出去。而前门一群“不堪受辱的公众”满腔义愤地蜂拥而入，随着他们一路赶来，家具和窗户都化作了齑粉；随着他们一路离开，屋里的财物是能带多少就拿多少。可是我敢对天起誓，我从来没有诽谤过霍夫曼州长的祖父。还有——在那一天之前，这个人我听都没听说过，更不用说提到他。

（我得顺便说明一下，写了上面那段文字的报纸从此之后每逢提到我都要说“盗尸犯吐温”。）

第二篇引起我注意的文章是这样写的：

> **温情可人的候选人**——昨晚马克·吐温本该出席独立党群众大会，并做一番诋毁对手的讲演，然而他居然没有按时到场！他的主治医生发来电报，声称他被车撞倒，腿骨两处骨折，该肇事车辆逃逸。受伤后他只能卧床，痛苦不堪。诸如此类，还说了很多类似的谎话。独立党的成员生生认下这样卑劣的遁词，自欺欺人，假装不知道这位被他们称作领袖的、行事放荡的家伙没有到场的真正原因。昨夜，有人目睹了一个人跌跌撞撞地晃进了吐温先生下榻的旅店，烂醉如泥。独立党的党员责无旁贷，必须赶紧证实这个神志不清的醉鬼并非马克·吐温本人；然而最终他们都无计可施！此事不容回避。人民的呼声有如惊雷：“那个人究竟是谁？”

居然把这丢人的嫌疑扣在我头上，一时间，我难以置信，真是难以置信。上一次尝到酒味还是三年前呢，无论是麦芽酒、啤酒、葡萄酒还是任何一种酒。

（当说起我在看到那家报纸自信地在下一期的报道中给我的名字加了一个绰号叫“酒精中毒的吐温”，而我居然不觉得苦闷——虽然我也知道恐怕这家报纸会一成不变地使用这个绰号——可见时光的力量。）

到这个时候，我所收到的信件里，匿名信占了很大一部分。下面这样的内容非常普遍：

被你踢开的老太太如今怎么样了？

打抱不平的人

还有这样的：

你干的那些破事儿，有些事别人不知道的我知道。你最好掏几个小钱买买我的好儿，要不然事就要捅出去了，都在报纸上……

无处不在的人

来信基本上都是这些意思。要是读者乐意多看几段的话，这样的例子还可以举出很多，直到读者看得腻味了为止。

不久以后，共和党旗下的主流报纸“指控”我挥金如土地贿选，而民主党的重点报纸又把一桩恶劣的讹诈案的脏水泼在了我头上。

（于是，我又获得了两个新名号：“猥琐的腐败分子吐温”以及“令人作呕的诈骗犯吐温”。）

这个时候，要我“答复”所有这些可怕指控的声音甚嚣尘上，局面发展到这一步，我们党内报纸的编辑和党魁都说，假如我仍然不做任何解释的话，政治生涯就要毁了。他们刚说完这话第二天，有一家报纸就登出这样一段，好像专门是为了给他们助阵似的：

> **当心此人**——独立党候选人仍然沉默不语。这是因为他没有胆子开口。所有的指控都已经得到了证实，他保持沉默本身就等于一次又一次地坦白自己犯有罪行，到现在他再也不能翻身了。独立党党员们，瞧瞧你们挑的候选人吧！瞧瞧这个声名狼藉的伪证犯！蒙大拿州的窃贼！盗尸犯！好好琢磨琢磨这个酒精中毒的化身！猥琐的腐败分子！令人作呕的诈骗犯！盯住了他——好好斟酌斟酌——然后再说，你是不是还肯把自己的选票诚心诚意地投给那么一个罪恶滔天、赢得了这么一长串阴暗头衔，居然连开口否认任何一项罪名都不敢的人吗？

我找不到甩掉这些毒舌的办法，所以深感耻辱的我准备出手“答复”那些无厘头的指控，还有那些刻薄恶毒的谣言。然而我终究没有完成这项大业，因为第二天清晨，有一家报纸又推出了一段新版的恐怖故事，又是一盆恶毒的脏水。报上严厉地指控我把一家精神病院给烧着了，而且所有的患者都付之一炬，就因为它挡住了我家房子的视线。这么一段新闻砸过来，可把我吓坏了。再后来的新闻则指控我毒死了自己的亲叔叔，好谋得他的财产，应当紧急要求开棺验尸。这一段简直要把我逼得精神错乱。这还没完，还有消息指控我在管理育婴堂的时候雇佣自己的亲戚给小孩儿们做饭，这些人老得牙都掉了，也没有烹饪的才能。我开始踌躇不决——不决踌躇。党派之间的积怨给我带来了无数寡廉鲜耻的迫害，这样的毒手发展到最后达到了一个新的高潮：在一次公众集会上，来了九个刚刚蹒跚学步的小孩儿，他们肤色各异，衣衫褴褛的程度也不尽相同，他们被人唆使着跑上讲台来，抱住我的腿，叫我爸爸！

我放弃了竞选。我彻底服输了，投降算了。竞选纽约州州长我实在不够格儿，所以我提交了退选的申请，在信的末尾我饱含心酸地签署了自己的名字：

你的忠诚的朋友，曾经是个体面人，可是现在成了伪证犯、窃贼、盗尸犯、酒精中毒的化身、腐败分子、诈骗犯——**马克·吐温**。

死亡赌博

本文题目与卡莱尔著作《奥利弗·克伦威尔书信与讲演集》所提到者纯属巧合。

——马克·吐温

一

故事发生在奥利弗·克伦威尔时代。梅费尔上校是在联邦部队同一级的军官中最年轻的一位，当时他年仅三十岁。尽管年纪不大，他可是位老兵了，他皮肤黝黑，疲于征战之苦，因为他自从十七岁就开始了军旅生涯；他参加过许多战斗，由于在战场上的英勇表现，他逐步赢得了崇高地位，也获得了士兵们的无上钦佩。只是如今他卷入了一场风波，一重阴影笼罩了他的锦绣前程。

冬季的那个夜晚来临了，门外风雪交加，一片漆黑，室内寂静无声，令人伤感。上校和他年轻的妻子已经把那件伤心事彻底谈透了，晚间该诵读的《圣经》章节读过了，晚祷也做完了，两人再没什么事可做，只能手牵着手盯住火焰，思考——

等待。他们不必等得太久，夫妻俩都清楚，妻子一想到这儿不禁战栗起来。

他们有个小孩——名叫艾比，七岁了，是他们俩的小宝贝。不一会儿她就会来这儿道晚安，亲亲爸爸妈妈，于是上校开口说："为了她，把眼泪擦掉，我们得让她看高高兴兴的样子，我们必须暂时忘掉会发生些什么事。"

"好吧，我会把这事封存在心里，这真让人心碎。"

"我们得接受上天的安排，耐心忍受，因为我们知道上帝无论做些什么都是正确的，而且慈悲为怀……"

"哎，就照上帝的意志去做吧，好吧，我会全心全意这样讲——要是我能真心实意讲出来的话，我会这么讲。哦，但愿我做得到！要是我还能最后一次拥抱亲吻那只可爱的小手……"

"嘘！甜心，她来了！"

一个满头卷毛儿的小人儿穿着睡衣偷偷溜进门来，她冲向父亲。他把孩子抱到怀里，热情地吻着，一下，两下，三下。

"哇，爸爸，不许这样儿亲我：你把我的头发弄乱了。"

"哦，真抱歉——真抱歉，亲爱的，能原谅我吗？"

"喂，当然能，爸爸。可你真的觉得抱歉吗？——不是装的，而是真的，的的确确很抱歉吗？"

"好吧，你可以自己判断判断，艾比。"他用双掌蒙住脸，假装抽抽搭搭地。孩子眼瞧见自己造成这么悲惨的后果，心里满是后悔，于是她自个儿也哭起来，还使劲拉着爸爸的手说：

"哦，别这样，爸爸，请你别哭嘛，艾比不是故意的，艾比再也不这么做了。求你，爸爸！”她又扒又扭，掰开爸爸的手指，瞧见那后面一只眼睛飞快地一眨巴，她叫起来：“哇，你这淘气的爸爸，你根本没哭！你骗我！艾比现在要找妈妈去了，你对艾比不好。”

她打算爬下去，可父亲用双臂抱住她，说：“别，跟我在一块儿吧，亲爱的，爸爸真是淘气，爸爸认错，爸爸抱歉——好啦，让他把眼泪儿亲掉——他求艾比原谅，无论艾比要他做什么事他都会办到，拿这惩罚他；现在眼泪儿都亲没了，一个小卷毛也不乱了——不管艾比命令干什么……”

于是和解了。这一会儿时间里阳光又回到屋里，在孩子脸上光灿灿地闪亮，她拍着父亲的面颊，提出惩罚的名目来——“讲个故事！讲个故事！”

听！

两个大人屏住呼吸，侧耳倾听。脚步声！在阵阵风声中隐约可辨。脚步声近了，更近了——沉重了，更沉重了——而后从此经过，渐渐消逝了。大人们松了一口气，长长地喘息着，爸爸说：“要听故事，是不是？高兴的故事？”

“不，爸爸，难过的故事。”

爸爸想要换成高兴的那类，可孩子坚持自己的权利——就像说好的那样，她就要自己应得的东西。父亲是信守清教的优秀军人，他已经宣过誓了——他瞧出来自己必须讲个好听的故事。艾比说：“爸爸，我们不能总是讲高兴的故事，保育员说人们不会总是高高兴兴的。是真的吗？爸爸，她是这么说的。”

妈妈叹了口气，思绪又飘回到那段麻烦事上去了。爸爸温和地说："是真的，亲爱的，麻烦肯定会有，真不幸，不过这是事实。"

"哦，那就讲个麻烦的故事，爸爸——一个难过的故事，这样我们就会直打哆嗦，觉得就像是我们自己似的。妈妈，靠过来近点儿，抓住艾比一只手，这样要是故事太让人难过了，我们就容易忍住点儿，你知道，只要我们都紧紧靠在一块儿就成。现在，爸爸你可以开始讲啦。"

"好吧，从前哪，有那么三位上校……"

"哦，太好啦！我可认识上校，太容易了！那是因为你就是一个，而且我还认识那种服装。接着讲，爸爸。"

父母俩人几乎笑起来，然后父亲回答道：

"不是，完全是另一回事，他们没有服从命令。"

"那又是什么……"

"他们受命佯攻一座强大的阵地，假作溃败，这样可以拖住敌军，让联邦军队有机会撤退。可是他们头脑热情僭越了命令，他们把佯攻改变为实打，在狂风骤雨中拿下了阵地，赢得了时间，也打赢了那场战役。陆军上将阁下对他们不服从命令非常恼火，他高度赞扬了他们三个，同时命令他们到伦敦等候宣判死刑。"

"是不是伟大的克伦威尔将军，爸爸？"

"是他。"

"哦，我见过他，爸爸！而且他骑着大马，带着士兵，那么神气地从我们家门口过的时候，看上去他非常——非常——呀，我不知道怎么说好，只不过他好像不太满意似的，而且你能看得出人人怕他。我可不怕他，因为他不那样朝我看。”

“哦，你这个可爱的小家伙儿！啊，上校们到伦敦来做囚犯，凭他们的名誉准许他们出狱回家最后探望一下家人……”

听！

他们侧耳倾听。又是脚步声，不过又走过去了。妈妈把头斜靠在丈夫肩头，掩藏起面上的苍白。

“他们今天早晨就到。”

孩子的眼睛睁大了。

“哇，爸爸！这是个真实故事吧？”

“对，亲爱的。”

“哦，多棒啊！哦，从没有比这更好的故事了！接着讲，爸爸。哇，妈妈！——亲爱的妈妈，你哭了？”

“别哭，妈妈，最后肯定没关系——你瞧着吧，故事总是这样。接着讲，爸爸，他们到什么地方去从此过上幸福的生活了，那妈妈就不会再哭了。你瞧着吧，妈妈。接着讲啊，爸爸。”

“首先，放他们回家前，把他们都带到了伦敦塔上。”

“哦，我知道伦敦塔！从这儿我们能瞧得见。接着讲，爸爸。”

“既然这样，我就尽可能接着讲下去了。在塔上军事法庭用了一个小时审判他们，认为他们有罪，判决执行枪决。”

“叫人杀死，爸爸？”

“是的。”

“哦，多淘气啊！亲爱的妈妈，你又哭了。别哭，妈妈，就快到好结局了——你瞧着吧，爸爸，为了妈妈快讲啊，你讲得太慢了。”

“我知道不够，可我猜那是因为我有那么多次得停下来想一想。”

“你不可以这样，爸爸，你必须马上讲下去。”

“那，好吧。三位上校……”

“你认识他们吗？爸爸。”

“是的，亲爱的。”

“哦，我希望我认识！我爱上校。你觉得，他们会让我亲亲他们吗？”

上校答话时声音稍微有点儿古怪：“他们中有一个会让的，我亲爱的！来，为他亲亲我吧。”

“来爸爸——这两下是给另外两个人。我想他们会让我亲他们的，爸爸，因为我会说，‘我爸爸也是个上校，而且很勇敢，他也会像你们这么做的，所以不会有错，不管那些人怎么说，你一丁点儿也用不着羞耻。’那他们就会让啦，——是吗，爸爸？”

“上帝知道他们会这样，孩子！”

“妈妈！——哦，妈妈，不许这样。他就快讲到好的地方了，接着讲，爸爸。”

“后来，有些人很内疚——他们都内疚，我指的是军事法庭的人。他们到将军阁下那里说自己完成任务了——因为这的确是他们的任务，你知道——现在他们恳求能不能饶了两位上校只枪毙其余一位。他们认为，杀一个已经足够警戒全军的了。可将军阁下非常严厉，还训斥他们由于完成了自己的任务就失掉了理智，说他们想骗他好少干点儿，这样会玷污他的军人名誉。可他们回答说，如果自己身处高位，手握重权，可以对人施加慈悲，连自己都不干的事情是绝不会要求他去做的。这些话打动了他，他停了停，站在那儿想来想去，脸上严峻的表情缓和了些。不一会儿他叫他们等着，自己退到密室里做祷告寻求上帝的指示。他回来的时候说道：‘他们可以掷骰子，这就能决定了，有两个人可以活下来。’”

“他们掷了吗，爸爸，掷了吗？哪个人得死？——啊，那个不幸的人！”

“不，他们拒绝了。”

“他们不愿意做吗，爸爸？”

“不。”

“为什么？”

“他们说，抓到那颗致命的蚕豆的那个人该算是通过自愿行为宣判了自己死刑，而无论你怎么讲都只能称之为自杀。他们说自己是基督徒，《圣经》上严禁人们剥夺自己的生命。人们把这话带回去了，说他们三个心里有所准备——实施法庭的判决吧。”

“那是什么意思，爸爸？”

“他们——他们都会被枪决。”

听！

是风声吗？不。钻——钻——钻——镳——镳——镳——隆——咚，镳——镳——镳——隆——咚——

“开门——将军阁下的命令！”

“哦，太好了，爸爸，是士兵！——我喜欢士兵！让我请他们进来吧，爸爸让我去！”

她跳下来，蹦蹦跳跳跑到门边拉开门，兴高采烈地叫起来：“进来吧，进来吧！是他们，爸爸！是掷弹兵！我知道掷弹兵！”

士兵成一列纵队走进屋，肩上扛着枪排成一条直线，军官举手敬礼，厄运已然注定的上校笔直站起回礼。那位军人的妻子站在他身旁，面色苍白，表情中透露出内心的痛苦，然而没有更多的迹象表露出她的悲哀。孩子眼睛忽闪忽闪地盯着这一场面……

父亲、母亲和孩子久久地拥抱在一起。而后是命令，“去伦敦塔——前进！”然后上校踏着军人的步伐，以军人的风度迈步前进走出家门，士兵队伍跟随其后，门关上了。

“哦，妈妈，结尾不是很美吗！我告诉过你会这样，他们要去伦敦塔了，他就能瞧见他们了！他……”

“哦，到我怀里来，你这个天真的小可怜！”

二

第二天清晨，饱受惊吓折磨的母亲起不来床了，医生们和护士们在她身边观察着，不时地聚在一起小声低语。他们不让艾比待在这间屋里，告诉她去跑跑、去玩玩——妈妈病得很厉害。孩子叫人用冬装包裹好就出门到街上玩了一会儿，然后她忽然想起有件事儿很奇怪，而且不正常：这样的时间里，她的爸爸可以待在塔里而不为人所知。这件事一定得补救一下，她得亲自去瞧瞧。

一个小时之后，军事法庭成员被引到将军阁下面前，将军笔直而严厉地挺立着，双膝顶在桌子上，表示他已经准备好听他们说话了。发言人说："我们已经敦促过他们重新考虑此事，我们恳求过他们，然而他们坚持己见。他们不肯掷骰子。他们乐于赴死，却不愿令自己的宗教蒙耻。"

护国公[①]脸色阴沉下来，然而他一语不发，想了一会儿后他说："他们不会全都死掉，必须找人替他们掷骰子。"感恩的光芒在法庭成员们的脸上闪耀着。"把他们叫来，把他们安置在那边那间屋子里。叫他们肩并肩面壁站立，手腕十字交叉背在背后。把他们带到那儿以后通知我。"

人走光了的时候他坐下来，不一会儿对助手发布命令说："去，把从此经过的第一个小孩子给我带来。"

那人几乎没离开门口就转回来了——牵着艾比的手领她进来，她的外套上沾了点儿细细的雪粉。她直奔这位政府首脑而去，那是位令人生畏的要人，每逢提到他的名字就会让地球上的公侯权贵们为之战栗。她爬到将军的腿上，说："我认识你，先生，你是将军阁下，我看到过你，你路过我家房子的时候我见到你了。每个人都害怕，可是我不怕，因为你没有生气地朝我看，你记得，是吧？我穿着红外套——前面有蓝色的穗子垂下来。难道你不记得吗？"

一丝微笑让护国公脸上严峻的线条柔和了一些，他开始努力运用外交措辞回答说："哦，让我想想——我……"

"我就站在屋子前面——我家的，屋子，你知道。"

---

① 指十七世纪英国共和国时代的摄政者克伦威尔。

“是吗，你这个可爱的小东西，我真该羞愧，可你知道……”

孩子满心责备地插话说：

“你现在都不记得了。哇，我可没把你忘掉啊。”

“我现在真是惭愧啊，可我以后再也不会忘掉你了，亲爱的，我向你发誓。你会原谅我了吧，是吗？还和我做好朋友，一直做下去，永远做朋友，是吗？”

“是的，我的确会的，尽管我还是不明白。你怎么会忘掉的，你肯定特别健忘。可我也这样，有时候是。一点儿问题也没有，我能原谅你，因为我知道你的确打算当好人、做好事的，而且我认为你正和我说的一样这么热心——可你一定得把我再抱紧点儿，像爸爸抱得那样——我冷。”

“我会抱你抱得让你满意的，我新交的小朋友，以后就拿我当老朋友了吧，是不是？你让我想起自己的小女儿——现在她已经不小了——但小时候她又可爱又甜蜜，长得秀丽可人，就像你一样。她拥有和你一样的魔力，小巫师——那魔力就是你那副对朋友和对陌生人都一样的甜蜜的自信心，它能战胜一切。你珍贵的问候降临在谁头上，谁都会心甘情愿为你做奴隶。以前她常常躲在我怀里，就像你现在这样；也常常用魔法消除我的疲惫消沉，把它们从我心里赶出来给我带来平和安静的心情，就和你现在一样，我俩是朋友，地位平等，还是一块玩儿的好伙伴儿。那是好多年前的事啦，从那以后欢乐的天堂渐渐减色，最终消失了，可你又把天堂带回来了。——接受一个重任在肩的人的祝福吧，你这个小东西，我休息的时候是你肩负着英格兰的重担！”

“你是不是非常，非常，非常地爱她？”

“啊，你可以自己判断，你瞧：只要是她下的命令，我全都从命！”

“我觉得你真可爱！你能亲亲我吗？”

“感激不尽——这是我的特殊荣幸。这边儿——这个给你；这边儿——这个给她。你做了个请求，你本来可以下个命令的，因为你代表着她，你下的命令我都必须服从。”

想着两人的友情增进了那么多，孩子兴高采烈地拍起小手——而后耳朵里就听到一阵逐渐走近的声响：那是士兵们整齐的前进步伐。

“士兵！——是士兵，将军阁下！艾比想看看他们！”

“可以，亲爱的，不过稍等一下，我要授予你一项代理权。”

一位军官进门来，深深地一鞠躬说，“他们来了，殿下。”他又鞠了一躬，退了出去。

这位国家首脑把三块小小的火漆圆盘交给艾比：两块白色的，一块浅红色的——这一块的使命是把死亡带给命中注定该死去的那位上校。

“哦，红的多漂亮啊！这些是给我的吗？”

“不是，亲爱的，是给别人的。掀起墙角的帘子，在那边，那儿藏着一扇门，走过去，你就能瞧见有三个人站成一排，他们都背朝着你，手背在身后——这样——每个人都张开一只手掌，摊开成一只杯子的样子。把这些东西每只手里放一块，然后回到我这儿来。”

艾比消失在帘子背后，护国公又是一个人待着了。他虔诚地说：“这个好主意来自上帝，它的确是在我苦恼困惑的时候跑到我头脑中来的，在人们处于困境，不得不寻求上帝的时候，上帝永远会随时给予帮助。上帝知道应该怎样选择，他用不违反常理的方式送来消息，实现他的意志。别人会出错，但上帝不会。上帝的做法多么精彩，多么明智——赞美上帝神圣之名！”

那位小仙女在身后垂下门帘，站在那儿好奇不已地研究了一下这座死亡之屋里面的家具，又观察了一下士兵们和囚徒们僵直的身形。她的脸上闪着快乐的光，对自己说：“哇，有一个是爸爸！我认识他的后背。我要给他最漂亮的那个！”她欢快轻松地跑过去，把圆盘投到张开的手掌中，然后在父亲臂膀下方向四处偷偷瞅了瞅，仰起欢笑的小脸大叫着：“爸爸！爸爸！瞧瞧你拿到了什么。是我给你的！”

他瞥了瞥这个置人于死地的礼物，而后蹲下身，满怀极度的宠爱与遗憾的痛苦把小刽子手拥到怀里。士兵、军官、获释的囚犯们一时间全都呆立当场，眼瞧着这幕巨大的悲剧。不幸的图景折磨着他们的心，让他们热泪盈眶，终于不觉羞愧地落泪了。一时间人们哑口无言，室内肃穆无声。而后士兵官长不情愿地挪过来，触摸了一下囚犯的肩头，轻柔地说：“我很痛心，先生，然而我的职责命令我这样做。”

“命令做什么？”孩子问道。

“我必须把他带走，我非常抱歉。”

“带走他？到哪儿？”

“到——到——上帝帮助我！——到要塞的另一边去。”

“你不能这么做，妈妈病了，我要带他回家。”她挣开父亲的怀抱，爬上父亲后背，用手臂抱住他的脖子。“艾比现在准备好了，爸爸——走吧。”

“可怜的孩子，我不能，我必须跟他们去。”

孩子跳到地上，朝四周不解地望着。而后她跑到军官面前站住，义愤填膺地跺着小脚，大叫起来 ：“我已经告诉你了妈妈病了，可能你听着了。让他走吧——你一定得让他走！”

“哦，可怜的孩子，老天，我能就好了，可我的确必须带走他。卫兵，立正！……集合！……枪上肩！”

艾比跑了——快得像一道光，不一会儿她就拖着将军阁下的手回来了。眼见这副令人生畏的情景，当场所有的人都挺直身板儿，军官们敬礼，士兵们举枪致敬。

“叫他们停下，先生，妈妈病了，要我爸爸，我已经告诉过他们了，可他们根本不听我的话，还要带走他。”

将军阁下站立在那儿仿佛茫然无措了。

“你的爸爸，孩子？他是你爸爸？”

“哇，当然是啦——他一直是。我这么爱他，那个漂亮的红色的一个我会给别人吗？绝不！”

护国公脸上腾起一副震惊的表情 ：“哦，上帝帮帮我！我中了撒旦的奸计，我做了一件世上最残忍的事情——而且毫无对策，毫无对策！我该怎么办？”

艾比叫起来，满心的不快与不耐烦 ：“哇，你可以叫他们放他走吗？！”她开始抽泣起来，“叫他们这么做呀！是你叫我发命令，可现在我才第一次要你做这件事你都不干！”

温柔的光彩落到将军满是皱纹的脸上，他把手放在小暴君头顶，说道：“感谢上帝，偶然保留了这项未经思考的许诺，而你蒙上帝启发，提醒我自己已经忘怀的誓言，哦，举世无双的孩子！军官，遵照她的命令——她在代我发言。这名囚犯获得赦免，释放他！”

儿时梦幻

我孩童时代的梦想是什么来着？不过，这些梦想没有哪个实现过。所有老年人都认为自己亲自选定的那个理想是心中格外动人的记忆，因为这些头发花白的老人无不暗示着我们——他们很失望。失望本身已经足以造成内心的痛苦，而没有实现的梦想究竟是什么，还有自尊之类的问题倒是可以撇开不谈。一件事算不算成功，唯一说了算的是梦想者本人——别人说的可不算数；而他因为失败而产生的伤感就让这事变得美好而且伟大起来，值得我们无论何时何地都满怀敬意。我们得认真记住这一点。世界上有十六亿人呢。这些人里只有微不足道的一小部分人——事实上，只有三千八百万人——能理解为什么有人该有加入法国军队的雄心；还有为什么，一旦成为军中一员就会引以为荣；还有凭什么，他工作态度已经相当认真了，还要想着接着干下去，干哪，干哪，忙到最后直到挤进总参谋部；另外又是什么缘故，他让人剥了制服，或者通过别的什么快捷而彻底的方式还了他的自由和尊严，让一切都回到原来之后，他却期盼着能重新获得那种奇怪的奴隶身份。不过没关系：对于这些事，十五亿零六百万人的评价未必就是最合理的准绳：完美的评价，精当的评价，该是由德雷福斯提出的，而且只是就他的失败带来的或细微、或巨大的失望提点儿微不足道的评论。

现在你有标准了：一个梦想失败的重要性有多大，它带给梦想者的失望就有多重，而在外人眼里，那个失败的价值和事情本身没有什么关系。有了这个理论，又知道梦想者的情况属于哪一类，或许我们能设身处地地替他想想，就会尊重他的梦想——有德雷福斯的梦，还有朋友们始终珍藏在心底，现在终于展示给我们看的各种梦想。有些是我想起来的，有些是人家告诉我的，都相当奇妙；不过我们可不会笑话这些梦想，因为对梦想者来说这些都是弥足珍贵的，而失败留下的创伤令这些梦想显得格外庄严而悲怆。于是，我的老友们请求我替这些旧梦说几句话的时候，我真得说几句亲热话。以前我和他们都还年轻的时候，大家的头发是黑褐色的，而到了现在，我满眼里看到的都是衰老而苍白的容颜。

豪厄尔斯、海、奥尔德里奇、马修斯、斯托克顿、凯布尔、雷姆斯——他们年轻时代的期望与雄心现在又从那些已经模糊遥远的旧忆——那些美妙的旧忆，还有悲悼的旧忆——中跳出来，而后又仿佛退潮一般涌回！那些往事我仍然记忆犹新。当夜，我和朋友们又聚在一起，是在波士顿，有菲尔兹先生在，有奥斯古德先生，有拉尔夫·凯勒，有博伊尔·奥莱利，他们这么多年来一直杳无音信——大家相约互守秘密之后，都吐露了童年时代的梦幻：那是些从来不曾破灭的梦，它们在那一夜借着阴冷的微光偷偷溜到这间屋里——我们像先知一样体会着这个夜晚，而这次体会却让我们都意志消沉，情绪低落。记得豪厄尔斯的声音停顿了两回，他费尽气力才勉强说了下去，说完他落泪了。因为他以前希望成为一个拍卖人。他谈到少年时为了达到目标所做的拼搏，又是如何最终缘悭一线而没有攀到理想的顶峰，最后只取得了现在这个职务。总是有不幸的际遇一次又一次打击他，而他一次又一次失败，失败，再失败，直到最后精疲力竭、垂头丧气，只得暂且放弃了自己的奋斗，成为《亚特兰大月刊》的编辑。那是在 1830 年。之后七十年过去了，现在他的梦想丢在什么地方呢？这个梦永远无法实现了。而且最好是这样，因为他再也不适合那种职位了，现在没人会再雇他做拍卖人，哪怕得到了这职位，他自己已经根本无法称职，因为他的措辞审慎而周详，缺乏受过专业训练的那种轻松活泼的语气，真把他放在现实情况里，他就会痛心地眼见更年轻、更有能力的小伙子们受委托拍卖家具以及类似的物品——他们吸引着顾客出个理智的低价买进一些杂乱无章的东西，顾客们势必会被他们粗俗而独特的幽默语言和勃勃生气以及有些滑稽的怪动作诱惑着出价。

不过这一点还不算太失败的事情，只有带来失望的失败才能算是损失。他曾经妄想要实现这个梦想，曾倾注了全部感情之中最浓厚的感情：每当我们忆起这个，心底就难免替豪厄尔斯难过，多希望他的命运是另一副样子啊。

那个时候，海对童年时代的梦想还没完全丧失希望，那个梦只是渐渐褪色了，模糊不清了，形容消减了，而他也渐渐了悟，于是这种感知就如寒风一样渐渐冷却了他生命中悲惨的夏季。海在年轻时代最引以为傲的雄心壮志是成为一名汽艇驾驶员。他幻想着有朝一日站在密西西比河的一艘轮船上控制主舱楼，给打杂的发令，语气高高在上，还有点儿冷傲。现在我回想起来，跨越了七十年的岁月长河，我悲哀地发现那个梦是如何一步一步破灭的。海的生活史其实就是豪厄尔斯的生活史，只有细节上有所差异。海勇猛地攀登理想的高峰，他的脚踏上了跳板，眼望着起锚机，成功似乎已在掌中的时候，不幸降临在他身上，他开始堕落了。堕落下去——堕落下去——堕落下去——一直堕落下去：先是做总统私人秘书；然后是当陆军上校；当过驻法临时代办；当过驻维也纳临时代办；当过诗人；当过《论坛报》编辑；给林肯写过传记；当过驻英大使。可现在他最终的职务是——国务卿兼外交事务首脑。他和撒旦一样堕落过一次，就再没爬起来。而他的梦想呢——现在他的梦想在哪儿呢？它沉到血液底下，和那个当拍卖人的梦一起粉碎了。

那么奥尔德里奇小时候的梦想呢——那梦想到哪儿去了？我还记得那一夜他是如何坐在那儿，满怀深情地谈到它；眼见着它一再消退减色；他努力想做到言行一致，放弃梦想，可哪怕这么想想也让他无法忍受，因为那曾是他的希望。他想做个专门给马医病的兽医。他和旁人一样追求了、攀登了，可是，跟旁人一样，他失败了。而后再跌跟头，再跌，一次又一次。最后他失败得没法再失败了。他现在太老了，已经住手不再拼搏，只当了个诗人。如今可没人敢让他医马了。他的梦结束了。

世上有谁的梦想曾经实现过吗？我只能抱怀疑态度。瞧瞧布兰德·马修斯吧。他以前想做个牛仔。可他今天成了个什么人？什么都不是，只是个大学教授而已。他还能再当牛仔吗？真让人难以想象。

瞧瞧斯托克顿吧。斯托克顿年轻时梦想干什么呢？他希望做个酒吧老板，可看他落到什么地步了。

凯布尔的情况就好点儿吗？凯布尔的梦是什么？是当个马戏团领班，趾高气扬地到处游荡，把鞭子甩得噼啪响。他现在做的呢？除了当了个神学家、小说家，他一事无成。

再瞧昂克尔·雷姆斯吧——他年轻时的梦是什么？是当个冒险家。再瞧瞧他现在吧。

啊！我们年轻时代的梦幻啊，是多么美妙，又是多么脆弱！而这些本可以实现的梦全都毁灭了，真是令人伤感！在那一夜展露的心事悄然无声的沉寂了好多年，现在我终于开口说了出来，它们依旧打动我的心！那些甜蜜的私语让大家彼此亲密了好多！我们都发誓永不泄露这些隐秘的心事，我在跟别人交谈的时候，如果以为不值得告诉这人就绝对会坚守誓言，绝不提及。

哦！我们逝去的青春哪——上天会让这些记忆在心底永葆常青不败！岁月无情，它面带轻蔑，实则弱不禁风地来临了。而今死神已在向我们招手了！

下面这首诗献给文中提到的九位老者：

沉睡吧！因为崭新的一天的太阳正在冉冉升起，

有一个神话要你留下，
提醒你——
啊，只要留在这里就别去理它！

寒风习习，驻足在酒家门前的人们呢喃低语：
“他已尽情畅饮，为何手持空杯逗留不去？
看哪！青春的美酒一朝倾尽，
便不遗涓滴。”

“嘿，丢开酒樽，
冬雪之际，就该撇开夏日游乐的长裙，
生命的潮汐迅速退去，
而它一旦退尽，你就不复涨起。”

当荒谬的青春幻影化作我自己，
我听到黑暗中传来呜呜哀诉的声息，
“哦青春，是否你已凋零逝去？
回来吧，将我的年华在复活酒里沐浴。”

娇嫩绿意和着温情的艾酒，
那份柔和的气息里，
我们遮起黄昏幽暗的丝幕，
对或许曾有的故事，那些不绝的怜悯不妨丢弃。

我们珍视每一分细微的快乐，短暂而破碎，
在某一天沉浸于发自内心珍贵的悲哀里。
啊，别再喃喃细语——
一厢情愿的梦想，无日可消除！

流淌激荡在血脉中的是生命的快意
萧然而止——眼中的光彩渐次消逝——
生命的趣事一个接一个远去，
只留痛苦将快乐代替。

是否有个人在利物浦或桑迪湾——
是否在某个隐蔽的角落隐藏——
确有一个。古老岁月会细细寻觅
而他——他——他——准备就绪后
就知道应该向何方看去。

自襁褓时起直至我睡入坟茔，
我拥有着一座取乐的房屋，
狂饮欢宴中
杆菌或细菌的亲戚们也在这里打呼——
也或许是滋养——繁殖了这类溃烂的生物。
想想看——在这座腐朽的行脚客栈里，
大门整日整夜地敞开，
细菌是如何一个接一个不请自来，

随着游行的队列永存。

一旦，如银的牙齿对咀嚼的热望供认不讳，
就会有瓷土填补如今令人厌恶的牙洞，
——因为残牙已中空，太匆匆，
满口只得用陶土填充。

牙齿脱落，滋长在牙床上的嫩肉与脂肪，
有如熟透的无花果——
我们知道这标志着牙周炎，
只得在原有的哀痛表单里，再添又一段悲伤。

我们肺病缠身，咳喘不宁，
凛凛寒风袭上背脊，
高烧不退，额上坠下如冰的汗滴——
以前我们还嘲讽过别人，
现在则再也不会热嘲冷讥。

有人饱受拇指囊肿之苦，
宁可对特效膏药念念不休，
也不肯切除。
啊，切除，还是用膏药吧。
既如此，如果慰藉来迟也别再叨叨咕咕。

有人追索旧日荣光，
有人渴求远避卑鄙肮脏的嘈杂与冲撞，
——哦，痴儿，
既往岁月会告诉他们究竟是什么等在前方。

瞧！为了追索荣光你忽视了寒凉，
为了休憩的舒适，争论不休的继承人们
将为自身铺设荆棘满床，
去吧，此地无安宁——还是与死神奔向远方。

扎尔与拉斯塔姆是否留意到这一迹象，
即便如遭重击也不再抱怨，
权由他俩去蒙混吧，
罚单一旦开出，他们就只得清偿。

哦，昔日话语如此亲昵！
随绵绵岁月流逝归于沉寂，
哦，你们已飞向何方？归去来兮，
即使要我心碎，但请泽佑我凄凉的耳朵一双。

某个快乐的日子里，我的声音将永远地逝去，
当热爱这声音的人呼唤时我也无可回应，
若注意到时，你该为我庆幸，
想一想，我已发觉帷幕垂落。

我要饮尽魔法之酒以示感恩。

魔酒摧毁心神，

然而灵魂伤痛得以治愈，从此安宁。

如果届时死神呼唤我随之远去，

我乐于接受这命运！

九月十五日作于瑞典桑那

附言：

如果你不知道牙周炎（里格斯牙病）是种什么病的话，牙科医生可以告诉你，我自己得过这种病——真是好玩儿得不得了。

——马·吐

编者按：恐本文有误，本社提请文中所提及的几位（美国）先生予以验证，并请求他们将文中隐匿的细节出入一一更正。几位先生回信略显粗暴，答曰事实里是绝不可能存在出入的，而本文哪里有一丝一毫的事实可言，根本谈不上事实出入；并言道本文中找不出丝毫事实真相，只不过是毫无根据的神经错乱的产物。在他们的记忆中，从来就不曾在波士顿或任何地方度过这样一个吐露心声的夜晚；以这几位之见，这样一个夜晚从未存在。他们的确遇见过马克·吐温，但是都有这个戒心，从未向他吐露过隐私——尤其是宣过誓的。他们认为如今看来这样谨慎的态度确实很必要，因为这位先生甚至可以泄露从未存在的个人隐私，足见不值得信任。他们进而表示疑惑，马克·吐温只经历过自身的童年梦幻，而从未应邀参与他人的童年梦幻，他何以如此不计得失地急于将他人的梦想展示于世人之前，热情得过分，丧失了理智，甚至于完全忘记提及自己的梦想，真是奇事一桩。倘若我方附上这一说明，他们将乐于予以放行，否则为了坚持真理，他们将要求删除本文。

又及：上述答函使我方进退两难，且唯恐若未经吐温先生默许发表这些言论会令吐温先生痛苦。权衡利弊，我社将信件交付吐温先生。让他有机会自我辩护方为合理。然而他似乎不以为意，甚至对此微妙的局面毫无所知。他只是说道："别在乎当年也曾年轻过的老家伙。他们写得出好文章，可一到讲真话的时候，他们还没我这份功力呢。——马克·吐温"最后这句话听起来晦涩难懂，而且不算是一番成功的解释。本文仅仅需要稍作改动，然而我们并无这一义务。

亚当日记摘抄

星期一

留长头发的那只新生物干什么都碍手碍脚。它老是四处乱逛，还老跟着我。我不喜欢这样，我不习惯有别人跟着。我盼着它能跟别的动物待在一起就好了。……今天多云，东边有风，想是我们这儿该下雨了。（……我们？我从哪儿搞来这么个词的？——想起来了——那个新生物这么用的。）

星期二

一直考察那个大瀑布来着。我认为，这是城堡里最棒的东西了。新生物把它叫作尼亚加拉瀑布——干吗这么叫，我确信自己没听说过这个地名。说是它看起来像尼亚加拉瀑布。简直没道理，只不过是它任性胡说的。我自个儿没机会给任何东西起名字了。新生物碰见什么都给它取个名字，我连插句话、提条异议都来不及。而且总是同一句借口——它看起来像是那么个东西。比如说渡渡鸟，说是一个人瞧见它的一瞬间，就会一眼看出它“外形像只渡渡鸟”。那只鸟就只好留下这个名字，没什么可怀疑的。总是为起名的事烦心真叫我厌倦，它什么好事都不干，不管怎么说。渡渡鸟！它看起来并不比我更像渡渡。

星期三

我搭了一个遮雨的棚子，可我没法安宁地独自享用它。那新生物硬是挤进来。我用力把它推出去的时候，它用来看东西的两个洞开始往外流水，还用它爪子背面擦掉那种水，还发出一种噪音，和别的动物伤心的时候叫的一样。我盼着它别说话就好了，它说个没完。这话听起来像是对一只可怜生物的低劣的挖苦，好像是侮辱似的，可我不是故意这么干的。以前我从来没听见过别人的声音，而且但凡是硬挤进这片梦境般幽居之中打破了这里的庄严肃静的声音，崭新的或不熟悉的声音，都让我觉得刺耳，像是假造的音调。而且这种新的声音跟我离得那么近，恰好在我肩膀的位置，恰好在我耳边，先是在一边响，而后又在另一边响，可我只习惯或多或少跟我有段距离的声音。

星期五

它还在满不在乎地继续起名字的活动，根本不管有些东西我能自己取名。我给这座城堡取了个特别好的名字，又有音乐感又可爱——叫伊甸园。私下里，我还这么称呼它，可再也没公开这么叫过。新生物说到处是森林，还有石块，还有自然风光，跟花园一点儿不像。说是它看起来像个公园，任何别的名字都不像，就像个公园。结果，它没有过问我的意见就重新命名了——叫尼亚加拉瀑布公园。对我来说，它的行为有点强加于人的意思。而且那儿已经立了块牌子：

禁止践踏草坪

我的生活不像以前那么快活了。

星期六

新生物吃了太多的水果。我们消耗得快要不够吃的了，很可能是这样。又是“我们”——是它的词，现在，听了那么多次以后，也成了我的词。今天早晨雾真大，雾天我从不一个人出动。那个新生物出去了。什么天气它都要外出，一双泥糊糊的脚就踏进来了。而后说话。以前这里是多么愉快而又宁静啊。

星期天

没精打采地混过去。今天的日子越来越没法忍受。去年十一月的时候这个日子是选出来单放一边儿用来作休息日的。以前我每周都有六天休息。今天早晨发现那只新生物试着用土块要把禁果树上的苹果打下来。

星期一

新生物说它名字叫夏娃。可以，我没意见。说是我想叫它的时候，就用这个名字叫它。然而，我说它真多余。“多余”这个词明显把我身份抬高了，不和它站在同一级别，而且这个词的确有分量，挺棒的，值得反复说。它说自己不是它，而是她。这一点很可能值得疑虑，可它对我来说还是同一个人，她是什么东西对我来说无关紧要，只要她自己走路并且不讲话就成。

星期二

她用些倒霉名字和讨厌的牌子把整个城堡弄得乱七八糟：

此路通向旋涡
此路通向山羊岛
去风洞请走此路

她说要是有顾客光临这座公园，此地就能成为一座整洁的避暑胜地。避暑胜地——她的又一项发明——只是些词语，没有什么意思。避暑胜地是什么东西？不过最好别问她，她对词语解释狂热极了。

星期五

她转过来哀求我别再去跨越瀑布群了。那有什么危险？说是这让她吓得颤抖。我想知道为什么这样，我一直这么干来着——我喜欢冒险，还有那份兴奋和清凉。我猜那是瀑布群存在的意义。我瞧不出来它们有什么别的用处，而且它们肯定是为了什么目的才创造出来的。她说它们是用来作风景的——就像犀牛和柱牙象一样。

我乘一只木桶去横渡瀑布群——这事让她不满。乘一只大澡盆——还是不满。穿件无花果叶的外套跳到旋涡与急流中游泳。衣服弄坏得很厉害。打这以后就是千篇一律地抱怨我太奢侈浪费的话。到现在她已经太过妨碍我的生活了。我需要换换环境。

星期六

上星期二夜里我逃走了，走了两天，然后在一个隐蔽的地方给自己又搭了棚子，还尽己所能把足迹抹掉，可她利用一只畜生把我找出来，她驯养过那只动物，叫它作狼，而后又开始发出那种可怜的叫声，还从她用来看的地方流出那种水来。我只得跟她回去，可有机会的话我就会立即迁走。她忙于干许多傻事，跟别的动物在一块，研究名叫狮子和老虎的那些动物干吗以花草为食，那时候，如她所说，它们长的牙齿表明它们肯定能彼此吃掉。这事真蠢，因为这么干就得杀掉对方，而且会导致，照我这么理解吧，称作“死亡”的东西，要照人家告诉我的，死亡还没进入这座公园。有些情况下，哪只该可怜呢?

星期天

没精打采混过去了。

星期一

我确信自己明白了星期是用来干吗的了：那是给你时间休息，解除星期天的厌倦情绪的。看来是个好主意。……她又爬那果树了。扔土块把她砸下来。她说没人瞧着吗。好像没人看见就是冒险的正当理由似的。告诉她这话。正当理由这个词挑动了她的羡慕之心——我想而后还有嫉妒心。这是个好词儿。

星期二

她告诉我，她自己是用从我体内取出的一根肋骨造出来的。这事怎么也值得疑心一下，就算实在没什么问题。我一根肋骨也没丢……她为那只秃鹰操碎了心，说青草不合它胃口，恐怕没法养活，想是它有心吃腐烂的肉糊口。那只秃鹰必须靠配给的东西过活。我们不能把养活秃鹰的整套方案都打翻。

星期六

昨天她往池塘里看自个儿的倒影时，掉进水里去了，她老是去那儿照。她差点儿憋死，还说特别难受。这一来又叫她可怜起活在水里的那些动物来，她把它们叫作鱼，因为她不停地给东西加上些名字。而这些东西根本不需要，你按这样的名字叫它们，它们也不会过来，不过一点不影响她的活动，不管怎么说，她就是这么个傻瓜。因此昨天夜里她把好多鱼都捞上来，放到我床上给它们取暖，我一整天都时不时去注意、注意它们，却瞧不出它们比以前高兴多少，只不过安静多了。一到夜里我就要把它们都丢出门外去。我不能再跟它们睡在一块儿，因为我发觉它们身上黏糊糊的，一个人身上什么都没穿的时候躺在一堆鱼里真不舒服。

星期天

没精打采混过去了。

星期二

她现在又跟条蛇亲近起来。别的动物都挺高兴的，因为她总是拿它们做实验，让它们心烦；我也挺高兴的，因为那条蛇会说话，这下我可以休息休息了。

星期五

她说那条蛇建议她尝尝那棵树上的果子，还说尝了以后就得到了绝妙的、高贵的教育。我告诉她还会有别的后果——那会把死亡引入这个世界。这是个错误——本来把这话留着不说就好了；说了只不过让她想起个主意——她救得了那只得病的秃鹰了，也能给垂头丧气的狮子、老虎们喂新鲜的肉了。我劝她别碰那棵树。她说不会的。我预见到有麻烦了，我要搬家。

星期三

这几天的经历变幻多端。昨天夜里我出逃了，一整夜骑着马让它尽最快速度奔跑，盼着麻烦没开始之前能完全彻底地摆脱这座公园，藏到别的什么地方去，然而事与愿违。太阳出山之后才过了一个小时，那个时候我正骑马穿过一片开满鲜花的大平原，在那儿成千上万只动物要么在嚼着野草，要么打着盹儿，要么跟别的动物玩，都按日常习惯做自己的事儿，可转瞬间它们爆发出一阵可怖的叫喊，一眨眼工夫平原上就掀起疯狂的暴动，每一只动物都在摧残邻居。我明白这意味着什么——夏娃吃过那种果子了，而死亡也来到这个世界上。……老虎群吃掉了我的马，我让它们停止的时候连理都不理，要是我还待在那儿的话，它们得把我也吃了——我没待在那儿，而是仓皇跑掉了。……我找着这个地方，在公园外边，相当舒心地过了那么几天日子，可她把我找着了。找着我，还给这地方起名叫托纳旺达——说这儿看起来像这个名字。事实上她的到来并没让我觉得难受，因为这儿只有少得可怜的一点儿东西可拣，可她给我捎来了些苹果。我被迫吃下去，我太饿了。这么干不符合我的原则性，可我发觉只有吃得饱饱的时候原则才具有实际力量。……她是裹着一枝一枝的树叶来的，当我问起她弄这么些废物干吗，伸手把它们扯下来扔掉的时候，她嗤嗤地笑着脸红了。以前我没见过人嗤嗤地笑还脸红的样子，对我来说这似乎太不像样，像个白痴似的。她说我自个儿不久就明白这是怎么回事了。说得不错，尽管我肚中饥饿，我还是放下吃了一半儿的那只苹果——它确实是我见过的最棒的一只苹果，我考虑到季节转凉了——而后用那些丢在一旁的枝枝杈杈把自己打扮起来，而后带着几分严肃态度和她讲话，命令她去多弄点儿树枝来，别让自己成为大众奇观。她遵命去做，然后我们偷偷溜到那座野兽战场，收集了几张兽皮，我叫她拼凑出两套适合在公众场合穿的外罩来，衣服穿着不舒服，这是没错，可样子时髦漂亮，衣服不就是款式最重要吗？……我发觉她的确是个相当不错的伴儿。我明白没她的话，我得孤独一个人凄凄凉凉的，因为我把本性丢了。还有一点，她说这是命中注定，我们今后得靠劳动生存。她会有用处。我会监督指挥她。

后来的日子

她指责是我最初引起这场灾难！她态度恳切地举事实说明，那条蛇向她保证那些禁果不是苹果，是板栗。我说那时候，我是天真无知的，因为我没吃过板栗。她讲那条蛇教给她说“板栗”是个象征性术语，意思是说一个老掉牙的无聊笑话。听了这话我脸色变得苍白，因为为了混过无聊时光我开过好多玩笑，有些玩笑话开起来的时候我真的以为很新颖，可是它们应该就是这一类的。她问我有没有在一场大灾难当时开过玩笑。我只得承认跟自己是说过几句笑话，虽然声音不大。是这么回事。我正想着那些瀑布，就对自个儿说，“瞧着那片巨大的水体在那儿滚下来多壮观哪！”而后立即一个聪明的想法在我脑海里闪现，而我就任由心里的话飞出口，说：“要是看着它滚上去可就更壮观得多了！”——我为这句笑话狂笑得快背过气去了，就在这时整个自然界爆发了战争与死亡，我不得不奔波逃命。“对啦，”她用胜利的口吻说着，“就是那句话。那条蛇就恰恰讲过那个笑话，还把它称作第一板栗，还说这话是跟创世纪同时代的呢！”唉，我的确该骂。是否我根本就不聪明，哦，我本来就从没有过那样光辉灿烂的想法！

第二年

我们给它取名叫凯恩。我回故乡到伊利湖边设陷阱的时候她抓到它的；在离我们住的洞穴两公里远，她没把握说有多远。它有一些地方和我们长得挺相像，有可能有点儿亲缘关系。这是她那么想，可要我判断就不对。身材大小上有区别，足以证明它肯定是一种不同的新型动物——可能是条鱼吧，尽管我把它放到水里瞧瞧的时候它往下沉，而后她跳到水里，不等有机会让试验出个结果就把它抓出来了。我还觉得它是条鱼，可她对它是什么东西毫不关心，而且连我试验一下都不让。我不明白这是怎么回事。这个动物的来临似乎把她的天性整个儿改变了，还让她对实验不讲道理。她替它想的比替别的任何动物想的都多，可没法说清为什么。她的大脑出乱子了——每件事都证明这一点。有时候那条鱼闹着要到水里去的时候，她就半宿抱着它。这种时候就有水从她脸上用来看东西的地方流出来，而且她会拍着那条鱼的背，嘴里还发出柔和的声音哄它，不自觉地用足有一百种表情来表达心里的痛苦和担忧。我从没见她对别的鱼这么关心，这让我特别烦恼。她以前这个样子抱着小老虎到处走，和它们游戏，是在我们失去本性以前的事，可也只是游戏而已，她没这样在它们吃饭不合口味的时候抱着它们到处遛。

星期天

整个星期天她不干活儿，而是全身精疲力竭地倒着，还喜欢让那条鱼在她身上翻过来、滚过去；她还发出傻兮兮的声音逗它高兴，假装要啃它的爪子，这些把戏把它逗得大笑起来。我以前从没见过会笑的鱼，这让我疑心起来。……我自己已经变得喜欢起星期天来了。整整一周监督周围的事情原来能让人这么累啊。应该再多几个星期天才好。以往日子里星期天不好熬，可如今变得让人觉着有它方便多了。

星期三

它不是条鱼。我还认不清它到底是个什么东西，它不满足的时候就发出一种新奇可怕的声音，满意的时候就“咕咕”地说话。它不是我们家的一员，因为它不会走路；它不是鸟，因为它不会飞；它不是青蛙，因为它不会蹦；它不是蛇，因为它不会爬；我觉得有把握说它不是鱼，尽管我找不着机会发现它是不是会游水。它光是躺着，大多数时候仰面朝天躺着，把脚跷得高高的。我以前从没见过别的动物这么待着。我相信它是一个谜；可她光羡慕我说的“谜”这个字，根本不懂这词是什么意思。照我判断它要么是个谜，要么就是某种昆虫。要是它死了，我就把它撕开瞧瞧它是哪类动物。我还从没遇到什么东西让我这么困惑。

三个月之后

这种困惑一点儿没消失，反而增长了。我睡得很少。它已经不再躺着了，现在用四条腿到处走了。可它跟其他四条腿的动物不一样，因为它前腿短得不正常，结果这一来，它的身体不太自在地翘在空中，而且这并不漂亮。它的体格跟我们挺像，可它走路的方式表明它可不是我们的家族一员。短短的前腿跟长长的后腿都暗示着它是袋鼠家族成员，可它明显是这种动物的变种，因为真袋鼠会蹦会跳，然而这一只从没蹦过。可它仍然是个新鲜、有意思的品种，而且以前从没归过类。因为是我发现这一点的，我自觉有理由把自己的名字跟它拉上关系，以便保护这份功劳，于是从此往后把它叫作亚当氏奇形袋鼠。……它到这儿来时肯定挺幼小的，因为打那儿以后它的成长极度迅速。现在它肯定有原先五倍那么大，还有不满意的时候大喊大叫的声量也有最初的二十二到二十八倍高，要是采用高压手段肯定没法压制住它，效果会正好相反。为此我才放弃了高压手段。她用劝说方式安抚它，还把原先告诉它不能给的东西给了它，来让它心满意足。前边说过，它第一次来的时候我没在家，她告诉我在树林里能找到。看来这事太奇怪了，兴许世上只有这么一只，肯定是这么回事，因为我用了好几个星期，我竭尽全力想再找着一只做自己的收藏品，也给这一只添个玩伴儿；肯定那样它能安静点，我们驯养它也容易得多。可我一只也没发现，连脚印都没找到，最奇怪的就是没有脚印。不管怎么说它肯定是在陆地上生活的，总不能老待在一个地方。因此，怎么可能到处走都一点儿痕迹都没留下呢？我设过十几个陷阱，可一点儿用处都没有。无论什么小动物我都抓得着，就是抓不着那种动物。动物们只不过出于好奇就掉到陷阱里了，我想它们是想瞧瞧奶放那儿是干吗的。它们从没喝过。

三个月后

那只袋鼠还在继续长大，这事太奇怪，太让人糊涂了。我从不知道哪种动物的成长能维持这么久的。现在它头上有毛发了；不像是袋鼠的毛皮，可跟我们的特别相像，只不过它的更细致更柔软，不是黑色的而是红的。那只让人没法归类的奇形怪状的小动物任性又折磨人，看着它的成长我都快发狂了。要是我能再抓住一只——可这事没什么希望，它是一种新品种，而且是唯一样品，这是显而易见的。不过我抓着一只绝种袋鼠，还把它带回家了，想着这一只孤苦伶仃的，肯定宁愿有那只玩伴儿，也不想完全没有亲眷。估计它也宁愿有谁能让自己觉得亲近；处在不了解自己生活方式和习惯的陌生人中间是很凄凉无助的，要是能得到点儿同情也好；我能替它找个伴，让它觉得有个朋友也好；可这回又错了——它一瞧见袋鼠就惊得晕了过去，这回我深信它以前从没见过袋鼠。我可怜那只吵吵嚷嚷的小动物，可我没什么法子让它快活起来。要是能驯服它就好了——可这事根本谈不上；我越是努力结果就越差劲。瞧着它爆发小小的哀痛和冲动时让我伤心透了。我想放它去吧，可她根本不听。这根本不像她的性格，太残忍了，不过她可能没错，它可能会比以前更孤独，因为连我都没法再找到另一只，它怎么找得到呢?

五个月后

它不是只袋鼠。不对，因为它能抓着她的手指扶住自己，并且保持这个姿势靠后腿走上几步，然后就摔倒下来。它极可能是某种熊类动物，可它没有尾巴——还没——没有毛发，除了头上有点儿。它仍然不断长大，——这是很新奇的情况，因为熊比它长大要早。熊是有危险性的——自打我们的那场大灾难以后——她让这只熊不戴嚼子到处爬，再多一会儿也让我不满意了。我曾提议如果她肯放这只走，我就给她逮只袋鼠来，可一点儿效果都没有——我想她是下定决心要让我们陷入各种各样的危险境地了。她发疯以前可不是这副样子。

两周以后

我检查了它的嘴巴。还没危险：它只长了一颗牙，还是没长尾巴。它现在比以往叫嚷的次数更多了——还多数情况在夜间。我搬出来住了。可清晨我会回去吃早饭，再看看它有没有长牙。要是它长了满口的牙，就到它走路的时候了，不管尾巴长没长，因为一只熊要想对人有威胁不是非得有尾巴。

四个月之后

我出去打猎、捉鱼去了一个月，是到她叫作野牛滩的地方，我不明白为什么叫这个名字，除非就因为那儿一只野牛也没有。这段时间那只熊不但会自己独立用后腿吧嗒吧嗒地到处走，还会讲“爸爸”和“妈妈”了。它显然是个新品种。这种准词汇可能纯属偶然，当然是这样，而且可能根本毫无目的毫无意义，可在这种情况下它仍旧与众不同，这事别的熊都做不到。这种语言模仿能力，再加上基本没有毛，还有根本不长尾巴都表明它是熊类的一个新品种。进一步研究它会格外有意思。这段时间里我要出发到北边森林里进行远程探险，充分彻底地搜索一遍。肯定在什么地方还有那么一只，那这只和它自己同种的动物做伴儿以后就能少点儿危险性。我马上就出发，可我得先给这只戴上嚼子。

三个月后

这次出猎乏味透了，乏味透了，我还是一无所获。在这段时间里，她足不出户就又逮着了一只！我从没碰到这种好运气。我可能已经在这些森林里打猎打过一百年了，也从没碰到这类事情。

第二天

我把新的这只跟原来那只比了比，显而易见的是它们属于同一种血统。我想要把其中一只豢养起来做自己的收藏品，可她出于某种原因或者别的什么理由对我有偏见，不同意，这样我只得作罢，尽管我觉得这个主意本来就是个错误。要是它们跑掉就会是对科学的无可挽回的损失。大一点儿那只比以前驯服多了，还能笑，能像鹦鹉那样学舌，没问题，肯定是学来的，它跟鹦鹉在一块儿待过那么久，而且它还具备高度发达的模仿能力。要是它最终变成一种新品种的鹦鹉我就太惊诧了。可我不该吃惊，因为从它当鱼的那些最初的日子算起，就当过我能想出来的每一种动物了。新来的这只现在跟大一点儿的那只最初的样子一样难看；有相同的黄绿色、混着生肉色的肤色，还有同样一只脑袋，头上没有毛。她叫它作埃布尔。

十年以后

它们都是男孩子。很早以前我们就发现这点了。让我们一直困惑不解是因为他们当年身躯幼小不成熟，以前我们不习惯这事。现在还有几个女孩儿。埃布尔是个好小伙子，可要是凯恩还是只熊的话，就能让他进化点儿。这么多年过去了，我明白自己开始误会夏娃了，跟她在一块儿住在花园外边比没有她住在园内要棒多了。起初我认为她讲话太多了，可现在要是那声音沉静下来，走出我的生命的话我会很难过的。祝福那棵把我们带到一起并告诉我她的心肠是多么美好、她的心灵是多么甜蜜的那棵板栗树吧！

三万块钱的遗产

一

湖滨镇是个怡人的小镇，只有五六千居民；在远西地区的诸多小镇里，它还是相当不错的。镇上有一座能容纳三万五千人做礼拜的教堂，这就是远西地区和南部的典型特征，因为那里的百姓人人都信教，而且新教的每一个教派都有人信奉，也都拥有自己的一块天地。湖滨镇里不论阶级——不管怎么说没人承认阶级这回事；大家彼此很熟悉，连人家的狗都认识。镇上洋溢着友善亲密的气氛。

萨拉丁·福斯特在湖滨镇最大的一家商店里当簿记员，本镇里干这一行的人当中，以他的薪水最优厚。如今，他已经三十五岁了，在这家店里任职长达十四年。新婚刚第一周的时候他开始在店里工作，当时起薪是一年四百美元，而后连续四年匀速上涨，每年涨一百美元；四年后，工资已经是八百美金，从此就没再变动——这可是相当好看的数字，不过大家都公认他配得上这份薪水。

他的太太伊莱克特拉是一位能干的贤妻，只不过她和丈夫一样喜欢白日做梦，能算是个半吊子的传奇作家。她婚后做的第一件事就是倾尽家财买了一英亩土地，足足花了二十五美金，那一年她年仅十九岁，当时还是个孩子。当时萨拉丁还不如她有钱，全部积蓄比她还少十五美金。伊莱克特拉动手建起了一座菜园子，把它承包给住得最近的人家，一年就把本钱百分百地挣了回来。她从萨拉丁首年的工资里取出三十美金存进了银行，第二年的工资储蓄了六十，第三年工资存一百，第四年工资存一百五十。到了第四年，萨拉丁的年薪已经涨到了八百美元，这时候两个孩子都来到了世上，开支增加了不少，可是她还是每年都存上二百美元。婚后第七年，她在菜园中间建起了一座美轮美奂、舒心惬意的房子，还彻底装修了一下。盖房子花了两千美元，首付一半，她就把家都搬了进去。又过了七年，房子的欠款都还清了，还有几百元的余额可以维持家计。

这些钱是因为地产价格上涨赚来的；因为很久以前她就又买了一两亩土地，并且把绝大部分地产卖给了打算在这块地上建房的人，大赚了一笔。买地的人人品都不错，都成了她的好邻居，而且跟她以及她那人口渐增的家庭建立起友好的伙伴关系。她有一份独立的收入，是通过投资一些安全可靠的理财产品得来的，年收入可以达到一百元；孩子们一年一年地长大了，修养也与日俱增；因此她对自己的生活心满意足、快活得很。因为丈夫很开心，因为孩子很开心，丈夫和孩子因为她也很开心。故事就从这里开始了。

小女儿克吕泰墨斯特拉年仅十一岁，爱称克吕蒂；姐姐格雯德伦十三岁，爱称格雯；两个都是美貌的好姑娘。姑娘的芳名隐隐地透露出她们的父母有些许的浪漫气息，而父母的名字同样暗示着这种浪漫气质是血脉相承的。

这是亲亲热热的一家人，一家子四口人都有昵称，萨拉丁的爱称是萨俐，这个名字很稀奇，而且雌雄难辨；伊莱克特拉的昵称也是如此，叫作雅丽克。白天的时候，萨俐是一位勤勤恳恳的簿记员兼销售员；雅丽克则是一位忠于家庭的好妈妈、好妻子，同时还是一位头脑灵活、善于经营的女商家。但是一到晚间，坐在舒适的起居室里，全家就会把冗长乏味的白天生活丢到脑后，换一种如仙如幻的生活，他们给彼此朗读浪漫小说，凭空幻想着和凤子龙孙、王公贵胄共坐在光华闪烁、动人心魄、宏伟壮观的宫殿里，或者阴森古老的城堡里。

二

这一天，来了一则了不得的消息！真是个非比寻常的消息，简直是喜从天降。消息是从相邻的一个州传来的，他们家唯一的亲戚就在那里住。他是萨俐的一个远亲——血缘上七扭八拐地算是一个叔叔或者两三服以外的族兄，名叫蒂尔伯里·福斯特。他现年七十岁，没有成过亲，据说家境不错，只是脾气有些执拗别扭。很久以前萨俐曾经写过信想和他联系，但迟迟没有回音，于是萨俐从此再没有干过同样的蠢事。如今蒂尔伯里给萨俐写这封信，是想告诉他自己不久就要离开人世，想把三万美元的遗产留给萨俐，全部是现金。这么做不是源于亲人之爱，而是因为这辈子所有的烦恼和愤怒大多是金钱引起的。

他希望给这笔钱找个新主顾，好让它接着捣鬼。他会把这笔遗产写进遗嘱里，之后就能兑现。但是，萨俐必须能向遗嘱执行人证明以下几点：

首先，他从来没有在口头上或书面上关注过这笔钱；

其次，从来没有询问过这个垂死的老人究竟什么时候返回永恒的天国；

最后，不能参加葬礼。

读了这封信，雅丽克不禁激情澎湃起来，而后这样的心情刚刚平复一半，她就赶紧写信到萨俐亲戚所在的州，订阅一份当地的报纸。

夫妻俩也制订了一项严肃的约定：那位亲戚还在世的时候千万不能跟任何人说起这个了不得的消息，以免有不明真相的人跑到人家病床前嚼舌头，让老人觉得他们不听话，不懂得感恩，明明有禁令还非要闹到人尽皆知的地步。

这一天余下的时间里，萨俐记账记得一塌糊涂，雅丽克同样不能静下心来做自己的事，拎起一只花瓶、一本书，或是一根木棍，然后无一例外都不记得原本拿它们是要干什么。两个人都仿佛在梦中。

“三万美金！”

这一串激动人心的字眼有如悦耳的乐曲一直鸣响在他们的耳际。

早在两个人婚姻的伊始，雅丽克就掌握着家庭的财政大权，萨俐基本上不知道获得特许权买点非必要的东西是什么感觉。

“三万美金！”这支乐曲还在唱啊唱个不停。好大一笔钱，想都想不出来的巨款！

雅丽克一整天都沉浸在自己的思绪中，想着怎么理财，萨俐则计划着该怎么花掉它。

这天晚上，大家没有阅读浪漫的故事，孩子们早早地辞别了父母，因为父母两人都沉默不语，一副忧心忡忡的样子，莫名其妙地没有心情娱乐。临别的晚安吻仿佛也贴在了虚无的空气里，父母没有做任何反应，好像根本不知道孩子们吻了自己。孩子出去都一个钟头了，他们才发现孩子不在屋里。而在这一个钟头里，两人各自擎着一支铅笔忙着写下自己的计划。最后还是萨俐打破了沉寂。他欣喜若狂地说：

“啊，太棒了，雅丽克！先拿出一千美金来买匹马，再买辆马车，等夏天的时候用；然后再买一架轻便雪橇和一张遮腿的皮袍子，等冬天的时候用。”

雅丽克则用决断的口吻镇定地回答他：“本金怎么能花？这类东西不能买。即使有一百万，咱们也不能这么花。”

萨俐十分失望，脸上的光彩一下子黯淡了下来。“哦，雅丽克！”他恼怒地说，“咱们辛辛苦苦地工作、一点一滴地省钱。可是现在我们有钱了，恐怕——”

看到妻子的眼神柔和了下来，他没有说完这句话；他的祈求触动了妻子的心。妻子态度温和但坚定地说服他：“我们千万不能把这笔资金花掉，亲爱的，花本金可不是个明智的做法。

等投资赚上钱来可以花盈利的钱。”

“那也成，那也成，雅丽克！你真是贴心又可爱！肯定能赚不少，我们就花这些——”

“不能都花了，亲爱的，不能都花了，可以花一部分。就是说，留出合理的数额。至于本金——一毛钱也不能动，都要用来挣钱，一直用来盈利。你也明白我的主意很合理，对吧？”

“哇，是——是啊。对，当然。不过我们就得等上好久才有钱花。头一笔利息怎么也得等六个月才能取出来。”

“对，可能还不止六个月呢。”

“不止六个月？雅丽克，为什么？难道不是半年结一次利息吗？”

“存银行当然是，不过我没打算采取这样的理财方式。”

“那你打算投资什么？”

“我想投资回报大的方式。”

“回报大的。好啊。说说看，雅丽克。你究竟要投资什么呀？”

“煤矿。投资给新开的矿厂。是烛煤。我想投进去一万美金。先蹚蹚路子。等走上正轨，一股能挣出三股的钱来。”

“我的老天，不过听起来很不错，雅丽克！然后这些股份就得值——多少钱呢？什么时候能挣出来？”

“大体一年吧。他们会付百分之十的。半年以后，我们的一万就变成三万了。这些我都知道，辛辛那提的报纸上登着广告呢。”

“苍天啊，大地啊，投一万变三万，就一年！我们把本金都投进去吧，那就能得九万了！现在我就写信申购股票——明天写的话也许就迟了。”

他几乎是飞到书桌那里的，可是雅丽克拦住了他，把他按回到椅子上。她说：“别慌了神。我们拿到钱才能申购；你忘了？”

萨俐的热度这才降下一两分，可是他并没有全然平静下来。“为什么，雅丽克，要知道，那笔钱迟早是我们的——而且要不了多久。过不久他就摆脱尘世的烦恼了；我敢打赌这当口他正在给自己选挖坟的铁锹好去地狱了。现在，我想——”

雅丽克激灵灵打了个冷战，说道：“你怎么能这样说，萨俐！千万别说这么恶毒的话，这话太狠了。”

“哦，好吧，那就给他加一圈光环，如果你愿意的话，我不介意他手里拿了什么，我就是一说。难道还能拦住人家说话吗？”

“可是干什么要说成那么可怕的样子？要是你余温还在，人家也这么说你，你乐意吗？”

“估计是不乐意，也就一会儿，如果我今生最后一件事是为了拿钱给别人添麻烦才把钱给人的话。不过，不谈蒂尔伯里了，雅丽克，我们来聊聊在世的人该做的事。好像真应当把三万元全都投资到煤矿上去。有什么理由反对呢？”

“那等于把所有的鸡蛋都装进同一只篮子——就为了这个缘故。”

“如果你这么说，那好吧。另外两万干什么呢？你打算怎么安排这些钱呢？”

“别着急，做什么事之前我总得考察一下。”

“好吧，如果你拿定主意了的话，就这样吧。”萨俐叹了口气说。他沉思了一会儿，又说：“这一万美金一年以后挣出来的两万美金总可以花了吧，雅丽克？”

雅丽克摇了摇头。“不行，亲爱的，”她说，“头一期半年的利润分成之前是卖不出价钱的，你只能花一部分。”

“这破事儿，就花几个小钱还得等整整一年！真讨厌，我——”

“哦，耐心点！也许三个月就宣布要分红了呢——很有可能的。”

“哦，太高兴了！哦，谢天谢地！”萨俐跳起来，满怀感激地亲吻了一下妻子。“那就是三千——整整三千！我们能花多少呢，雅丽克？这次大方点儿！求求你，亲爱的，我的好人儿。”

雅丽克开心了；她十分开心所以同意了丈夫的要求，同意提出一个数来花掉，一千元，在她看来花掉这么多钱真是不智的瞎花钱。萨俐连连亲吻了妻子六七下，即便如此也无法表达他的快乐和感恩之情。这一番感激与深情的全新表达方式让雅丽克浑忘了往日的节俭，于是不再约束自己，又大方地答应了恩赐给她亲爱的丈夫一笔钱——从剩余的两万元遗产在一年之内挣回来的五六千美金里拨出来两千美金。萨俐的双眼中一下子涌出幸福的泪水，他说：“哦，我要拥抱你！”然后，他就抱住了妻子。

再然后，他就拾起自己的笔记，坐下来开始登记想要最先买的东西。都是他早就想买的那些奢侈品。“马——马车——轻便雪橇——皮袍子——漆皮料子——狗——高顶礼帽——教堂里用的长椅——上弦的手表——镶一颗新牙，对了雅丽克！”

“什么事？”

“这都是些毛毛雨，不是吗？太对了。那两万美金你已经有投资计划了吧？”

“没有，那些钱不用着忙；我得先四处观望观望，再好好掂量一下。”

“你还在考虑哪，究竟是什么呀？”

“哇，我得好好想想从煤矿的投资上挣来的钱该怎么用，不是吗？”

“老天爷，你的脑瓜真好使！我怎么没有想到。你有什么打算？想到哪里了？”

“还不算太长远——也就是近两三年的计划。我计划用这笔钱反复投资两次，分别投资石油和小麦。”

“哇哦，雅丽克，太精彩了！总共能挣出多少钱呢？”

“依我看来——那么，保守地估计大约十八万左右，不过估计还得多。”

“我的天！不得了啊！我的上帝！过了这么多年苦日子，幸运终归降临到我的头上了，雅丽克！”

“怎么了？”

“我打算给教会捐献整整三百美金——我们已经有钱了，还用得着担心这点花费吗！”

“这是最高尚的做法，亲爱的，你本性就是这么慷慨，真是个无私的好男人。”

得了这么一句赞语，萨俐简直欢快极了，不过他的欢快还在合理范畴内，还懂得说这都多亏雅丽克，哪里是自己的功劳，因为要不是雅丽克，他哪里有钱可以捐献呢。

之后，他们上床睡觉，可是因为幸福感爆棚，他们俩都忘记了客厅里的蜡烛，任由蜡烛一直点燃，直到脱完衣服了才想起来。萨俐说别管它了，就点着吧，就算是一千美金一支的蜡烛现在也点得起。可是雅丽克还是下楼熄了蜡烛。

多亏了这一手，就在她往回走的路上，突然灵机一动，脑海里闪现出一个妙计，这样一来，不等那十八万美元安顿下来，它就能变成五十万美元。

三

雅丽克订阅的那份小报每周四出刊，然后从蒂尔伯里住的村庄长途跋涉地跑上五百英里，要到周六才能来到雅丽克手上。蒂尔伯里的信是周五寄出的，晚了一天，假使这位大恩人当天就死了，那他的讣闻也来不及登载这一周的报纸上，不过赶上下一周的那一期时间绰绰有余。这样一来，福斯特一家大约要等上整整一周的时间才能获悉令人感激不尽的自然之神给他降下什么样的命运。

这一周真是好漫长、好漫长，俩人的心情也绷得紧紧的。若非夫妇俩的脑子里都有事可做，能够分分神缓解一下紧张的心情，他们俩简直要熬不下去了。我们都看出来了这两口子的心绪得到了释放。妻子一直在忙着想怎么累积家财，而丈夫则一直忙着构思该怎么花——至少把妻子肯拨给自己的每一分钱都花光。

星期六终于来临了，《萨加莫尔周报》到了。艾沃丝莉·班内特太太出现在他们家，她是长老会牧师的妻子，她一直在动员福斯特夫妇做善事。可是双方的对话突然间没下文了——福斯特夫妇没搭腔。班内特太太当时就发现自己说了半天，主人家居然一个字都没听见；于是她大惑不解、愤愤不平地起身告辞。她刚刚走出这座房子，雅丽克就急急渴渴地把报纸的外包装撕开，她和萨俐的双眼迅速扫视着各个栏目，寻找讣告栏。大失所望！哪一则消息里都没有提到蒂尔伯里。不过，雅丽克从襁褓时起就信奉了基督教，身为教徒的本分和习惯迫使她怎么也要装装样子。她定了定神，然后带着两分生意场上那种虔诚的喜悦口吻说道："请允许卑微的子民感谢上帝，他熬过去了。"

"该死的老骗子，我真想——"

"萨俐！真丢人！"

"我不在乎！"丈夫怒火中烧地回嘴，"你心里也是这么想的，如果你不是假惺惺地信上帝的话，你早就实话实说了。"

"我不明白你为什么说出这么无情又不公的话。我什么时候假惺惺了。"从雅丽克的口气里听得出她深感伤害。

萨俐心头一震，不过他掩饰住自己的情绪，想换个说法来挽回自己的失言之过——他以为换个说法，但是原汁原味的意思就能骗得过这位明眼人，他可是千辛万苦地想安抚她。他这样说道："我不是那个意思，雅丽克；我没想说你假惺惺，我其实是说——是说，就是你太传统了，你明白；哦，就是商场上的那种殷勤；那个，那个，哎，反正你明白我是什么意思。雅丽克，那个，就是你摆上一个空心的东西，假装是实心的，你又不是存心要干什么不好的事，只是出于做生意的习惯，这是自古以来的常规做法，已经约定俗成的惯例，干一行就爱一行，我都找不到合适的词儿了，不过你一定明白我想说什么。雅丽克，我这些话没有恶意。我再试试换个说法。你瞧，可以这么说。如果一个人——"

"你说的不少了。"雅丽克冷冷地说，"这件事到此为止吧。"

"无有不从。"萨俐热情地应声答道，同时擦了擦额头的汗，脸上流露出难以言喻的感激之情。冥思苦想之后，他又进行了自我批评："我本来握着一把好牌，都是三张一样的，我自己很明白，可是居然都剩在手里没打出去。就是因为这个我玩牌的时候总是打不好。如果我坚持住，可是我没坚持住。我这人从来就坚持不住。我不太懂行。"

他自认输了阵脚，现在只好一切都顺从妻子。雅丽克的眼神里透出原谅他的意思。

于是，那个共同关心的伟大问题、超级重要的问题就再次浮出水面，什么不得了的事也不可能把这件事耽搁多久的。夫妻俩开始猜想，报纸上为什么没有登蒂尔伯里的死讯呢。种种可能都讨论到了，每种猜测多少都有几分可能性，可是最后都是哪里想起来哪里撂下，最后不得不认定，之所以报纸上没有登出死讯，唯一合理的解释就是——毋庸置疑——蒂尔伯里根本还没死。得出这个结论真让人伤心，甚至有点愤愤不平，不过事已至此，只好忍下心绪。

夫妻俩的看法一致。在萨俐看来，这事神鬼莫测，不是常人能左右的，他能想到的事数这件事最是神鬼莫测，而且完全没必要。他直说了自己的想法，口吻中带着不满的情绪；他是想吸引雅丽克说出自己的看法，但是恐怕没做到，要是雅丽克真有什么想法的话也闷着不说。无论是商场还是别的什么场合，她一般不轻易下断语。

夫妻俩只好等着下一期报纸了——显然，蒂尔伯里的死延期了。这就是两个人的想法和最终判断。于是他们把这件事搁置在一边，尽可能地调整好心情忙自己的事情去了。

其实，如果他们早知道真相的话，就明白自己一直误会蒂尔伯里了。他没有失信于人，他信里说的都是实话；他已经死了，按原定计划死了。到今天他已经死了四天了；已经习惯了死去的生活；他从头到脚死得透透的，跟墓地里其他新晋的逝者一样没有活头儿。其实他去世的时间恰到好处，足够把讣文登上这一期的《萨加莫尔周报》，可是出了一桩意外的纰漏。这种意外的情况在大都市里的报社是不可能出现的，但是在《萨加莫尔周报》这样一家乡村小报就难免了。这一回，正当社论版准备定稿的时候，霍斯特夫妇冰激凌店给报社免费赠送的一夸脱草莓冰激凌到了。原本为蒂尔伯里写的那些冷冰冰的表达遗憾的话语虽然已经排好了版面，还是被删去，腾出来的版面让给了那家冰激凌店，以表达报社编辑的感激之情。

蒂尔伯里的讣告排字版在往备用排字架上放的时候被打

乱了，要不是这样，原本这篇文章可以在后面的哪一期上登出来，因为《萨加莫尔周报》从来不浪费那些还“活着”的稿子，放在排字架上的“活着”的稿子都是永远不会出问题的，除非有一桩意外的事情发生。可是如果排字版打乱了，那么这则消息就死定了，再没有问世的机会，它能见报的机会已经一去不复返了。因此不管蒂尔伯里是否乐意，随他在坟墓里怎么咆哮吧，反正没办法了——有关他的死讯在《萨加莫尔周报》上永远也见不到。

四

五个星期的时间冗长而乏味。《萨加莫尔周报》每周六按时送到，可是哪一期上面都没有提到蒂尔伯里·福斯特。萨俐的忍耐终于破功了，他怒火中烧地说：“这个老不死的，他想成仙啊！”

雅丽克非常严厉地斥责了丈夫，声音严肃而冰凉地说道：“假如刚刚恶言伤人，之后一下子就没了命，这算什么？”

萨俐根本没有反躬自省就脱口回答：“只要没让人家逮着，我肯定觉得自己运气不错。”

他也有自尊心，很想说点什么，但是实在想不出什么理智的话来，于是顺口说出这么一句来。话一出口，他就赶紧盗垒[①]出逃——他给自己的逃跑行为起了个冠冕堂皇的名目——

① 盗垒是棒球运动的术语，指跑者在投手投球时提前离开原垒包成功占领前方垒包的动作。

免得被妻子一顿炮轰。

六个月的时光辗转即逝。《萨加莫尔周报》上仍然没有提到蒂尔伯里的事。这段时间里，萨俐几次试探着问——暗示妻子他想去打探一番。雅丽克对他的试探视若无睹。萨俐只好打点精神正面出击，于是他直截了当地提出想亲自乔装改扮去蒂尔伯里住的村子，秘密调研一下，看这事有几分希望。雅丽克坚决果断地一脚把这个危险的计划死死踩在脚下。她说："你这都是想干什么呀？你别添乱了！怎么跟个孩子似的，得时时刻刻地让人盯着，防备着你惹出乱子来。你就待在这哪儿都别去。"

"哎呀，雅丽克，我肯定能成，还不会被人察觉——我心里有数。"

"萨俐·福斯特，难道你不明白要想打探消息就得到处问人？"

"我当然明白，可是那又怎么样？每人会疑心我的身份。"

"哦，听听这位大老爷的话！总有一天你得跟遗嘱执行人证明自己从来没有打探过消息。那时候怎么办？"

他把这件事给忘得干干净净。听妻子一问，他哑口无言，根本没有话可说。雅丽克又说："现在，把这个烂主意彻底忘掉，别再琢磨它了。那条规矩就是蒂尔伯里专门给你设计的圈套。你连这是个圈套都没看出来？他正盯着呢，静等着你踩进去呢。哦，不过只要有我在，到最后他还是得失望。萨俐！"

"哦？"

"你有生之年，哪怕是一百年，都别去打探消息。答应我。"

"好吧。"萨俐心不甘情不愿地叹了一口气。

雅丽克的口吻温和了下来，又说："沉住气。我们就要发达了，我们等得了，别着急。我们手里的小钱，出不了意外，每时每刻都在增值；至于期货我出手从来没有出过错——挣的钱成千上万地积累起来了。咱们这个州里，谁家也没有我们家发达。大笔财富已经在滚滚而来。你也知道的，不是吗？"

"是啊，雅丽克，确实是。"

"那就感谢上帝赐予我们的一切吧，别再烦恼了。要不是上帝青眼有加，指引我们，你怎么能相信我们居然积累了如此庞大的财富，是不是？"

萨俐迟疑地答道："恐，恐怕做不到。"而后，他深情而又钦慕地说："而且，要说给股票掺水或者出手把华尔街剥层皮，我打赌你根本用不上这么个外行帮手，我真盼着——"

"哦，你给我住口！我知道你没有恶意，也不是对上帝不敬，可怜的家伙，不过可是你一开口就总是免不了说出点让人吓一跳的话，让我无时无刻不心惊肉跳的。为你担心，也为全家担心。以前我从来不怕打雷的声音，而今一听见雷声我就——"

她的话语徒然断了，开始哭了起来，一哭还就停不下来了。此情此景让萨俐心里纠结成一团，把妻子抱在怀里抚慰着，发誓往后言行方面一定谨慎。他承认自己不好，懊悔不已，求妻子能原谅。他的态度非常诚挚，对自己所作所为表示了歉意，只要能挽回，无论怎么着都行。

他心里偷偷地深思了好久，也觉得改过自新才是最好的选择。可是誓言好发，事实上他确实已经发过誓了。不过光发誓有什么实际意义吗，长久的意义吗？这不过是一时有用——他对自己的弱点心知肚明，虽然心底里很难过，但还是得承认，他说得到未必做得到。必须想个更好的办法才能让自己的诺言更有把握一点，于是他想出个办法来。他把自己一分、一分存了好久的钱掏出来买了个避雷针安装在房顶上。

时隔不久，他又故态复萌。

成了习惯真是不得了！而且无论是微不足道的小习惯还是足以对我们的生活产生深远影响的重大习惯，形成的时候都是那么轻而易举。假如我们碰巧连续两天都在凌晨两点钟醒来，我们就得不自在一会儿了，因为如果再反复这么一次，这个碰巧就可能形成习惯；狂饮威士忌一个月，就能成了酒瘾——这些情况我们都熟知在心。

比如凭空幻想的习惯、白日做梦的习惯，那都是见风长的！这样的梦幻习惯会变成多么奢华的享受啊！但凡有一丝闲暇，我们就徜徉在魔幻般的世界里，我们的灵魂浸润其中，沉醉在那迷人的奇妙幻境中，那是多么醉人啊！哦，梦想世界与现实世界彼此交融，难分难舍，让我们简直分不清。

过了不久，雅丽克订阅了一份芝加哥的日报和一份《华尔街指南》。她对金融业情有独钟，一周里研究这些报刊的勤奋劲头儿丝毫不亚于周末看《圣经》。萨俐发现妻子在预测和经营证券业务上的天分与判断力方面取得了长足的进步，不论是实物盘买卖还是虚拟盘买卖①，都越发精准，对此他仰慕得五

① 金融业在期货操作中，有些买家并不需要实物交割，这些期货买卖称为虚拟盘，反之则为实物盘。

体投地。妻子在开拓实物盘的股票市场方面居然有如此的胆略令他自豪不已，同时在虚拟盘操作时那份保守谨慎的态度也令他同样感到骄傲。他发觉雅丽克无论在哪种生意里都从来不会失去冷静；他还发现在实物盘买卖中妻子总是炒短线，胆量逼人，但是出手又特别小心——在其他市场上她总是做长线投资。就如她对萨俐解释的那样，她的市场策略稳健而简单：她投入实物盘的钱都是投机生意，而投入虚拟盘的则是真正的投资生意；前者是险中求胜，她愿意勉力一试，但是后者"绝不求险"——每一块钱她都要挣出一百分来，要把股票都兑现到账户上。

没过几个月，雅丽克的投资想象就成了习惯，萨俐的花钱想象也是如此。每天俩人都训练一番，好比两部机器，工作的范畴和效率都有些许进步。结果，雅丽克幻想中赚钱的速度比预想的速度要快得多，而萨俐花富裕钱的速度也绝对步步紧跟，足以和挣钱的速度相匹敌。开始，雅丽克投机煤矿生意，定的是十二个月交割，对于收益期可能会缩短为九个月并不十分高兴。然而，那都是因为她没有接受过正规的金融教育，缺乏经验、实践不足，所以缩手缩脚、出手稚嫩。不久金融知识、经验和实践都凑足了，于是那九个月的期限无影无踪，幻想中的一万元投资带着百分之三百的利润昂首阔步地奔家来了！

对于福斯特夫妇来说，这一天真是了不起，他们都喜得已经说不出话来了。让他们说不出话来的还有另一个缘故：雅丽克花了一番功夫观察市场，最近如履薄冰地用遗产里剩余的两万元冒险买了第一单股票。在她的脑海中，她仿佛看着这只股票一个点、一个点地往上涨——每时每刻都面临着崩盘的危险，到后来她再也承受不住心理的焦虑——毕竟她在投机生意方面刚刚入行，手段不硬，于是她在想象中给想象中的股票经纪人发了一个电报，想象着通知对方抛出这只股票，她说四万元的利润足够了。交易当天正值煤矿那笔生意带着巨额利润衣锦还乡。就如我刚才说的那样，夫妻俩已经说不出话来了。那天夜里，他们俩喜不自胜、如在云端，努力地想确认这笔想象中的巨款，真的有十万元。真的有这么多!

从今往后，雅丽克做风险投资的时候再也不会害怕了。至少不再像她刚刚入行的时候那样每每被噩梦惊醒，脸色惨白了。

这个夜晚当真是个值得怀念的夜晚。夫妻俩渐渐地意识到自己已经是有钱人了，这个认识慢慢地沉淀在他们的灵魂深处，落地扎根，于是俩人开始考虑如何安排这些财富。要是能看穿这两个做着白日梦的人的眼睛，我们就能发现，在他们的眼睛里，这一栋整洁的木制小屋已经无影无踪了，取而代之的是一栋两层砖瓦房，房前围着铸铁制的围栏；客厅的天花板上还悬挂着烧煤气的三头枝形吊灯；原本家里铺的是碎布拼花的地毯，现在已经换成了布鲁塞尔的高档货，一块五毛钱一码；以前那个平民才用的壁炉，现如今也无影无踪，一座造型考究、镶嵌着云母视窗的带基座的大烤炉张扬地立在那里。我们还能看出其他的一些东西，其中就包括马车、皮袍子、高顶礼帽之类的东西。

从那时起，虽然女儿们、邻居们眼中看到的还是那栋木制的旧宅，但在雅丽克和萨俐的心目中那已经是一栋两层砖瓦房了；每天夜晚，雅丽克都要替想象中的煤气费操心，然后萨俐又满不在乎地回应说："那算什么？我们掏得起这些钱。"于是雅丽克被治愈了，每天夜里都是如此，从无例外。

就在一夜暴富的那一晚，夫妻俩睡觉前决定要庆祝一番，得办个聚会——就是这个主意。可是跟女儿和邻居怎么解释呢？自己家有钱了这件事根本不能说。萨俐倒是很愿意，甚至是急切地想说给人家听；可是雅丽克头脑冷静，不允许他说出去。她说，虽然这些钱就跟已经到手了一样，但是最好还是等到真正到手了再说。这个原则她坚决不改，绝不让步。她说必须严守机密，无论是女儿还是别人谁都不能说。

于是夫妻俩为难了，庆祝会必须办，已经打定主意了；但是既然要保守秘密，那以什么名义办庆祝会呢？三个月以内没有人过生日。蒂尔伯里的借口用不上，他显然是要与天地同春了；那究竟还有什么借口呢？这是萨俐的想法；他想得失去了耐性，都有点不耐烦了。不过最后还是找到一个名义——全靠一瞬间的灵机一动——他们可以庆祝美洲大陆发现日。真是精彩的主意！

萨俐的绝妙主意让雅丽克也是自豪不已，简直无以言表——她说自己怎么也想不出这么一个绝妙的主意。萨俐被妻子夸得惊喜不已，为自己的捷才惊叹连连，但是还是努力不表现出这点情绪，还说这算不了什么，谁都想得到。雅丽克得意地摇了摇头，满心欢喜地说："哦，可不是嘛！谁都想得到——哦，谁都行！比如和撒拿·迪尔金斯，或者阿德尔伯特·皮纳特——哦，亲爱的，没错！要我说，我倒是真想让他们试试看，没别的意思。我的天，哪怕是他们能想得到发现一个四十英亩的小岛都大大超乎我的预料。要说发现整个美洲大陆，喂，萨俐·福斯特，挖空了心思他们也想不出来！”

这个贴心的女人，她知道丈夫也有天分；虽说因为夫妻俩有感情，她把丈夫的天分稍微高估了那么一点点，也只能算是甜蜜而温情的过错，看在原本是出于感情的分上也是可以原谅的。

五

庆祝会顺顺当当地开起来了。朋友们无论老幼都到了场。年轻的一群里有弗洛西·皮纳特、格蕾丝·皮纳特，以及她们的哥哥阿德尔伯特，他是个锡匠，刚刚满师出徒；撒拿·迪尔金斯也来了，他是个刚刚满师的泥水匠。阿德尔伯特和撒拿·迪尔金斯对格雯德伦和克吕泰墨斯特拉姐妹献殷勤已经好几个月了。两个姑娘的父母双亲早就察觉了，暗暗高兴着。但是如今俩人突然发现这种暗喜早就不存在了。他们认识到经济水平的改变在女儿与两个小工匠之间筑起了一道社会门户的藩篱。女儿们现在可以找更高端的门庭了——而且必须如此。对，必须。她们起码要嫁给律师或者商贾；爸爸妈妈盯着这件事；门不当户不对的姻缘可不成。

不管怎么说，这些想法和计划都是藏在心底的，表面上并不曾表露出来，因此也不曾给庆祝会蒙上阴影。表露在面上的唯有一派淡定而高傲的满足、高贵的仪态以及稳重的风范，让来客们不禁由衷地仰慕和惊异。所有的人都注意到了，一时间人言啧啧，只是谁都猜不透其中的奥妙。那可是个非同小可的奥秘。有几个人说道 ：“就好像他们发达了似的。”这几个人可没料到这番推测还真是一语中的。

可不就是这么回事。

大多数母亲都会按照老规矩左右孩子的婚姻大事，对着闺女侃侃而谈，讲上一大套貌似严肃、其实毫无分寸的话——通常训话之后，闺女都泪流满面，心里暗暗打算就是不听话，使得做母亲训话的初衷一点没有起作用。有些母亲甚至会更进一步，责令那些年轻的小工匠别来打闺女的主意。不过这位母亲与众不同。她很务实，对相关的两个年轻人她什么都没说，对其他人也没有透露一句，只跟萨俐谈了自己的想法。萨俐一听就明白了，不仅明白了，还钦佩地五体投地。他说 ：

“你的意思我明白了。不能当面给眼前的这些货色挑毛病，不分场合地挑刺容易伤了情面，毁了将来的买卖。只要给孩子们送上几个高等的货色，老天爷会摆平一切。你真有头脑，雅丽克，绝对的好脑瓜，这个主意让人叫绝。你想钓哪条鱼？有具体人选了吗？”

还没有人选。他们必须考察一下市场——这件事夫妻俩已经开始着手了。首先，他们看中了事业蒸蒸日上的年轻的律师布兰迪斯和年轻牙医富尔顿。萨俐得请两个年轻人吃饭。但是用不着马上就请 ；雅丽克说这事不急于一时。留意着这两个小伙子就行，再等等 ；婚姻大事并非等闲，慢慢来不至于有什么损失。

事实证明，这个决定同样是明智之举；因为还不到三个星期雅丽克就出手大赚了一笔，于是她想象中的十万元膨胀成为四十万元，币种不变。那天晚上，她和萨俐简直如在云端。他们生平第一次在晚餐的时候开了瓶香槟。不是真的开了一瓶，但是有足量的想象力推动下，这瓶香槟跟真正的香槟没有什么两样。动手的是萨俐，雅丽克心一软就顺了他的意。其实夫妻俩的心底都感到羞恼难当，因为萨俐是禁酒会里的重要成员，在参加葬礼的时候总是围着一条围裙，哪怕是狗都不敢仰视他，不能夺取他的理念和主张。而雅丽克是基督教妇女戒酒联合会的会员，该联合会的所有坚如钢铁的坚强美德、常人难以忍受的神圣品格她都具备。但是这说的都是过去；财大气粗的心态已经把这些信念和美德压成了齑粉。他们的生活经历再次验证了一条令人悲哀的真理，这一真理在人世间早已无数次证明了它的存在：原则性诚然是抵御炫富与虚荣等恶习的伟大而高尚的力量，但是贫穷在抵挡恶习方面的力量十倍于它。可是现在是整整四十万美元。于是他们再次重新谋划女儿们的婚姻大事。谁都不再提起那位牙医或者律师；情况早变了，这两个人出局，不够资格了。夫妻俩讨论起猪肉批发商的儿子以及村里银行老板的儿子。不过最终的结论和上一次毫无二致，还是决定再等等、再想想，小心无大错。

幸运再次降临在他们的头上。一直在关注股市的雅丽克看准了一个非凡的投机机会，大胆地买了一手。随后的日子里，她一直在瑟瑟发抖、在左右徘徊、在忐忑不安，因为一旦失手就意味着所有财产都打了水漂，一无所有了。后来结果终于出来了，雅丽克欣喜得眩晕了起来，她简直无法压住自己的声音，说："这悬心的日子终于过去了，萨俐——我们的股票现在值一百万了！"

萨俐喜极而泣，说道："哦，雅丽克，你是最宝贵的女人，我的心尖子。苦日子终于解脱了，我们财源滚滚，再也用不着抠抠搜搜地过日子了。这样的日子该喝点凯歌香槟[①]。"他取出一品脱的云杉啤酒，豁出去了，一边喝一边说："这价儿真他娘的高。"而雅丽克眼睛水灵灵地、美滋滋地看着他，仿佛温情地责怪丈夫不该说这样的话。

于是，猪肉批发商的儿子和银行老板的儿子也都出局了，夫妻俩再次坐定要考虑是不是该选州长的儿子和国会议员的儿子。

六

要是一直不厌其烦地详述福斯特家的虚拟财富是如何一次又一次飞跃膨胀肯定让人厌烦。这个进程神乎其神、灿如星火、令人头晕目眩。雅丽克简直能点石成金，于是金钱堆积如山，灿烂的光芒直上九霄。千百万的金钱涌入口袋，更有巨大的金钱洪流嘶吼着涌来，财富的流量在与日俱增。五百万——一千万——两千万——三千万——如此的财源难道没有个止歇

① 创立于1772年的凯歌香槟是深受皇室贵族及名人雅士喜爱的品牌，是全球最古老的香槟厂之一。

的时候了？

在如此气势恢弘的妄想中两年的时光转瞬即逝，沉迷于发财梦的福斯特夫妇根本没有意识到时光的流转。现在他们有三亿美金的身家，国内各大财团的董事会里都有他们的一席之地，随着时间的流转，千百万的财富还在毫不停息地堆积，一次一百万,一次五百万,一次一千万，那增长的速度他们也就勉强能把账算清楚。三亿美金翻了一倍——然后又翻了一倍——一次又一次。

二十四亿美元了！

他们的生意慢慢地有点混乱，有必要把股票的账目理一理，清算一下。福斯特夫妇心里有数，他们已经感觉到、意识到厘清账目的工作已经势在必行。不过他们也明白，一旦开始就再不能中途停顿，才能圆满完成这项工作。要用十个小时才能完工，可是上哪去找清闲的、连续的十个小时时间呢？萨俐日复一日地卖别针、白糖和印花棉布；雅丽克则日复一日地忙着做饭、刷碗、扫地、收拾床铺，没有人能帮忙，因为女儿们得娇养着，等着嫁到上流社会。福斯特夫妇知道有办法能挤出十个小时的时间，办法只有一个。夫妻俩都不好意思开口把这个办法宣之于口，两个人都在等对方先开口。最后还是萨俐先说了："咱俩总得有一个先妥协的，那就我来吧。索性我都想出来了——你可别嫌我说出口。"

雅丽克脸红了，不过她十分感激丈夫。俩人没有再说什么，就自甘堕落了。他们违背了安息日的规矩。唯有这一天他们能拥有连续的十个小时的自由时光。可这一步其实只是他们在堕落的道路上迈出的又一步而已。更有其他的堕落行为紧随其后。庞大的财富是如此诱人，宗教信仰还不坚定的人的道德防线必定会遭到致命打击。

他们把遮阳棚拉了下来，把安息日的规矩甩在一边。一番艰苦耐心地清理之后，夫妻俩厘清了手头持有的所有股票，一一登记造册。那是好长一串令人咂舌的名字！领头的是铁路公司、汽船公司、标准石油公司、海底电缆公司、微声电报公司，以及其他类似的大公司；随之其后的还有克朗代克金矿、戴比尔斯钻石矿、坦慕尼歇会的非法资助，以及邮政部的鬼鬼祟祟特权公司等。

二十四个亿，全都安安稳稳地投在绩优股上，这些股票都是金边股，战绩不俗。每年的红利是一亿两千万美金。雅丽克轻快地长长地喘了一口气，说道："够了吧？"

"足够了，雅丽克。"

"然后该干点什么呢？"

"不买了。"

"退出江湖了？"

"没错。"

"我赞成。大事已成，我们得歇个长假，享受一下这些钱。"

"好极了，雅丽克。"

"亲爱的，你觉得呢？"

"这些钱能花多少？"

"花光了都成。"

听了这一席话，丈夫心头的重负仿佛一下子落了地。他只字未说，其实早已高兴得难以言表了。

这件事过后，夫妻俩算是发现了不遵守安息日规矩的奥妙，从此再也不坚守这个规矩了。这算是他们走上邪路的第一步。每个星期天的清晨祷告之后，全天的时间他们都用来谋划——谋划花钱的路数。花天酒地的奢华生活要一直延续到深夜；每场降神会上，雅丽克都要慷慨解囊，捐上百万的钱给大型的慈善机构和教会产业，萨俐则掏出等同的巨资用来买一些东西，最初要买的东西还有具体的名目。但也就是最初才这样。到后来，所谓的名目渐渐不那么清晰，最后索性模糊到“杂项”一类，这样一来要买什么都说不清道不明了——不过这样也更安全一些。因为萨俐在捣乱。他花费了几百万的钱——用来买牛油蜡烛——严重增加了家庭开支，令人非常不安。雅丽克焦虑了一段时间，后来就不再操心了，因为发愁的问题已经不存在了。她也曾头疼过、悲哀过、羞耻过；不过还是什么都没有说，于是自己也成为同谋。萨俐开始从商店里偷蜡烛了，监守自盗。世事如此。庞大的财富对没见过钱的人来说就是祸根，会把人的品行连骨头带肉都吞食净尽。福斯特夫妇日子不宽绰的时候，数不清的蜡烛都交给他们也没有问题。可是现在，他们——我们还是别在这个问题上打转了。从偷蜡烛到偷苹果不过是一线之别；之后是肥皂；再后来是枫糖、罐头；还有瓦罐。行事上一旦走了下乘，变得更坏一点儿实在不是什么难事！

与此同时，福斯特夫妇光芒四射的金融路线上也出现了其他里程碑一般的伟大效应。他们心头虚构的砖瓦房已经退出了，代之以一栋花岗岩垒成的小楼，上有棋盘格子花纹的庑殿屋顶；后来，这栋小楼也销声匿迹了，让位给了更豪华的一座住宅——如此等等。一栋又一栋空中楼阁拔地而起，一栋比一栋更高大、更轩敞、更精美，之后一栋接一栋地化作烟尘；直到近来这些大喜的日子里，我们这两个白日梦患者已经住进了位于远郊的一栋梦幻式的豪宅里，那简直是一座美轮美奂的王宫，坐落于草木葱茏的山顶，从宫殿望去，但见山谷、溪流，还有在山岚水色中耸立的崇山峻岭，山色渐逝——这些都是私有领地，都是两位白日梦患者的私有财产。宫殿里的仆从如云，身着统一服装，名人雅士、权贵能臣接踵而来，各国首都的重要人士咸来做客。

宫殿距离这里很远、很远，远在太阳升起的地方，千里万里无可估测，渺如烟海尽头。它建在罗德岛上的纽波特，那里是上流社会的圣地，美国贵胄们盘踞的禁土。按照惯例，夫妻俩在安息日晨祷之后，总要在这座豪宅里消磨一阵子，而后所余的时间要么在欧洲徜徉，要么乘坐着私家游艇四处游弋。他们每星期有六天都在湖滨镇破烂不堪的丑陋的现实的家里过乏味的日子、拮据的生活，到第七天就能深入仙境——这已经成为夫妻俩的定式生活和习惯了。

在处处受限制的现实生活中，他们依旧是老样子——埋头苦干、勤勤恳恳、谨慎小心、脚踏实地、精简节约。他们对长老会的小教堂忠心不二，诚心诚意为教会谋福利，全心全意、坚定不移地支持高尚而严格的教规，但是到了梦想生活里，他们任由幻想诱惑着自己，无论自己成了什么人物，也不管这些幻想会怎样变幻。雅丽克的梦幻还不算太过的反复无常，但是萨俐的幻想完全没有头绪。雅丽克在梦幻生活中改信了新教的圣公会①，因为这个教派的头衔十分高大上；后来她改信了高教会派②，因为这个派别的教堂里蜡烛和排场都惹人注目；再后来她自发地信奉罗马教廷，因为教会里有红衣主教，蜡烛也更多。可是和萨俐比起来，她满脑子跑火车的想法还真是小意思。萨俐的梦幻生活里时时刻刻都闪耀着激动人心的火花，瞬息万变的想法让他的梦幻世界处处鲜活而耀目，宗教方面的变化以及其他生活上的活动都是如此。他为自己的信仰们勤勤恳恳地工作，可是改换门庭的速度都赶上了换衬衫的速度。

福斯特夫妇早在财源初现的时候就开始大肆挥霍，而后随着财势的增涨，越发地大手大脚。不久之后，他们当真是一掷千金了。雅丽克每个周日都要建一两所大学，外加一两家医院、一家罗顿宾馆或者别的宾馆、一批教堂；时不时地还要建上一所大教堂。有一次，萨俐戏谑地开了一个不合时宜、没头没脑的玩笑："那天实在太冷了，否则她早就送走一船的传教士，去劝诫没头脑的中国人拿二十四K纯金的儒教换假造的基督教了。"

这么粗野无情的话真是让雅丽克伤透了心，她哭着跑了。她这副伤心的样子印在了萨俐的心头，又是心疼又是不好意思，要是能收回那些话让他怎么都可以。可是她半句责怪的话都没说——唯其如此才更让萨俐心头鲜血淋漓。居然没有一丝要他

---

① 英国国教为新教，是由16世纪宗教改革运动中脱离罗马天主教会形成的教派，也译为更正教或反对教。

② 基督教新教圣公会派别之一，主张在教义、礼仪和规章上大量保持天主教的传统，要求维持教会较高的权威地位，因而得名。

反躬自省的意思——雅丽克原本可以给他一顿臭数落！雅丽克宽仁大度，什么都不说反而成了反戈一击，把他那点坏水都泼回给他自己，心里仿佛过电影似的，好好瞧瞧自己这些年大发财源，过的都是什么样的日子。坐在那里反思的时候，他的双颊羞得火烧火燎一般，一颗心陡然跌进羞愧的深渊。瞧瞧雅丽克是怎么活的——那么美好，天天向上；再反过来瞧瞧自己的生活——那么不务正业，那么刻薄虚荣，那么自私自利，那么空虚无聊，那么卑鄙无耻！而且那点追求——从来都不知进取，反而自甘堕落，一路向下！

把妻子的生活和自己的生活做了一番比较之后，他这才发现自己那番话简直就是鸡蛋里挑骨头——于是他沉思起来——自己可真是！还有什么可说的？雅丽克修建第一座教堂的时候，自己在折腾些什么？跟别的一些百无聊赖的百万富翁凑在一起开了一家牌友俱乐部；把自己那座宫殿般的豪宅搅得乌烟瘴气；一局下来就能输个千儿八百的，因为输个底儿掉名声大振，自己居然还傻乎乎地把这么个名声当宝。雅丽克修建第一所大学的时候，自己在折腾什么呢？跟一个同性恋纠缠，脏了自己的身子；还跟其他一些口袋里百万千万、脑子里穷光蛋、爱脑筋一热的家伙们鬼混在一起，干些没法见光的勾当。雅丽克修建第一所育婴堂的时候，自己在折腾什么呢？哎哟！雅丽克在筹划着组建一个高尚的两性关系纯洁协会的时候，自己在折腾什么呢？哎，究竟干什么来着？雅丽克和基督教妇女戒酒会以及妇女斧头帮的同人坚定不移地清除害人的酒瓶，那时候自己在折腾什么呢？每天醉酒三回。

当这位修建了上百座大教堂的恩主在教皇治下的罗马城受到欢迎和祝福的时候，在教皇授予她当之无愧的金玫瑰勋章的时候，自己在折腾什么呢？在蒙特卡洛抢了一家银行。

他赶紧打住，实在不敢再想下去，其余的事让人想想都怕得慌。他站起身，下定决心要亲口承认自己的罪行：这段阴暗的生活该曝曝光了；这样诡秘的活法再也不能持续下去了；他要去把一切都告诉妻子。

一旦决定他就坚决做到，他把一切都说了，一头扎在妻子的怀抱里哭了起来，边哭边说，请求妻子能宽恕自己。这一惊可是深入心底，雅丽克被打击得摇晃了起来，可是丈夫毕竟是自己人，是她心头最爱的人，是她的眼珠子，是她的全部世界，怎么也不能太决绝，于是宽恕了丈夫。她觉得丈夫在自己心中的地位再也不是当初了，她深知丈夫肯定是认错认得快，但是坚决不改；但是，就算丈夫颜面全失、内心腐烂，难道就不算自己的亲人、自己的良人、自己至死方休的偶像了吗？雅丽克说，我的心早就臣服于他，归顺于他，那就敞开盼夫回归的心扉，放他进去吧。

七

这件事过去之后，有个周日的下午，夫妻俩正乘坐着梦想中的游艇徜徉在夏日的海面上，懒散雍容地斜倚在船尾甲板的遮阳棚下。四下里一片沉寂，因为两个人都在想着自己的心思。近来，在不知不觉中这样的沉寂越发频繁了，当初夫妻间的亲昵和热诚在渐次消减。萨俐那番坦白可没有白说；雅丽克千辛万苦地想把那段惨痛的记忆从心头赶出去，可是它死赖在那里不肯走，于是这段记忆带来的耻辱和苦恼有如毒药一般染黑了她高尚的梦想生活。现在她终于明白了（一到周日）她的丈夫就摇身一变，成了一个脑满肠肥、人嫌狗憎的东西。对此，她实在无法视若无睹，于是这些日子以来就不看他，至于周日，还可以忍受得了他。

不过——她自己难道就完美无瑕了吗？哎哟，她自己心里清楚谈不上。她也有事瞒着丈夫，这可不算什么光彩的事，为此她的心也每每刺痛。她撕碎了夫妻间的誓约，把这事藏在心底。她没有经受住利益的诱惑，重入江湖做起了生意；她把所有的财产一股脑压在铁路系统、煤矿，还有钢铁企业的股票上，每到守圣时刻她就胆战心惊，生怕漏出一句半句地让他听出来。有这么一件理亏的事折磨着她的良心，让她痛悔不已，所以怎么也不能忍心不原谅丈夫；眼瞅着丈夫醉醺醺地躺在那儿，对一切都心满意足，从来不怀疑自己的忠心，她就满怀内疚。丈夫从不怀疑她——对她的信任简直到了无可挑剔、令人回肠荡气的地步，而她偏偏把丈夫的性命系于一线，简直要给丈夫带来灭顶之灾——

“我说——雅丽克？”

蓦然间的几个字打断了她的思绪，让她回过神来。有这么个话题把她的思绪生生扯回来让她很是开心，于是搭了腔，那嗓音颇有几分往日的甜美：“什么事，亲爱的。”

“要知道，雅丽克，我觉得咱们俩犯了个错误——我是说，你打错主意了。我指的是孩子的婚事。”他坐了起来，肥肥胖胖的有如一只蹲伏的青蛙，再加上慈祥的表情活像一尊青铜佛像。他的语气越来越热切：“你想，都五年多了，从开始到现在，你挑女婿的策略就没变过：每回股票涨了，女婿的标准也要涨五个百分点。每回我觉得该办喜事的时候，你肯定发现前面还有更好的，然后我就再扫兴一次。我觉得你怎么也不满意，迟早有一天我们家闺女就成剩女了。第一回我们把牙医和律师给甩了。这样也好——这个主意挺不错。接着银行老板的儿子和猪肉批发商的继承人也没资格了，也挺好。后来，众议员和州长家的儿子也不成了，我得承认，你的主意很稳妥。再后来，参议员和副总统家的公子也瞧不上了——真是没得比，他们俩那点芝麻绿豆大的官位待不住的。之后你看上贵族了；记得当时我们投股的那家公司终于找到油田了——对。我们得在名流士绅里好好刨刨，找出那些古老的世家，得尊贵、得神圣、得具有难以言喻的优雅，家族史怎么也得一百五十年，一个世纪以前就把祖先身上的腌鳕鱼的腥味和老皮袄的膻味都洗干净，从那以后工作的事就再也不沾手。该到时候了！喂，当然是到办喜事的时候了。可是没成，有两个真材实料的贵族从欧洲来了，你当机立断把那两个杂牌军给扔到脑后。这让我太失望了，雅丽克！从那以后，那是多长的一队准女婿啊！你甩了两个准男爵，换了一对男爵；然后男爵又换成两个子爵；子爵换成两个伯爵；伯爵换成侯爵；侯爵换成一对公爵。到现在，雅丽克，总该出手了吧——你已经玩到顶级了。你手上已经挑拣了四个公爵，四个人四个国籍；个个名声好、外形好、血统好；个个破产，债台高筑。这些人身价昂贵，可是我们有这个钱。好了，雅丽克，别再耽搁下去了，别再来回掂量了：把这些人选都交给闺女们自己选吧！”

萨俐对雅丽克的择婿政策好一番责难，他说这番话的时候，雅丽克自始至终都面带微笑，温存而满足地笑着。她的双眼里闪烁着欣慰的喜色，好像是大获全胜之后的真情流露。她尽可能用平静的口吻说道：“萨俐，要是和皇室宗亲联姻——你看，怎么样？”

平地一声雷！可怜的男人，这句话把他炸晕了，一下子摔倒在龙骨翼板上[①]，小腿被船首的锚架擦破了皮。天旋地转地过来好一会儿，他才爬起来，一瘸一拐地走到妻子身边坐下来，蒙眬的双眼直冒光，其中有如潮涌的仰慕与深情一如往昔。

“我的神呀！”他情绪激昂地说道，“雅丽克，了不起呀——你是世上最了不起的女人！你的本事有多大我从来都想象不到。你的能耐有多强我从来都猜不透。我还总觉得自己有资格对你的打算品头论足呢。就我！天哪，我但凡静下来好好想想，就该明白你早就胸有成竹了。喏，亲爱的心肝儿，我就跟坐在热火炉子上似的，可没耐心等了，赶快告诉我吧！”

被丈夫吹捧得欣欣然的女人把嘴凑近丈夫的耳朵，低声说出一位王子的名字。一听这个名字，他倒吸了一口冷气，狂喜之下脸上闪闪发光。

“苍天呀，大地呀！”他说道，“逮着一条大鱼啊！他名下

---

① 靠近船的龙骨的第一排厚板或船侧板。

有一家赌场、一块墓地、一个主教，还有一座大教堂——这些都归他个人所有。这些产业都是能挣百分之五百的利的金边证券[①]，他的这点产业在整个欧洲都算是最鲜亮的。再说那块墓地，那可是世界上最挑剔的墓地：除了自杀身亡的，其他人一概不接受；对了，老兄，免费名额已经满了，再也没有免费的。那个公国没有多少领土，不过也够用的了：墓地占地八百英亩，外围还有四十二英亩。最主要的——它是个主权国家；地盘大小不算什么。要地盘有的是，撒哈拉沙漠里地盘大得好似中了病。”

雅丽克喜形于色，欣悦之情发自肺腑。她说：“想想看，萨俐——这家人从来不跟欧洲的王公贵族以外的人家结亲：将来我们的外孙子能坐上王位！”

“一点不错，雅丽克——手里还握着权杖；从容不迫、漫不经心地挥着权杖，那姿态就好比我拎着一根尺子一样自如。雅丽克，你真逮着一条大鱼。已经攥在手心里了吧，是不是？跑不了了吧？你还没下定金吧？”

“没有。你就瞧好吧。他可不是个累赘，他是个宝啊。另外一个人选也是如此。”

“究竟是谁啊，雅丽克？”

“西格斯蒙德 - 西格弗里德 - 劳恩菲尔德 - 丁克尔施皮尔 - 施瓦岑贝格 · 布鲁特伍斯特殿下，卡特曾雅莫世袭公爵。”[②]

---

① 即国债，专职财政部代表中央政府发行的国家公债，因信誉高，故有金边证券之称，稳健性投资者喜欢的投资类型。

② 作者戏谑，这些名字大多出自日耳曼语，姓氏“布鲁特伍斯特”的本意是德国产的黑香肠，其爵位“卡特曾雅莫”的本意是头疼、喧闹。

“不可能！你绝不是这个意思。”

“实话实说，我敢对天发誓。”她回答道。

萨俐一下子就圆满了，他欣喜若狂地把妻子拥在怀里，说：“太奇妙了，太美好了！那是古代的三百六十四个日耳曼诸侯国里最古老、最高贵的诸侯国之一，而且俾斯麦统一各诸侯国以后只准许几位大公保留了王室财产，其中就有他一个。那个庄园我认识，我去过。那里有个制绳厂，一个蜡烛厂，还有一支军队。还是常备军。步兵骑兵都有。总共三个士兵、一匹马。雅丽克，我等这一天已经等了好久了，天天心力交瘁，希望总是落空，不过上帝知道我现在有多开心。又是开心，又是感激，我的老伴儿，多亏了有你啊。定在哪一天？”

“下个周日。”

“好。我们得照着时下最豪华的风格办喜事，因为男方来宾具有王室身份。就我看来，对于王室来说，唯有一种形式的婚姻是神圣的，非王室不用：那就是高门低娶。”

“为什么要取这么个名目，萨俐？”

“我也不清楚；不过，不管怎么说这也是王室婚姻，只有王室才有这个说法。”

“那么我们就遵从旧例。而且——我还非这么办不可。要么就照高门低娶的模式办喜事，要么就不办。”

“说定了！”萨俐一边说，一边兴冲冲地搓着手，“这桩婚事在美国可是前无古人。雅丽克，纽波特的人非得发疯不可。”

而后，夫妻俩再次陷入沉默，任由想象展开双翅肆意翱翔，飞向遥远的地方去邀请那些头顶王冠的大人物，还有他们的家人，连路费都奉上了。

八

夫妻俩在天上足足飘了三天，脑袋一直在云里雾里。身边的事都只有模模糊糊的印象，眼睛看什么东西都朦朦胧胧，好像遮了一层面纱；俩人一直沉浸在梦幻里不能自拔，人家跟他们说话也听不见，就算听见了也听不懂；跟人家答话的时候也是语无伦次、莫名其妙。萨俐按分量卖蜂蜜，按码卖白糖，人家要蜡烛，他递上肥皂；雅丽克把猫扔进了洗衣盆，把牛奶泼在脏了的床单上。大家都瞠目结舌，到处窃窃私语："福斯特夫妇这是怎么了？"

这样过了三天。然后出大事了！股市发生了喜人的转折，雅丽克想象中囤积的股票在二十四个小时之中连续上涨。涨——涨——涨上去！涨幅已经超过了成本。还在继续涨——涨——涨！超出成本价五个百分点了——十个百分点——十五个百分点——二十个百分点！这笔巨额的投机生意已经净挣二十个百分点了，现如今，雅丽克想象中的经纪人从想象中的远方狂喊："抛出！抛出！看在上帝的面子上赶紧抛吧！"

雅丽克把这个喜讯告诉了萨俐，他也说："抛吧！抛吧——哦，千万别失手，现在就赶紧抛吧，全球的钱都在你手心里了！抛吧，抛吧！"可是雅丽克坚决不肯，她意志坚定如钢似铁，打算乘风破浪继续冲，还说哪怕要丢掉性命也得再搏五个百分点。

这个决策真的要了她的命。就在第二天股市发生了历史性的崩盘，创纪录的崩盘，毁灭性的崩盘，华尔街股票直落到底，金边股票在五个小时之内骤跌九十五个百分点。有人看见千万富翁已经沦落到在波沃利大街讨饭的地步。雅丽克却仍旧持股观望，打算能挺多久就挺多久；可是挺到最后却等到了一个让她一接之下力量全无的电话，想象中的经纪人出卖了她。到了这个时候，到了这步田地，她那赳赳的男子气踪迹皆无，女人味终于复苏了。双臂紧紧搂着丈夫的脖子，她一边哭一边说："都怪我，别饶了我，我受不了了。咱们现在成了穷光蛋！穷光蛋，我的命好苦啊。喜事办不成了；都没影了；连嫁给牙医都负担不起了。"

"我恳请过你要你抛的，可是——"这句愤愤不平的责难就在嘴边上，可是萨俐没有说出口，不忍心在她千般伤心、万分悔恨的时候给她的心上再添一刀。于是一个高尚的念头闪过他的心头，他说："撑住了，我的雅丽克，什么都没赔！我叔叔的遗产你一毛钱也没动，从没投资过，你炒作的是这笔钱还没兑现的未来，我们赔了的不过是凭你那无与伦比的金融头脑和远见卓识挣来的钱。振作点，把这些伤心事都撂下，那三万元我们根本就没碰；再有你积累的这些炒股经营，想想看，有这笔钱在手你在两年之内能挣出多大的产业来！喜事也没告吹，只是延期了。"

这些话语字字动人。听了这些大实话，雅丽克仿佛触了电门似的，眼泪立时止住了，她那超凡的精神重新振作起来。雅丽克双眼流光溢彩，内心感激不尽，她举手发誓，预言道："此时此刻我宣布——”

话没说完来客人了，打断了她的话语。来人是《萨加莫尔周报》的编辑兼东家，这次碰巧来湖滨镇看望一位一表三千里的祖母辈的亲属，老人这一生就要走到尽头了。这一趟他想把公事和丧事一起办，于是来拜访福斯特夫妇。这对夫妻在过去四年里潜心于别的事务，忘记偿清订报纸的钱了。该付六美金。谁来做客都不如这位客人受欢迎。蒂尔伯里叔叔的情况他肯定一清二楚，对他什么时候往棺材里爬很是门清。当然，夫妻俩不能这么问，因为明着问要触犯遗嘱的条款，不过他们可以绕着弯套些话，盼着人家透个底。这个计划并没奏效。神经迟钝的编辑就没察觉人家在套他的话，好在有心栽花花不发，无心栽柳柳成荫。双方聊着聊着，编辑为了说明问题的严重就打了个比方：“苍天啊，大地啊，就跟蒂尔伯里·福斯特一样难对付！我们那儿都这么说。”

乍听之下，福斯特夫妇吓了一跳。编辑一看吓到人家了，就歉意地说道：“我保证我没有恶意。这就是一句俗语，说着玩儿的，要知道——什么意思都没有。是你们家的亲戚吗？”

萨俐强压住熊熊燃烧的渴望，竭力表现出漠不关心的样子说：“我——啊，也不怎么认识，就是听说过。”编辑谢天谢地，恢复了镇定。萨俐追问道：“他——他——还好吧？”

“他好不好？怎么说呢，上帝保佑，他在阴曹地府待了五年了！”

福斯特夫妇悲痛得发起抖来，只是感觉像是高兴得发抖。萨俐态度含糊地试探了一句：“啊，哎呀，这就是命啊，谁都逃不过去这一关——有钱人也不能免死。”

编辑大笑起来。

“如果说你把蒂尔伯里也算在有钱人里的话，”他说，“他可是担当不起。他一个子儿都没有，还是全镇的人给他打点的丧事。”

福斯特夫妇如通冷水浇头，足足两分钟僵坐不动，仿佛冻成了冰柱。后来，萨俐惨白着脸，荏弱地问道：“真的？您确定这是真的？”

“啊，我得说确实如此！我是遗嘱执行人之一。他身后什么都没留下，就留下一辆独轮手推车，给我了。居然没有轮子，一点用处都没有。怎么说还算个物件吧，所以我给他胡乱写了几句讣文还他的人情，可是被别的稿子挤掉了。”

福斯特夫妇已经听不进去了——就好比杯子里充满了水，再添也添不进去了。两人低垂着头，除了满心的痛苦，什么感觉都没有了。

过了一个钟头以后，他们还静静地坐着，低垂着头，纹丝不动、无声无息地坐着。客人早就走了，只是他们俩都没发觉。

再后来，俩人略微地动了动，这才疲惫地抬起头，满怀心事地彼此相望，如梦如痴，失魂落魄；然后，他们俩神魂恍惚地开始说些孩子般的傻话。往往是一句话说半截就又陷入沉默，恐怕谁都没意识到话还没说完，要不就是说着说着忘了。有时从沉默中醒过神来，俩人都隐约地感觉，仿佛心里想过什么事情，这个感觉转瞬即逝；而后就轻柔地抚摸着对方的手，以默默的关切之情表示对对方的怜爱与支持，就仿佛在说：“我就在你身边，绝不扔下你一个人不管，我们有难同当；这点事迟早会有个结局，忘个干净，人早晚会死，那时候一切都平静了；耐心等着吧，不会太久的。”

夫妻俩又活了两年，两年间每到夜里就焦躁地胡思乱想，幻想之中还是模模糊糊地懊悔着，愁肠百转，却什么都不说；到后来，夫妻俩终于在同一天彻底解脱了。

垂危之际，萨俐了无生志的心头拨开了一丝黑暗的阴霾，说道：“飞来横财都是陷阱啊。这笔钱对我们一点儿好处都没有，看上去红红火火的其实一闪就没了；可是就为了这点钱，我们好好的日子不过，有滋有味、简单快活的日子都没了——希望别人能学到点教训吧。”

他闭目静置了一会儿，随着死亡的冷意悄悄地蔓延到心头，脑子里的意识也渐渐模糊，他喃喃地说：“金钱让他不痛快，他就拿我们撒气，我们从来没有对不起他。他可是称愿了：他只留给我们三万块钱，用心真是险恶狡猾，他算准了我们肯定想多发点财，最后准得毁了我们的生活，让我们伤透了心。他本来可以多留点给我们，这样我们就不会想着多挣点，就能逃脱发财梦的诱惑，单说说而已也不会真的多花钱，但凡他心眼好一点儿都会这样做，可是他心胸不宽阔，没有慈悲心肠，没有——”

火车上的吃人事件

近来我去了一趟圣路易斯，一路西行的过程中，在印第安纳州的特雷霍特市换了车。后来停经一个小站时，有位年纪在四十五岁到五十岁上下，面相温和、慈爱的老先生上了车，在我身边落座。我们海阔天空地聊了个把钟头，气氛很愉快，我发现他谈吐不俗，听来心情愉悦。他方才知道我是从华盛顿来的，就问起诸多公众人物的情况和议会事务方面的问题。这一来我才明白和我聊天的这位对首都政治生活中的底细了如指掌，甚至对国家立法机关的参议员和众议员们的议事程序的方法、方式和习俗都一清二楚。不一会儿，两个男人在我们身边停住了脚步，略站了站，其中一个人对同伴说：

“哈里斯，要是你肯，我忘不了你的好处，伙计。”

我的新伙伴眼睛瞬时一亮，估计刚刚听到的这句话触动了一段美好的记忆。而后他的一副深思的样子——甚至可以说面色沉郁。他转过头来，说：“我给你讲个故事吧；这件事是我这辈子最隐秘的一件事，自从发生之后就从没提起过。您得耐下心来听我说完，千万别打断我。”

我打包票不会打断他说话，于是他给我讲述了一段匪夷所思的冒险经历，说的时候一时热情似火，一时又闷闷不乐，不过一直包含感情和热切。

下面是这位陌生人讲述的故事 ：

“1853 年 12 月 19 日那天我搭上了那趟从圣路易斯到芝加哥的夜班列车，车厢里满打满算只有二十四位乘客。一个女人、一个孩子都没有。大家的情绪都很饱满，彼此熟识起来，相谈甚欢。这趟出行看来定将是段愉快的旅程。当时，我估计谁都没有料到时隔不久我们会遭遇到那样恐怖的情况。

“深夜十一点开始下大雪。从一座名叫威尔登的小村落开出来之后没多久，列车就驶入了一望无际的荒凉的草原，千里万里没有人烟的荒原引着我们奔向遥远的朱比利聚居区。咻咻的喧嚣的风狂野地扫荡过平展的荒原，一路畅通无阻，没有树木、山丘，甚至连浪迹天涯的石块都没有。从天而降的雪花被风卷起，仿佛滔天巨浪之巅喷涌出的浪花。地面的雪神速地堆积起来 ；从火车行驶的速度渐渐减缓的情况来看，这部机器仿佛犁地一般前行的难度越来越大了。的确，那些巨大的雪堆在轨道边累积成一座又一座庞大的坟包，有时候列车简直要瘫倒在那里动也不动。聊天的声音悄然而止，一片沉郁的忧虑，欢快的情绪不复存在。列车有可能要困在雪中，封锁在这片阴冷的荒原上，民居都在五十英里以外。这个念头出现在每个乘客的脑海中，渐渐地蔓延着掌控了每一个人的心神。

“凌晨两点的时候，所有的动静都没有了，把我从惶惑不安的睡梦中惊醒，一个惊悚的念头闪过心头——我们陷进雪堆里了！‘全体救援！’大家都跳起来响应。人人都飞跃着投入了荒凉漆黑的夜色之中，投入到如狂潮、如骤雨般的暴风雪之中，大家都清醒地意识到，如今哪怕耽搁一秒钟都可能给所有人带来灭顶之灾。立刻，铁锹铲、徒手挖、木板拖——但凡能把雪铲走，什么都用上了。那是一幅光怪陆离的图景，人数不多的一群疯狂的男人和斜飞的大雪搏命，一半画面陷在浓重的阴影中，另一半画面则暴露在火车头的反光镜折射出的刺眼光芒之内。

“短短一个小时就足以证明力气都白费了。铁轨上的雪堆清理掉一个，暴风雪就卷来一打设置十二个路障。更糟糕的是，列车冲向风雪大敌时最后一轮冲刺的时候，驱动轮的纵向轴折断了！于是，即便铁轨上什么都没有，我们也无计可施了。大家筋疲力尽、灰心丧气地钻进车厢。大家聚在炉子周围，严肃地讨论着我们的处境。没有储备的粮食——这是我们当前最严重的问题。冻是冻不着的，因为车上柴火存了不少，这是唯一值得庆幸的。讨论到最后，大家都接受了列车长提出的令人沮丧的决定，他说在这样的暴风雪里徒步走五十英里注定是死路一条，所以派人求救是行不通的；即便能派人去，救援也无法到达。我们只能顺应天意，以最大的耐心等待，也许等来的是救援，也许是饿死！我想，听到那样几个字，哪怕是最强悍的心也要颤上三颤。

“这个钟头里，彼此的交谈声沉了下去，车厢里只剩下此起彼伏的几声低语，间杂在突然爆出来的几句对话里。灯光渐渐暗淡了下来，这群失魂落魄的人大部分坐在摇曳不定的灯影里沉思——想忘掉眼前的困境，假如能忘掉的话——想先睡一觉，假如能入睡的话。

“永无休止的夜晚——对于我们来说，这一夜似乎真是永无止境——终于拖沓地走完了，清冷灰白的曙光冲破东方的黑暗。随着天色越来越亮，乘客们开始骚动起来，一个接一个地表现出生命迹象，他们把耷拉着的帽子往上推一推，抻了抻僵硬的四肢，瞅瞅窗外阴郁的前路。前方的路确实很阴郁！——四下里看不到一个活物，或一个居民，除了一片白茫茫的荒野，什么都没有。如席大雪被风卷起来散落得到处都是——满世界都是旋转的雪片，将苍穹封闭得死死的。

“一整天，大家在车厢里像拖地一样晃来晃去，不说什么，脑子里却浮想联翩。然后又过了一个漫长而沉寂的夜晚——饥肠辘辘的一晚。

“晨曦再次来临——又是一个悄无声息、愁肠百结、饥肠辘辘的一天，大家绝望地等待着等不来的救援。这一夜浅眠里充满了吃大餐的梦境——醒来后饥饿咬啮的痛苦又折磨着大家。

“第四天来过了又走了——然后是第五天！过了五天囚徒般的可怕生活！每一双眼睛都发射出野人般的饥饿目光，目光中蕴含着一丝恐怖的迹象——有个念头朦朦胧胧地在每个人心头生成——没人敢于亲口把这个念头吐露出来。

“第六天过去了——第七天的晨曦照在一张张憔悴枯槁、无望的脸上，就仿佛这些人已经笼罩在死亡的阴影里了。该说出来了！每个人心头一直在想的那个念头终于要跳出人们的嘴巴了！人性已经熬到了底线——不得不屈服了。明尼苏达州来的理查德·赫·加斯顿，一个面白如纸的高个子男人站了起来。所有人都知道将要发生什么事。所有人都暗自准备好了——他们强压住每一丝情绪，每一丝激动的表现——方才还溢满兽性光芒的眼睛里只有平静、严肃的深思。

“先生们，不能再拖延下去了！时间不等人！我们必须决定让谁死去给其他人当食品！

“伊利诺伊州的约翰·杰·威廉姆斯先生站起身，说道：‘我提名田纳西州的詹姆斯·索亚牧师。’

“印第安纳州的威廉姆·罗·亚当斯先生说：‘我提名纽约的丹尼尔·斯洛特先生。’

“查理斯·杰·兰登先生说：‘我提名圣路易斯的塞缪尔·阿·博文先生。’

“斯洛特先生说：‘先生们，我想谢绝对我的推荐，推举新泽西州的小约翰·阿·范·诺斯特兰德先生。’

“加斯顿先生说：‘如无异议，这位先生的愿望将被接受。’

“范·诺斯特兰德先生反对，斯洛特先生的婉拒被驳回。索亚先生和博文先生同样表示拒绝，但他们的个人意见同样被驳回了。

“俄亥俄州的阿·勒·巴斯科姆先生说：‘我动议提名现在结束，由议会组织投票选举。’

“索亚先生说：‘先生们——我郑重反对该程序。该程序无论从哪个方面来看都不规范、不合时宜。我恳请立即放弃该程序，并选举产生一位会议主席和几位称职的官员协助主席，而

后我们才可以当众以大家可以理解的方式完成这一事宜。’

“艾奥瓦州的贝尔先生说：‘先生们——我反对。此时并非讲究形式或礼仪的时候。大家已经断食七天以上。在这种毫无意义的讨论上每虚耗一分钟都会给我们增加更多的痛苦。我对已然提名的人选表示满意——我相信，在场的每一位先生都没有异议。而我，作为在场人士之一，我实在不明白为什么不立即选举，选出其中一位或多位。希望我的办法能够管用——’

“加斯顿先生说：‘驳回该意见，按照规定该意见将使我们的进程延误一天，而这恰恰是您原本希望避免。来自新泽西州的先生……’

“范·诺斯特兰德先生说：‘诸位——我和大家谁都不认识；诸位赋予我的这种特殊地位并非我所愿，我觉得很微妙——’

“亚拉贝马州的摩根先生插话道：‘我提议研究上一个问题。’

“这个动议得以实施，进一步的争论当然被制止了。选举官员的动议获得了通过，根据提议，加斯顿先生当选为主席，布莱克先生担任秘书，霍尔库姆先生、戴尔先生和鲍尔温先生等人组成提名委员会，兰·姆·豪兰先生担任食品筹备员协助委员会进行选举。

“而后就休会半小时，紧接着开了一个小范围干部会。当主席的小槌敲响，重新召集大会的时候，委员会做报告，肯塔基州的乔治·弗格森先生、路易斯安那州的卢西恩·赫尔曼先生以及科罗拉多州的威·梅西克先生当选。这一报告获得一致通过。

“密苏里州的罗杰斯先生说：‘主席先生，现在报告已经合情合理地摆在了议会面前，我提议对该报告做一点修订，将赫尔曼先生的名字换成圣路易斯的卢修斯·哈里斯先生，我们都非常熟悉并尊敬哈里斯先生。我不希望大家误会我的意思，认为我对来自路易斯安那州的这位先生高贵的人品与身份有何不满，完全不是这样。我对他的尊重与敬意丝毫不亚于在座的诸位对他的感情。但是我们倒在这里的一个星期里，他比在座任何人都耗损得厉害，谁都无法对这一事实视若无睹——委员会玩忽职守的问题我们不能视若无睹，也许他们虑事不周，也许就是严重失误，居然提名这样一位先生供大家选举。无论这一提名的动机有多么纯洁，此人确实没有什么营养——’

“主席说：‘密苏里州的这位先生请落座。除非您走正规程序、遵照制度提出质疑，否则主席不允许任何人质疑委员会的诚信。对这位先生提出的建议，议会有何举措吗？’

“弗吉尼亚州的哈利迪先生说：‘我提议进一步修订这一报告，将俄勒冈州的哈维·戴维斯先生替换梅西克先生。或许有些先生可能会抗议说过去生活的艰辛和贫苦已经让戴维斯先生肉质太硬，但是，先生们，现在是挑剔口感的时候吗？是讲究细枝末节的时候吗？是争论微不足道的小事情的时候吗？不，先生们，我们要的是块头大——有肉，有分量，有块头——这些才是当前的头等必要条件——不是才艺，不是天分，不是教育水平。我坚持自己的意见。’

“摩根先生（激动地）说：‘主席先生，我极力反对这一修订意见。这位来自俄勒冈的先生年纪不轻了，更有甚者，他块头大主要是因为骨架大——并非肉厚。请问这位来自弗吉尼亚州的先生，我们需要的难道只是一碗汤，而不是实实在在的一碗肉吗？难道他想用虚无的画饼欺瞒大家？难道他想用一个俄勒冈的幽灵来嘲笑我们的苦难？我再请他看一看四周那些饥渴的面容，直视我们忧伤的眼睛，倾听这些渴待的心的跳动，他是否还忍心把这样一个饥寒交迫的冒牌货推出来给我们？我请问，他是否能考虑一下大家的绝望处境，考虑一下我们惨痛的过去与晦暗的未来，难道他还要把这堆废渣、这个废物、这个站都站不稳的冒牌货，把这个在俄勒冈的荒凉海滩上粗皮粗肉、浑身是病、干瘪无味的流浪汉塞给我们？办不到！’（掌声）

“经过一番激烈的辩论，只好用投票表决的方式来决议这一修正案，但是被否决了。在第一条修订意见中，哈里斯先生成为替补人选。然后，开始投票。五轮投票过后，谁都没有选出来。到了第六轮才选了哈里斯先生，除了他本人，大家都投了他的票。有人提议，可以鼓掌恭喜他当选了，不过这个提议没有通过，因为他在这次表决的时候还是反对给自己投票。

“拉德韦先生提议议会先就其他候选人讨论一下，选出一顿早餐来。这个动议得到了执行。

“第一轮投票时出现了平局的局面，有一半人选了某一个候选人，因为他年轻；另一半人则青睐另一个，因为他体魄超大。主席投出了决定性的一票，支持后者，梅克西先生。他的决定在败下阵来的弗格森先生一派中激起了强烈不满。有人说应当重新投票；但是谈话的过程中议会休会，于是会议立即结束了。

“弗格森派满腹牢骚，吵嚷了好久，但是晚餐的诸多筹备工作转移了他们的注意力，再后来，原本还想讨论一番的时候，一声悦耳的宣告，说哈里斯先生已经做好了，所有的念头都一瞬间随风而去。

“我们把车座的后背拼成几张餐桌，对这顿精致非常的晚宴满怀着感恩的心落座，准备享用这顿历经七个磨难的日子之后分外养眼的大餐。跟短短几个小时之前相比，我们的心情产生了多么巨大的落差呀！之前哀婉无助的愁苦、饥肠辘辘、狂乱焦灼、了无生望的情感，之后难以言表的感恩戴德、宁和静好、欢欣鼓舞。我知道这是我多灾多难的一生中最喜悦的时刻。风声哀嚎，环绕着我们的囚笼四周狂野地推搡着落雪，然而这些再不能惹我们发愁了。我喜欢哈里斯这个人。或许还能把他做得更美味一些，但是我还是得说谁都不如哈里斯那么合我的胃口，或者给我这么大的满足感。梅西克当然不错，只是调味更重些，但是就真正的营养和肉质的鲜美而言，我还是想要哈里斯。梅西克也有自己的长处——毋庸置疑，我不试图否认这点，也不希望否认这点——但是，先生，他丝毫不比一具木乃伊更适合做早点，一点都不适合。瘦不瘦？——哇哦，老天！——还硬吗？啊，硬邦邦的！你简直想象不出来，——怎么猜你都猜不到。”

“您的意思是说——”

“别打断我的话，求您了。早餐以后我们选举了一个来自底特律的名叫沃克的人当晚饭。他味道好极了。后来我写信给他的妻子时还告诉她了。怎么夸他都不过分。我得把沃克永远记在心里。他稍微有点不熟，但是味道不错。接下来那个早晨我们把亚拉贝马州的摩根当了早餐。和我共过坐席的人里，他是最雅致的人之一——外形帅气、教养良好、举止文雅，还能流利地说几国外语——真是个无可挑剔的绅士——他的确是无可挑剔，而且汁水很足。到了晚餐我们吃了俄勒冈的老家长，这家伙就是个骗子，这一点毋庸置疑——老胳膊老腿、瘦骨嶙峋，肉质干硬，真是难以言表。最后我说了一句，先生们，诸位愿意怎么办就怎么办，我愿意等到下一次选举再吃。伊利诺斯的格瑞姆斯说：'先生们，我也愿意等下一顿。等真的选出一个值得推荐的人选时，我会非常高兴加入坐席。'这一下都明白了，大家对俄勒冈的戴维斯普遍不满意，原本吃了哈里斯之后大家都萌生了美好的感觉，为了维护这种感觉，我们又举行了一次选举，结果乔治亚州的贝克被选中。他实在是妙不可言！哇噢，哇噢——再后来我们还吃了杜利特尔和霍金斯，还有迈克尔罗伊（大家对迈克尔罗伊抱怨了几句，因为他身材矮小得不像样），还有彭罗德、两个姓史密斯的、贝利（贝利有一条腿是木制的，这是个明显的损失，但是其他方面都还不错）、一个印第安小伙子、一个街头风琴师、一个姓巴克敏斯特的先生——他是个可怜的流浪汉，和他在一块什么好处都落不着，也不适合做早餐。救援到来之前我们选的是他真让人高兴。"

"那么说最后还是有人来救援？"

"来了，在一个阳光明媚的清晨，刚刚选举完，救援队就来了。约翰·墨菲被选中了，再也没有比他更适合的人选了，我很愿意证明这一点；但是约翰·墨菲跟我们一起回了家，坐上了那辆来救援的火车，还娶了哈里斯的寡妇——"

“谁的寡妇——”

“我们选中的第一个家伙的寡妇。他娶了这个寡妇，日子过得很幸福红火，人家都尊重他。啊，真像小说的情节，先生——像浪漫小说似的。我到站了，先生；只得和您说声再会了。何时您有闲暇，愿意来寒舍小住一两日，我随时恭候您的大驾。我喜欢您，先生；我对您的感情油然而生。对您的喜爱会和我对哈里斯的喜爱一样深厚，先生。祝您旅途愉快。”

他下了车。这辈子我从来没有感到这么惊悚、这么烦恼、这么混乱。他终于走了我太高兴了。他举止斯文、音色柔和，可是每当他把饥饿的眼神投向我的时候都让我心惊肉跳；听他说居然对我产生了不安全的感情，在他心中我居然和已故的哈里斯所差无几，我的心都快要停止跳动了！

我脑子混乱得难以形容。他说的话我一丁点都不怀疑；他的话语那么真诚热切，使我对他的话没有一丝半点的质疑；但是话里话外那些恐怖的细节把我压垮了，使我的头脑陷入一片无望的混乱之中。我发现列车员在瞅着我，就问：“那个人是谁？”

“那个人原本是国会议员，以前很称职。不过有一次他乘坐的列车被堵在雪堆里，几乎饿死。他受了很重的冻伤，几乎全身冻僵，因为什么吃的东西都没有，他虚耗得差点挂了，后来他病倒了，有两三个月脑筋不大清楚。现在已经没事了，只不过又成了偏执狂，但凡说起那个老话题就刹不住车，总得把他说起的那个车厢里所有的人都吃光才算完事。这次他原本也想把整个车厢的人都了结了的，不过他得下车了。那些人的名字他都背得滚瓜烂熟。每次说到把别人都吃光，只剩下他自己的时候，他准得说：'推选早餐人选的时刻到了，没有人反对，我理所当然地当选了，然后因为没有人反对，我就推辞了。所以我现在还活着。'"

当我得知我所听到的不过是一个精神病患者的无稽之谈，而不是一个残忍的吃人者真正的经历时，我真是大松了一口气。

误期的俄罗斯护照

一只苍蝇也是夏天。

——摘自笨头笨脑的韦尔森的日历

一

下午时分，在柏林城腓特烈斯特拉斯的一家绝妙的啤酒沙龙里，上百张圆桌边，男人们坐着吸着烟、品着酒；来往穿梭，到处走动的则是系着白围裙的侍者们，他们托着冒着泡沫的大杯、大杯的酒给喝酒的人们送过去。靠近正门的一张桌子边聚着六七个活泼的年轻小伙子——他们是美国学生——跟一位来访的耶鲁大学年轻人喝酒告别，送他上路，他在德意志的都城里已经待了好几天了。

“可你干吗半截儿把日程缩短呢，帕里什？”一个学生问道，“我真盼着自己也能有你这样的机会。你回家干什么呀？”

“对呀，”另一个说道，“想干什么事啊？你倒说说清楚，要知道，你的做法不太合乎常理。是思乡病吗？”

帕里什年轻的脸上腾起一团姑娘似的红晕，他稍稍犹豫了一下，还是坦白正是因为思乡情切。

“我以前从未离开过家，”他说，“在这每过一天我都觉得越发孤独几分。连续好几周一个朋友都看不见真是太可怕了。我倒是有心坚持完成旅行，好维护自尊心，可瞧瞧看，你们这些家伙把我彻底累垮了。以前我还把这里想象成天堂，可没有人陪的凄惨日子我是一天也过不下去了。要是有人陪——可又没有，你们都知道，所以光想也没用。我小时候人家都管我叫南茜小姐，估计现在我还是像个大姑娘，爱难为情，就是那些意思吧。我本该做个女孩！我受不了了，我要回家。”

男生们都好心好意地劝他振作精神，还说他犯了个错误。一个人补充说，最起码他该在回家前去瞧瞧圣彼得堡再走。

“不去了吧！”帕里什恳求着说，“那是我最渴望的梦想，可是现在我已经完全不想了。别再纠缠这个问题了，我好比水做的骨肉，经受不住别人一句劝。我可不能一个人走，我想我会死掉的。”他用手拍了拍胸前的口袋，补充说：“我这儿有样东西能保证我不改变主意，我买好了去巴黎的车票和卧铺车厢票，今天夜里就走。现在，喝啊——我请客——干杯——这次为回家干杯！”

再见的话说完了，留下阿尔弗雷德·帕里什一个人陷入沉思，他又是孤零零的一个人了。不过只过了不一会儿罢了，一位面容坚毅的中年人叫嚷着从邻桌走过来，他举止活泼，颇具商人风范，另外还有种决断和自信的气派表明他受过军事训练。那人坐到帕里什身旁，兴致盎然、充满真诚地跟他聊天。他的双眼、他的面庞、他的身躯、他说话的方式无不散发着热量。

就好像他浑身充斥着蒸汽——那是发动机放空转的压力——人们几乎听得见他体内试水位的旋塞在吱吱唱歌了。他坦率地伸出一只手真心实意地跟帕里什握了握，用一种非常具有说服力的声音热心地为他“定罪”如下：“啊，可不许这样，你千万不能这样做，这是最严重的错误，从此往后你肯定会为此懊悔不已。听我一言，我求你，不要这么做——不要！”

那话的口气如此友好，又似乎如此真实，仿佛给这位年轻人沮丧的精神带来了某种激励。眼里的潮润泄露了他心底的秘密，在不知不觉中告诉对方自己大受感动，对那人很是感激。机灵的陌生人注意到他的情绪反应，心满意足，接下来根本不等对方开口就赶紧加强攻势、巩固效果。

“别，别这么干，那会是个错误。你们说的我全听见了——你会原谅我吧——我坐得太近了，根本没法听不见。想想你明明有心瞧瞧圣彼得堡，却把旅行行程缩短了，我真难过，而且圣彼得堡已经近在咫尺，几乎从这里就能瞧得见！再考虑一下——啊，你必须再考虑一下。距离圣彼得堡这么近——很快就能走到，路程很快就能结束——再想想那会是怎样难忘的一段记忆啊！”

接着他又替那座俄罗斯都城以及城内的奇观异景勾勒出一幅画卷，这让阿尔弗雷德·帕里什馋得直流口水、振作精神、充满期待。而后——“没说的，你得瞧瞧圣彼得堡——一定得瞧瞧！喂，那绝对是一场喜悦的经历——惊喜！我知道肯定是，因为我对那儿特别熟悉，不亚于我对在美国的出生地的熟悉程度。十年啦——我和这地方有十年交情啦。在那边无论问谁，人家都会告诉你这一点。他们全都认识我——我是梅杰·杰克逊。连那儿的狗都认识我。走啊，哦，你一定得去看看，你一定得去，真的。”

阿尔弗雷德·帕里什现在急切得都发起抖来。他这就想去，脸上的表情明明白白地表现出来，有如语言所能表达的一样清晰。而后——以前的阴影又笼上心头，他悲哀地说：“哦，不——不行，没用，我做不到。我在孤独中会死掉的。”

这位梅杰大吃一惊，说道：“什么——孤独！怎么会，我会跟你一块去哇！”

这真是出人意料的惊人话语，而且不太中听。事情变化得过于迅速了。是不是个陷阱呢？这个陌生人是不是个骗子？对一个徘徊中的不相识的小伙子哪来这些无偿的关心呢？然后他瞥了一眼梅杰那张坦诚迷人、喜气洋洋的面庞，心里羞愧透了，也不知怎么才好摆脱这番困窘而不伤害提议人的感情。可他在社交方面从来不能应付自如，于是在处理这件为难事的时候，笨嘴拙舌、信心不足。他过分地表现着一副无私的样子说：“哦，不用，不用，您太客气了，我不能……我不能允许将您置于如此的不便，为我……”

“不便？一丝一毫也没有，我的孩子。我今天夜里怎么说也要去，我乘九点的快车离开此地。来吧！我们可以一起走。你一分钟也不必孤孤单单一个人待着了。来吧，跟我走——下命令吧！”

于是那个借口没有成功。现在怎么办呢？帕里什灰心丧气了，就他来说，似乎他那点儿可怜的创造力所能发明出来的托词没有一样能让他摆脱这些苦差事的。不过，不能就此妥协，于是他重整旗鼓，可还没编完新的借口，就觉得自己也看得出这回的借口还是没什么说服力："啊，最不幸的是命运与我相违，这样做是不可能的。瞧瞧这些。"——他掏出车票摊在桌面上。"我已经订好去巴黎的票，我没法把这些车票和行李通票换成去圣彼得堡的，当然喽，还得损失金钱；要是我能负担得起这些经济损失的话，我反倒情愿买了新车票以后手头儿短点呢——因为这是我身上带的所有现金了。"——然后他把一张五百马克的钞票铺在桌上。

一眨眼的工夫，那位梅杰抓起车票和行李票站起身，热情洋溢地说着："好啦！这就行了，一切都妥当了。他们会替我换车票和行李标签的，他们都认识我——大家都认识我。站在这地方别动，我马上回来。"而后他伸手去够钞票，补充说："我得带走它，因为可能买张新票得添一点儿钱。"——一分钟后他已经飞奔出大门了。

二

阿尔弗雷德·帕里什呆住了。一切都如此突然，如此突如其来，如此胆大妄为，如此难于理解，如此不可思议。他大张着嘴巴，舌头却不听使唤。他试着大叫"拦住他"，可他的肺里空荡荡的，没有空气。他想追上去，可双腿除了抖成一团之外什么也不肯做，而后两条腿瘫软下来，跌坐在椅子里。他的喉咙干巴巴的，惊愕地大口、大口地喘息着、吞着空气，头脑里一片混乱。他得怎么办？他不知道。不管怎么说，有件事似乎还是明白的——他必须振作起来，必须努力抓住那个人。那个人绝对不会把车票和钱带回来，可那种情况下他会不会把票扔掉呢？不会，他肯定得直奔火车站，半价卖给什么人，而且肯定是今天，因为根据德国的习惯，明天那些票就一文不值了。这些念头给了他希望和力量，他起身开始往外走。可他只走出两三步，就突然感到一阵恶心，趔趔趄趄又坐回到椅子上，内心因恐惧而虚弱不堪，他的举动引起了别人的注意——因为最后一轮啤酒是他请客的，还没付账呢，可他一个芬尼也没有了。他失去自由了——只有老天才知道要是他试图离开这里会发生些什么事。他性格羞怯，又受了惊吓，内心彻底崩溃了。而且他掌握的德语不够说明情况或是再请人帮忙和乞求恩典的。

众多思绪纷至沓来，他开始跟自己较劲儿。怎么能傻到这份儿上？这是着了什么魔，居然听从这样一个明显的骗子的摆布？侍者过来了！他用报纸把自己埋起来——浑身颤抖着。侍者擦肩而过，这让他简直感恩戴德。时钟的指针似乎凝止了，可他偏偏克制不住要看着它们。

十分钟逶迤而过。又是那个侍者！他再次隐蔽在报纸底下。侍者稍停了停——仿佛足有一个星期那么久——然后接着走过去。

又是不幸的十分钟——还是那名侍者，这次他来擦净桌面，干这点儿事似乎干了有一个月那么久，随后又停了两个月的光景才走开。

帕里什自觉再也受不了有人光顾了，他必须冒险一拼：他必须戴起铁手套投入战斗了，必须逃走。可那名侍者留在附近足有五分钟——似乎度过了月月年年，帕里什绝望地注视着他，岁月催人老的感觉渐渐向自己袭来，这时头发也变得花白了。

最后侍者漫无目的地走开了——在一张桌子边站下，收了张账单，又走开几步，又收起张账单，再走几步——帕里什的双眼始终铆在他身上，心怦怦地跳个不停，急切混合着期待，一呼一吸汇成细微的急喘。

侍者又停下来收账单，帕里什对自己说，就在此时否则再没机会了！于是他开始朝门那儿走。一步——两步——三——四——离门渐渐近了——五——双腿在颤抖——身后是不是还有敏捷的脚步声跟来了呢？——这个念头让他的心都缩成了一团——六步——七，他出来了！——八——九——十——十一——十二——确实有追赶的脚步声——他转过街角，抬脚狂奔——一只沉重的大手拍在他肩头上，于是他浑身的劲儿都一泄如注了。

正是那位梅杰。他一句话没问，也没表示出任何惊讶，他用自己特有的轻松活泼又令人兴奋的语调说道："那些该死的耽误了我的时间，为此我才出去那么久。票房来了个新人，他还不认得我，不肯替我换票，因为这不合规定。因此我只得找着我的老朋友，一个大人物——是车站站长，你知道——咳，过来，出租马车！出租马车！——跳上来，帕里什！——俄国领事馆，司机，让马飞起来吧！——就这样，像我说的，那挺费功夫的。可现在全妥了，事事都办得很圆满。你的行李重新称过重量，重新检验过，票价和卧铺号都换过了，而且我已经为它弄好了一份文件放在我口袋里呢。还有我的钱——我会替你收着。嘀嘀，马夫，叫马醒着点，别让它们睡着了！”

出租马车跑得离那家被他赖了账没付钱的啤酒馆越来越远，可怜的帕里什一直想插嘴说句话，终于他找着了机会插句话，说想立即回去把那张小小的账单结算掉。

“哦，不用操心那个，”那位梅杰语气温和地说，“没关系，他们认识我，人们个个认识我——下次我到柏林的时候去摆平好了——把马赶着往前走啊，马夫，赶着走啊——现在剩下多少时间了？”

他们抵达俄罗斯领事馆时，领事馆刚刚下班，他们赶快冲了进去。除了个小职员谁都不在。那位梅杰掏出名片摊在桌上，操着一口俄语说道：“哪，好吧，要是你能尽快为这位年轻人的护照签证，准签到彼得堡的……”

“不过，亲爱的先生，我无权签证，领事先生刚刚外出了。”

“去哪儿了？”

“到乡下去了，他的住处。”

“那他回来……”

“得到明天早上。”

“见鬼！哦，好吧，你瞧，我是梅杰·杰克逊——他认识我，人人都认识我。你自己签证好了。告诉他说是梅杰·杰克逊请你这么做的，那就全没事了。”

然而这事是绝对不合规矩的，特别地不合规矩；梅杰没法说服那名职员，听了这个主意他几乎要晕过去了。

“喂，那么我来告诉你怎么办，”那位梅杰说道，“这有邮票和手续费——早晨给护照签证，邮寄发出去。”

职员犹犹豫豫地说：“他——好吧，他可能会这么干，那就……”

“可能？他绝对会！他认识我——人人都认识我。”

“太好了，”职员说，“我去把你说的话全告诉他。”看来他很困惑，可多少有点儿被说服了；而后又羞答答地加上一句：“可是——可是——您知道您到了国境线后得二十四小时以内拿得出这份护照来，那儿不能供应二十四小时以上的膳宿。”

“谁会等着呀？我可用不着等，要是领事本人也明白，就知道我决不等待。”

职员一时间吓呆了，说道：“当然，先生，您不会希望护照会给寄到彼得堡吧？！”

“干吗不？”

“让护照的主人滞留在边境线上，就在二十五公里以外待着？在那些条件下，这份护照对他一点儿用都没有。”

“滞留——捣蛋鬼！谁说他要耽搁了？”

“哇，你知道，当然得耽搁，要是他到边境上没有护照就会拦住他的。”

“他们绝对不会！警察总长认识我——人人都认识我 。我会为这位年轻人负责。你直接把护照寄到彼得堡——欧洲大酒店，寄给梅杰·杰克逊，告诉领事别担心，我自个儿担下全部风险。”

职员迟疑了一下，而又试着提了条意见说：

“您必须牢记在心，先生，现在这项风险格外严重，新法令已经生效了。”

“什么法令？”

“到俄罗斯没有护照将被罚在西伯利亚待十年。”

“唔——他妈的！”这句话他是用英语说的，因为头脑在紧急状态下俄语只能靠边儿站，或者只能帮帮忙而已。他沉思了一会儿，而后又活泼起来，回过来又用俄语说：“哦，没关系——给它贴上圣彼得堡的标签，让它上路吧！我会解决。那儿他们都认识我——所有当权的人——所有的人。”

三

那位梅杰原来是个很可爱的旅伴，小帕里什叫他给迷住了。他的谈吐是阳光，是彩虹，照亮了周围世界，而且一直那么轻松愉快、兴致勃勃的；他满脑都是怎么跟人打交道的办法，还知道该怎么办事，什么时候干什么事，以及干这事的最佳途径。于是乎对那个年轻小伙子来说，这段漫长的旅途成了梦幻般的仙境漫步。而在思乡的那几个星期里，他形单影只，缺乏友情。终于，当两位旅行家接近国境线的时候，帕里什谈起护照的事，就像是回忆起什么事似的提起这个话题，又加上一句：“喂，想想看吧，我记得你好像没把我的护照从领事馆带出来。不过你还是带出来了，是吧？”

“没有，它正用信寄过来呢。”梅杰轻松自在地说。

“正——正用信——寄——过来！”小伙子大口喘着粗气说。于是他所听说过的有关不带护照到俄罗斯的游客的种种恐怖与不幸的遭遇都在那吓坏了的脑海中闪现出来，吓得他嘴唇都白了。“哦，梅杰——哦，我的天哪，我怎么办哪！你怎么能这么干哪？”

梅杰一只手安慰似的按在年轻人的肩头说：“现在别着急，孩子，一点儿也不用着急。我来照顾你，我绝不会让你受任何伤害的。警察总长认识我，我会跟他解释的，那就没关系了——你瞧着吧。现在别再给自己增加不自在了，一丝儿都不要——我能把事儿都摆平的，轻松得不当回事。”

阿尔弗雷德·帕里什颤抖着，内心感到猛地一沉，不过他还是尽可能隐藏起这份痛苦，并且像掏心窝似的对梅杰友好的爱抚与再三保证做出点儿反应来。

到了国境线上，他下了车，站在一大群人边上，焦急万分地等候；而那个梅杰则奋力挤过人群到前边好“跟警察总长解释一下”。那简直是一段漫长的痛苦等待，不过终于梅杰又出现了。他兴高采烈地说：“他妈的，是个新上任的警官，我不认识他！”

阿尔弗雷德一跤摔倒在一堆树干上，绝望地说：“哦，天哪，天哪，我早该知道是这样！”边说边朝地面上歪歪斜斜无助地倒了下去，幸好梅杰一把搂住他，让他坐在一只箱子上，又在他旁边坐下来，一只手臂搂着支持住他，跟他咬着耳朵小声说：“别着急，小伙子，别急——没关系的，你就信我的好了。副检查员跟条河鲱一样近视。我盯他看了好一会儿这才知道的。现在我来告诉你怎么办。我过去给我的护照盖章，然后我就在格子窗那边停住，隔着那些铁栏杆把我的护照塞给你，然后你就跟在人群后边把护照交上去，然后就把命运交给上帝和那条鲱鱼了。主要还是看那条鲱鱼的。你能顺利过关的——现在别揪心。”

“可是，哦，天哪，天哪，你的外貌跟我的不太相符……”

“哦，没关系——五十一岁跟十九岁的区别——对那条鲱鱼来说根本觉察不出来——别心烦！到头来就会没错的。”

十分钟以后阿尔弗雷德面色苍白，精神沮丧地一步一步蹒跚着走向排好的队列，可他成功地晃过了那条鲱鱼，于是快乐得像一条躲过了警察没上税的狗似的。

“我早就告诉你会这样，”梅杰兴致盎然地说，“我知道要是像个信神的小孩似的那么信仰上帝，而且不打算试图改良上帝的意志的话，一切到头来都会如意——一直是这样的。”

在国境线到彼得堡的路途中梅杰安排自己要改造他这位年轻朋友的生活，展开连环攻势，抻着他跳出沮丧的心情，让他重新体会生活是种愉快的经历，值得他活下去。这样一番努力之后，那年轻的小伙子兴高采烈地踏入了这座城市，向旅馆进军时也精神抖擞，他登记上自己的名字。可那名职员并没告诉他房间号码，而是探询地瞥了瞥他，等着。梅杰及时赶过来解围，他真诚地说道："没问题——你认识我的——安排他住下吧，由我负责任。”职员面色严峻，摇了摇头。梅杰补充道："没问题，护照二十四小时以内就能到——它正在邮寄途中呢。这是我的，他的就来了，很快就到。”

职员礼貌周全，对此全然不关心，不过态度满坚决的。他用英语说："我很希望可以为你们安排留宿，梅杰，而且要是办得到我当然会安排，可我别无选择，必须要求他离开，我不能允许他在这座房子里，哪怕一小会儿也不成。”

帕里什摇摇欲坠，发出一声悲鸣。梅杰一把抓住他，用一条手臂扶住他，恳求职员说：“好啦，你认识我——每个人都认识我——只不过他在这儿待一晚上嘛，我发誓……”

职员摇摇头说道：“可是，梅杰，你是在坑害我呢，你是在让这座房子陷入危险呢。我——我痛恨干这种事，不过，我——我必须叫警察来。”

“等等，别这样。跟我来，孩子，别心烦。——到头来都会没事的。咳，过来，马车夫！跳进来，帕里什。去秘密警察总长官邸——把马放松开，车夫！走吧！嗖嗖，冲啊！现在我们出来了，别再让自己不舒服了。博斯罗夫斯基亲王认识我，跟我可熟了，很快他就会替我们把这件事摆平。”

他们飞快地穿过一条条装饰华丽的街道，来到那座官邸前，那房子已经灯火辉煌。可是才八点半。门岗说：“亲王刚刚要去吃晚餐，不可能接待任何人。”

“不过他会接待我的，”梅杰坚决地说道，递上自己的名片，“我是梅杰·杰克逊。把名片送进去，没问题。”

依照他的要求名片送进去了，梅杰与他的小流浪儿待在接待室里等了些时候。好半天之后才有人来叫他们进去，引他们到了一间豪华的私人办公室里，面见亲王。他的打扮极为奢侈高贵，眉头皱得像一团雷云[1]那么沉重。梅杰讲述了他的事，恳求能待上二十四小时等护照到来。

---

① 雷云：天气现象专用名词，指产生雷电的云。

“哦，不成！”亲王用标准的英语答道，“我很惊诧你会干出如此不理智的事来，把一个家伙带到我国而不带护照，梅杰，我很是惊诧。喂，就是说他要在西伯利亚待上十年，这事毫无办法——逮捕他！支撑住他！”补上这么一句话是因为可怜的帕里什再次直奔地面而去呢。“来——快，把这个给他。嘿——再喝一口；白兰地就是管用，你没发觉吗，小伙子？现在觉得好点儿了吧，可怜的小家伙。在沙发上躺躺，你多蠢哪，梅杰，让他陷入这样可怕的困境。”

梅杰用他强壮的双臂抱住男孩，把他平放下来，在他的脑袋下面放了只靠垫，对着他的耳朵小声说：“尽你所能表现出病入膏肓的样子！拼上小命做做戏而已。你瞧，他动摇了，他在什么地方还藏着一颗善良的心呢，呻吟一声，然后说：‘哦，妈妈，妈妈’，就能把他打动，的的确确。”

不管怎么讲吧，从帕里什的个人感情来说他是要这么做来着，于是那些声响冲口而出，话语中带有超乎寻常、感人肺腑的诚挚情感，梅杰又低声耳语道：“棒极了！再叫一遍，伯恩哈特接不下这招。”

一则是因为梅杰的雄辩之才，一则是因为那个男孩情状可怜，他们的目的最终还是达到了，亲王撂下旗帜投降了，他说：“按你们的法子办吧，尽管真该狠狠教训教训你们。我实打实给足你们二十四个小时。要是到时候护照还没寄到，就别再跑到我这儿来了，就去西伯利亚吧，再别指望得到宽恕。”

就在梅杰和小伙子倾吐着感激之情的时候，亲王打铃叫进来两名士兵，他用本国语言吩咐他俩跟着这两个人一起走，而且在二十四小时以内对那名年轻一点儿的紧密监视，一丝儿轻忽也不成，要是到了限定时间，那个男孩还拿不出一份护照的话，就把他囚禁到彼得街和保罗街的地牢里，然后向他汇报。

两个倒霉蛋儿带着他们的卫兵到达旅馆，在他俩眼皮子底下进餐，然后一直待在帕里什的房间里，直到梅杰起身去睡觉。动身前梅杰给帕里什打了打气，振作一下精神，然后一名士兵就把自己和帕里什锁在屋里，另一名抖擞精神横挡在门外，而后不久就离开去睡了。

阿尔弗雷德·帕里什再也没法入睡了。一旦单独和那名庄严肃穆的士兵待在一起，四处万籁俱寂，他那点儿被人生生振作起来的精神又开始消磨减退了，他强自支撑起来的胆量泄了气，缩成一小团，和以前的胆量一样，而他那颗小小的不幸的心脏也干瘪得有如一颗无核的葡萄干一般。不到三十分钟，他就把所有最坏的可能性都想了一遍。他悲痛欲绝，哀怨惊恐，情绪低落得不能再低了。床呢？床可不是为像他这种惨状的人设置的。床不是为那些遭厄运、打败仗的人设置的。睡觉呢？他又不是犹太小孩，处于水深火热之中他睡不着！他只能在地上走来走去。其实不是只能走，而是必须走动。一个钟头连一个钟头，不停地来回走动，悲伤地流着泪，浑身颤抖着祈祷平安。

而后他心情沉重地安排自己的身后事，而且就如他现在的处境那样，准备面对命运的安排。他写了封信当作今生最后的诀别："亲爱的妈妈——这一行行悲伤的语句送到您手上时，您的阿尔弗雷德已经不在人世了。不，还要糟糕，糟得多了！由于我个人的失误与愚蠢，我落到一个骗子手中，也许是个疯子。

我不清楚他是哪一种人，只是无论哪一种情况下我都失踪了。有时候我认为他是个骗子，然而绝大多数时候我觉得他只不过是疯狂，因为他有一颗善良的好心肠，我知道他有，而且他似乎确实尽了一个人可能尽的最大努力；帮我摆脱要命的困境，都是他的举动才让我陷入绝境。

“几小时之内我就将跋涉在俄罗斯荒凉的雪野中，成为无名的游牧民族中的一员了。在皮鞭的驱赶下，开往西伯利亚去，那是一片神秘而悲惨的土地，一片为人们无限期遗忘的土地！我不会活着看到那片土地的。我心已碎，我会死掉的。把我的照片交给她，请她保留以纪念我，请她一直这样活下去，以便到了指定的时间，能与我相会在更为美好的世界，在那里既没有婚姻，也没有离婚，到那里不再有分离，痛苦永远不会来临。把我的黄狗送给阿奇·黑尔，另一条送给亨利·泰勒，我的法兰绒运动衣送给威尔弟弟，还有我钓鱼的家什和《圣经》。

“我已毫无希望。我无法逃出去，士兵们持枪守在那儿，眼睛始终不离我左右，只有眨眼除外，他再没别的动作了，仿佛死去了似的一动不动。我无法向他行贿，那个疯子拿着我的钱呢。我的信用卡在箱子里，可能再也来不了了——不会再来了，我知道的。哦，等着我的是什么呀！为我祝福吧，亲爱的妈妈，为您可怜的阿尔弗雷德祝福吧。不过祝福是没什么用的。”

四

清晨梅杰招呼阿尔弗雷德吃早点的时候，他走出房门，外表看起来骨瘦如柴、筋疲力尽。他们给卫兵送了吃喝，点燃了雪茄烟，梅杰信口开河说起来，在他口舌的神奇作用下，阿尔弗雷德渐渐又感激不尽地燃起了希望，多少开始高兴一点儿，而且几乎重新又振作起来。

可他不愿意离开这幢楼房。有西伯利亚的阴影阴沉沉地笼罩在头上，恐怖可怕，他欣赏景物的兴致都跑光了，而且他也忍受不了那番耻辱：自己参观街巷、画廊与教堂的时候，双肘边各守着一名卫兵，世人都会驻足观望，闲话评论——不成，他要待在屋里等候柏林的来信，等候他的命运。于是乎，梅杰全天都仗义豪侠地站在他屋里陪在他身边，一名士兵僵直地倚门而立，一动不动，肩头扛着滑膛步枪，另一名则倒在屋外的椅子里打瞌睡。一整天工夫，这位忠诚的老军人都在编造着一些战争中的奇闻怪事，描述一个个战役，滔滔不绝地讲述些爆炸性的秘闻逸事。那副精气神和果决刚毅真是没人能战胜的。他讲着这些好让那个吓坏了的学生娃保持生机，让他的脉搏继续跳动。漫长的一天即将结束了，这对朋友由两名士兵尾随着，走向宽敞的餐厅，坐下来。

“现在，这番悬念就快结束了。”可怜的阿尔弗雷德叹息着说。

就在这时，一对英国公民走过他们身边。其中一位讲：“那么今天夜里我们收不到柏林来信了。”

帕里什的呼吸都开始停滞了。两位英国人在附近的一张桌子边落座，另一位说道：“不，没那么糟糕。”帕里什的呼吸又缓和了些。“还有较晚些的电报新闻报道呢。那场事故的确会大大阻碍火车前进，可也不过如此了。今天夜里火车会误点三个小时到达。”

这次帕里什没有跌到地板上去，因为梅杰及时跳过去扶住了他。他一直在听着，而且预料到会发生些什么。他拍打着帕里什的后背，把他从椅子里抱出来，兴高采烈地说：“好啦，孩子，振作起来，绝对没有什么事让你担心了。我知道有条出路。讨厌的护照！要是它愿意的话就随它慢条斯理走上一个礼拜吧，我们可以不用它了。”

帕里什难受得要命，没听到他的话，希望已远去，西伯利亚就在前头。让梅杰架着他拖着灌了铅一般沉重的双腿挪动脚步，梅杰扶他朝美国公使馆走去，一路安慰他，担保在他的介绍下公使大人会毫不迟疑，马上送他一份新护照的。

“我把那张名片一直带在袖子里，”他说道，“公使大人认识我——对我十分熟悉——我们在考尔德港一起和别的伤员们住在同一间屋子里，过了好久好久。打那以后我们就成了好朋友，是精神上的交往，尽管我们并没太多直接接触。振作起来，小家伙，事情看起来都很绝妙！多幸运哪！我觉得自己像个天使一样趾高气扬。我们到了，我们的麻烦也到头了！要是说我们确实有过麻烦的话。”

在那儿，门的侧面并排位置上挂着所有时代中最富有、最自由、最强大的合众国的商标：一块松木圆盖上有一只木制雄鹰展翅欲飞，它的头与肩膀围绕在群星当中，指爪间满是旧日战争的遗迹。一眼望见这块牌子，阿尔弗雷德热泪盈眶，对祖国的自豪之情在心中油然而生，在他胸膛里欢呼万岁的声浪汹涌澎湃。于是他所有的恐惧与痛苦都一扫而光了，因为到了这，他就安全了，安全了！世上再没哪种力量胆敢跨过这道门槛把魔爪伸向他！

为节省起见，这座全欧洲最强大的美国公使馆在九楼占了一间半房子，那时候第十层让别人占了，公使馆包括一位公使或称大使，拿的是司阍员的薪水，一名公使秘书，他以卖手表和修补陶器为生，一名雇来做翻译和日常杂活的小姑娘，还有一些美国班机的照片，一张现任总统的彩色石印版画像，一张桌子，三把椅子，煤油灯，一只猫，一架时钟，还有一只写着箴言“上帝吾所信”的痰盂。

一行人爬到楼上，卫士们跟在他们身后。一位男士坐在桌前正用一只钉子往包装纸上写着些官方的东西。他站起身转脸四处看了看，猫爬下来缩到桌底下，雇来的姑娘挤进伏特加酒壶边的墙角去腾空地儿；两个士兵则背靠墙根与她并排挤在一处，肩膀上还扛着滑膛步枪。阿尔弗雷德由于幸福感与获救感而容光焕发。梅杰与那位长官热情诚挚地握着手，喋喋不休地以一种轻松流畅的语言方式介绍了他的情况，并且请求取得期待中的护照。

那位官员请客人们就座，而后说：“啊，我只不过是公使馆的秘书，您知道，当公使仍在俄罗斯土地上的时候，我可不愿发出一份护照。这大大超越我的职责了。”

“好吧，把他请来吧。”

秘书微微一笑，道：“说来容易做来难，他离开这儿正在旷野里的什么地方呢，他在度假。”

“我的——天哪！”梅杰骤然叫起来。

阿尔弗雷德呻吟着，脸上失去了血色，而支撑在衣服里的那具躯体已经开始崩溃了。秘书疑惑地问道："怎么啦，你的上帝又怎么啦，梅杰？亲王给了你们二十四个小时。瞧瞧钟表，没关系，你们还剩半个小时呢。火车刚巧准时到达，护照就会按期到达的。"

"先生，来了消息！说火车会晚点三个小时！这孩子的生命和自由一分一秒地耗费着呢，而且只剩下三十分钟了！半小时以内他就跟一切永垂不朽的人一样死不复生了！老天在上，我们必须拿到护照！"

"哦，我快死了，我知道的！"小伙子恸哭起来，把脸埋进放在桌面上的双臂中。秘书迅速转变了态度，他的温和平静一扫而空，脸上、眼中燃起兴奋的火焰，他叫道："整个倒霉的情况我都明白了，可是，老天帮帮我，我能做些什么？你有什么建议没有？"

"喂，见鬼，给他一份护照呗！"

"不可能！完全不可能！你对他丝毫不了解，三天以前你连听都没听说过他，世上没有任何方式可以确定他的身份。他死定了，死定了——不可能救得了他！"

男孩又呻吟起来，抽泣着说，"天哪，天哪，这就是阿尔弗雷德·帕里什的末日啊！"

秘书的态度又有了一点儿改变。

在一阵不幸苦恼与无望之情的总爆发中，他猛然停住了口，他的态度平和下来，用一种漠不关心的口吻询问他，那声音就像是无话可谈的时候引入天气问题作话题的语气，问他说："你是叫这个名字吗？”

年轻人抽泣着答了声“是的”。

“你从什么地方来？”

“布里奇港。”

秘书摇了摇头——再摇了摇——小声自言自语了一番。过了会儿又问：“生于该地吗？”

“不是，生在纽黑文。”

“啊——啊。”秘书瞥了梅杰一眼，对方注意听着，脸上一片茫然不知所云的神情。秘书暗示着说道：“万一士兵们渴了的话，那里还有些伏特加。”梅杰跳起来，为他们倒了酒，并接受了两人的谢意。提问接着进行。

“在纽黑文居住了多久？”

“直到十四岁，两年前回去进耶鲁上学。”

“你在当地居住时住在哪条街上？”

“在帕克街。”

模模糊糊、半懂不懂的光芒落入梅杰眼里，他探询地瞥了那个秘书一眼。秘书点点头，梅杰再倒些伏特加出来给那两个士兵。

“几号门牌？”

“根本没有门牌。”

男孩站起身，表情凄楚地对着秘书，那表情在说：“为什么在我已经够不幸的时候，你还要问这些愚蠢的问题呢？”

秘书毫不在意，继续盘问：“那是种什么样式的房子？”

“砖房——两层楼。”

"跟人行道平齐吗？"

"不是，前面有个小天井。"

"铁围墙？"

"不是，是篱笆墙。"

梅杰再次倒伏特加给那两名士兵——已然不经指示了——这次倒满了杯子。现在他的表情已经豁然开朗，充满了生机。

"一进门你看到了什么？"

"一间狭小的门厅，厅尽头有门，你右手边也有一扇门。"

"还有什么吗？"

"是帽架。"

"右手边的房间呢？"

"是会客室。"

"有地毯？"

"对。"

"哪种地毯？"

"老式花样的威尔顿机织地毯。"

"有图案？"

"是的——放鹰打猎的人群，骑马的。"

梅杰瞟了瞟时钟——只剩六分钟了！他举着酒壶四处观望，一边倒着酒一边瞥了秘书一眼，而后探询地瞥了一眼那架——时钟。秘书点点头。梅杰用身体挡住了时钟不让人看见，待了一会儿，而后把指针往回调了半小时，而后他又给那两个士兵添酒——两倍的酒量了。

"在门厅与帽架上方的房间呢？"

“是餐厅。”

“有温室吗？”

“有菜窖。”

“这座房子是你们自家的吗？”

“是的。”

“你们还拥有这幢房子吗？”

“不，我们搬到布里奇港的时候卖了。”

秘书稍停了停又说：“你在玩伴当中是不是有个绰号？”

年轻人苍白的双颊上慢慢地腾起红晕，他眼神往下一落。似乎他和自己的内心斗争了那么一小会儿或是两小会儿，然后忧郁地说道：“他们叫我南茜小姐。”

秘书沉思一会儿，而后又挖出另一个问题：

“餐厅里有什么装饰品吗？”

“啊，没——没有。”

“一点儿也没有？绝对什么也没有？”

“没有。”

“见鬼！那是不是有点儿奇怪？好好想想！”

年轻人想了又想，秘书等候着，心跳微微有些急促。终于那位超级流浪儿悲伤地抬起头来，摇了摇。

“想想——想想！”梅杰大叫着，焦急地挂念着他，又倒了些酒。

“说啊！”秘书说，“连张画也没有吗？”

“哦，当然有！可你说是装饰品。”

“啊！你父亲觉得那画怎么样？”

潮红再次腾起。男孩沉默不语。

“说啊！”秘书道。

“说啊！”梅杰大叫着，他的手颤抖着，倒出杯子外面的酒倒比倒进杯子里面的多。

“我——我不能告诉你他说了些什么。”男孩咕哝道。

“快！快！”秘书说道，“说出来，没时间耽搁了——是要家要自由，还是要西伯利亚要死亡，全看这个答案了。”

“哦，可怜可怜我！他是个职员，而且……”

“不要紧，说出来吧，要么……”

“他说那画是他做过的最可怕的噩梦！”

“成了！”秘书大叫起来，抓紧他的袖子和一张空白护照。“我能证明你的身份，我曾经在那幢房子里居住过，那幅画是我画的！”

“哦，到我怀里来，我可怜的孩子，你得救了！”梅杰哭叫着，“我们将永远感谢上帝创造了这位艺术家！——要是他的确创造过的话。”

外交官的薪水与衣着

1 月 5 日，于维也纳。——我在晨报上读到一条消息，说美国政府将奖给和平委员会的两名会员每人十万美元，他们在巴黎的六个星期里做出了巨大贡献，这笔钱是给他们的酬劳。

真盼望这条消息是真实的。我很乐意把这事当成真事，认定它已经圆满成功、大功告成，从而感到由衷地满足。

这一奖励是开创先河的创举，就我国而言，这一事件是个可喜的现象。先例总是有机会让人珍而重之的（不为人所重视的机会也一样会有），而且为人所重视的最佳契机（也许是正相反的机会）就是正当它吸引了全国上下的注意力，相当引人注目的时候。随之而来的议论中如果证实它确实有道理，那么它就会发现自己的前途已然准备就绪，等它上场了。

我们意识到社会公道的大厦拔地而起，就是用先例修筑而成的。不过我们并非总能意识到，我们的文明中其他细节同样也是用先例树立起来的。这些惯例所经历过的变革同样是由于有新型的先例闯入，新先例占领了那些敌对惯例的地盘，而且把敌对阵营据为己有了。一条惯例要么会在产生的那一刻死亡，要么就能存活下去——主要是运气问题。如果有人仿效了一次，就多了一次活着的机会；要是两次，机会就更妙；要是三次的话，那么差不多该到予以斟酌的地步了；要是有四次、五次，或是六次，那么到最后这个先例很可能能保留下来——可能会留上整整一个世纪之久。如果一座市镇开始使用一种新型弓箭，或是跳一种新舞蹈，或者施行一套新型戒酒方案，或者戴一种新帽子，要是邻镇的老百姓也接受了这条先例的话，它的事业就成功地开创起来了，而且要打赌说它走到什么地方是个头儿的话，这个赌就打得太没把握了。有可能根本就没开创这么一条先例，也就谈不上事业。可如果有一位王储在推行这项惯例的话，它就能吸引广泛关注，同时发迹的机会是如此之多，简直可算是确定无疑了。

很久以来我们一直在遭受两条灾难性惯例的危害。其一是给那些在异国他乡代表合众国的力量与尊严的公仆们支付非常可怜的一点儿薪水的惯例；另一条则是规定公仆们在官方场合露面的时候，穿那种毫无高雅尊贵可言的服装，比起别的官员身穿的奢侈浮华的礼服来说，它简直就是值得赞颂的高声谴责。直到今天，美国大使的朝服仍然破烂不堪。有一次，在欧洲某国举办宫廷宴会的公共场合中，所有的外国代表都穿着某种程度上与那些非官方人物具有明显区别的衣饰，让他们可以代表自己的国家，只有我国代表除外。可我国代表露面时穿着平平常常的黑色燕尾服，既无法代表国家，也无法代表我国人民。它没有国籍之分，在所有的国家里都能找得见它，跟男用睡衣一样具有国际性。它毫无特殊内涵，只不过我国政府打算给予它一点儿特殊内涵吧：打算让它代表朴素主义共和国，代表虚怀若谷不自满。努力了，而且毫无疑问努力失败了，因为可以想象这么大张旗鼓地卖弄朴素谁也骗不了。拿一片无花果叶子勉强遮羞、大肆宣扬其谦逊品质，事实上只能让这份谦逊遭受怀疑。在官方场合穿戴起我国新教徒式的燕尾服，从风度上来说它就成为一句不光彩的独立宣言，而且粗野无礼。它朝四面八方说道："我们入乡不随俗；我们拒绝重视你们的品味和你们的传统；我们不会为任何一国的风俗或是偏见做出牺牲；我们不会向生活中的殷勤周到之礼做出让步；我们喜欢自己的规矩，而且偏偏是把自己的规矩带到这里来了。"

那并非美国人的真实精神，那些服装会让人家误解我们。一位外国人来到我们的地盘上，居然违反了我们的风俗规矩，那么我们肯定会勃然大怒，这种反应合情合理。然而我们的政府下令本国大使在国外要身着违反人家风俗规矩的官方服装，于是那份耻辱就降临到他国的头上。

富兰克林时代以前，我们从不用不起眼的衣服来打扮我们的公务员，而且如果富兰克林本来是个无名小卒的话，就不会带来这样的服装变革了。可他在世界上是如此举足轻重的大人物，无论他干了些什么有点儿不同寻常、有特色的事都能吸引全世界的关注，而后这个做法就成为一则惯例。就说服装吧，下一任驻外大使，以至再下一任，都得效仿他的样子。此后这事就约定俗成了，而习俗这东西是个顽固分子，能赖上一个世纪之久，除了炸药没有任何东西能把习俗轰出老巢。我们想象着我国这种奇怪的官方服装是经过深思熟虑设计出来的，以便代表我们的朴素主义共和国——我们从未具有这种品质，而且如果这种品质有过什么用处或是我们对它有所了解的话，现在它也老得没法再取得这种美德了。不过当时的情况其实并非如此，丝毫谈不上深思熟虑：就是因为富兰克林树立了这个先例，它就自然而然地发展起来，却并不惹人注意。

如果它本是条国际惯例，而且基于某一条原则的话，就不会在原地停滞不前了，我们会要求进一步发展。政府官员们不穿海陆将军们去军事法庭或是其他公众场合的服装，那种色彩艳丽、金光闪闪的华贵奢侈的制服，而是套上燕尾服和白色旧式领带，把自己打扮得像驻外大使或是穿制服的仆人。如果说，我把富兰克林当作我们新奇官方服装之父是错怪了他的话，不要紧，他都能受得了。

这是我的个人意见——我打算免费提供这条建议——我的意见是，每当我们任命了一位大使或者部长，就该临时赋予他海陆军上将的军衔，允许他在国外的盛大集会上穿戴相应的制服。我提这番忠告是因为，美利坚合众国的驻外使节在官方场合露面时，穿着一套分外耀眼、惹人注目的服装，与我们的国家尊严太不协调了；每当有人身着这套行头出现在大陆法庭里蝴蝶似的花纹之间，衣服上还沾着些模糊不清的污渍，就必然会引人侧目。处于这种地位上，对于一位生性羞涩的先生，一位谦逊有礼的先生，一位习惯于与众人相同的先生来说，可是难堪透了。他是在场的人里最显眼的一位，根本躲不开众多人等的目光。要不是这样一番残酷的奇景，那么眼瞧着那位为目光所追随的家伙穿着一身庄严肃穆的黑衣服在色彩纷呈的人海中四处游荡，像在地狱里迷途的长老会教友似的还是挺可笑的。我们都知道，我国驻外使节的服装不该吸引太多的注目，因为除了印第安酋长，谁都知道那样穿太粗俗。我这么说可是为了国家尊严和骄傲。我们的驻外使节就是一面旗帜，他就是共和国的象征，他就是美利坚合众国。我们不希望这些合众国的化身从人们身边走过的时候为人耻笑，我们希望大家只得承认，这些人衣着得体且不失礼。

在官方服装这一问题上，我们的政府出奇地自相矛盾。驻外大使要是没当过兵，政府就限定他穿黑色燕尾服，系白领带；要是他当过兵，就允许他身着以往军阶的制服当作官方服装。西克利斯将军出使西班牙的时候，每逢执行官方任务，他总是穿少将军服。格兰特将军访问外国宫廷的时候，身着全套将军服，英俊得体，光彩夺目，而且为他引路的是他自己那班总统行政局的人马中残留下来的外交人员。而后者出于官方需要，身穿卑躬屈节的燕尾服出行——这是多么具有讽刺性的鲜明对比：一套衣服代表了国家诚实可敬的尊严；另一套则代表了朴素主义共和国传统之中廉价的伪善。我们的驻外使节在巴黎的时候装束高贵，能够行使官方职能，因为他在国内战争期间是位军官。我们已故的驻伦敦大使属于类似的情况，因为国内战争时他也是位军官。可是乔特先生代表我们伟大的共和国的时候——哪怕是在早七点的官方早餐会上——也必须身穿那套古老可笑的燕尾服。

最后这个事例足以证明，我国政府的服装礼仪观念的的确确是非常非常奇怪的。全世界人民公认，燕尾服不能在白天穿着，它是一种晚礼服，而且只是晚礼服而已——跟睡衣差不多。可是，我国驻外公使一大清早做官方访问的时候，政府就强迫他穿上那身晚礼服前往，连给他驾车的马都得狂笑起来的。

事实上，这个世纪里曾经有那么一段时期，大概早在不足四十年以前吧，我们的神志曾暂时清醒过一段呢，我们丢掉了朴素主义共和国的骗人幌子，为我们的驻外使节穿上英俊得体的官方服装，可是后来这种衣饰逐渐被丢弃在一旁，燕尾服顶替了它的位置。我相信现在没有人知道是哪位长官带来了这种服装变革。不过我们都明白，即便他和自己在服装上的外交礼仪一样愚蠢，他既不会让女儿穿着给玉米脱皮时干农活的服装送她去参加豪华舞会，也不会让她穿着豪华的舞会服装送她去给玉米脱皮，让她在两种场合中都遭人责难，说她是没礼貌，违反风俗礼仪。我们还知道，也就是：他自己也不会穿着一身不端庄、不得体的服装参加人家的葬礼，让举丧的人家难堪，端庄得体是由民间传统里约定俗成之后成为民间风俗，终于变成神圣不可侵犯的规矩。可那位先生太不留心，以致没有想到所有人类文明中的社会习俗都应当给予敬意和关注，他同时也没想到，但凡心里有正确礼仪思维的人就不会有意冒犯这些习俗。

就合理的外交服装问题我还有一种论点——即商业论点。我国是个商业国，我国驻外使节就是我们的商业代理。如果他在就任的国度里受人尊崇、有尊严，人们都喜爱他的话，他就能施展自己的影响力来促进我国贸易，推动国家进一步繁荣昌盛。他的商业活动中有相当多的活动是在自己的社交圈里进行的，那么穿着上不得违背当地的规矩、习俗以及公众的成见就成为颇为重要的因素——要是富兰克林早点儿死掉，本该是这样的。

我的免费建议还没有提呢。我们设立大使馆的时候取得了伟大而且有价值的进步。大使地位崇高，与公使相比，占据这一地位的人能比公使获得多几倍的权力、敬意和工作成效。为了国家尊严，为了国家的贸易利益，在世界上各个伟大的宫廷里，我们都该派驻大使，而并非公使。

可是怎么也不该只给这么点儿薪水！不行，如果我们只肯维持现有的工资水平，就别再派大使了。已经派出去的也赶紧撤回来吧。这么崇高的地位，却不肯使用点策略来维护大家对它的敬意——这事可一点儿也不聪明。一位驻外使节，要想对自己国家有价值，就必须和首都的官员以及其他有权有势的民间人士和睦相处。他必须和这一社会打成一片，他不能在家一坐——这可不是做生意呢，连草根钱都巴结不上。他必须出席餐会、华宴、晚餐、舞会、欢迎会，并且必须回请以示友好。同时他回请的场面必须与应邀的场面同样美好，这是为了国家尊严，为了商业利益。哪位大使或是公使能靠自己的工资做到这一点呢？没有——从富兰克林时代到我们这个时代，一个都没有。合理地充实驻外使节的口袋能促进贸易，其他国家都能理解这个道理，但是显然我国政府还没认识到这一点。在几个贸易国中，英国是最成功的贸易商，她小心照料着守卫在贸易宝塔上的卫士们。从我们有必要为自己的驻外使节羞红脸的时候算起到现在，已经很久、很久了。派出最适宜的人选已成为习惯。我们派出了盛名卓著、修养高雅、品格高尚的人选——是我国最有能力、最精良、最优秀的人才。而后，我们就用少得可怜的报酬削弱他们的工作效率。我这有一张英美两国的公使和大使的薪水对照表：

城市名称	薪水	
	美国	英国
巴黎	17，500 美元	45，000 美元
柏林	17，500 美元	40，000 美元
维也纳	12，000 美元	40，000 美元
康斯坦丁堡	10，000 美元	40，000 美元
圣彼得堡	17，500 美元	39，000 美元
罗马	12，000 美元	35，000 美元
华盛顿		32，000 美元

英国驻华盛顿大使朱利安·庞斯富特先生还额外拥有一座精美绝伦的华宅，丝毫不减少他的薪水。

英国大使不用付房租，他们居住在英国国有的官邸里，我国大使则靠工资付房租。从以上数字可以判断出美利坚合众国在海外习惯于住什么样的房子，又能回请什么类型的娱乐。领取我们的表格里列举的工资的人，谁都住不起合适的房子，此外，还得付三千美元供家人吃面包圈和咸肉的——这是美国大使的家眷奇特而又经济节约、约定俗成的花销，星期天除外，那些日子会添上些硬邦邦的波士顿饼干。

别国的大使和公使们不仅薪水丰厚，政府还提供经费供他们付相当大一部分和他人友好来往的账单。我相信除海军招惹来的账单以外，我国政府是不会付这种钱的。迁就了海军，海军就能在国外为我们增光，当然这是应当的，是政治上的需要。然而为什么政府不考虑外交官同样能在海外为我们增光添彩，这也是应当的，也是具有政治意义的。自从我放弃了看棒球比赛，而投身做个政客来消磨时光以来，这个问题就一直困扰着我，这就是那种晦涩难懂、本身自相矛盾的神秘问题之一。

回到房租问题上来吧。在欧洲各首都城市，布置得体而精美的房屋，可不是一笔小数目买得下来的。其结果是，我国驻外使节已经习惯于住亭子间——有时还在房顶。他们一贫如洗，这已经是靠政府工资所能住的最好的房子了。他们怎么能差强人意地回请宴客以示友好呢？办不到。这样不到三个月他们就会把一年的工资花光。依照某种时尚为权贵们娱乐是他们的本职工作，他们只能靠囊中有限的金银尽力尽职。人家上香槟酒，他们供应柠檬汁作为回礼；人家请吃野味，他们就请吃火腿；人家席上有鲸鱼肉，他们的席上就有沙丁鱼；人家开瓶烈性酒，他们只好回以炼乳；人家用穿制服、涂发粉的成队仆从在宴席上服务，他们就只能安排一个雇佣来的女仆；人家的宴会大厅里装饰得犹如茫茫仙境般豪华，而他们只得在炉灶上悬挂美国国旗做点缀；人家邀请了乐队演奏，他们只能安排自家人演奏齐拉特琴[①]，唱唱民间小调；可他们不办舞会，除非美国人住在房顶上，有地方办舞会。

这是否夸大其词了呢？恐怕还真不能这么说。许多许多年以前，有一次我亲眼目睹过几乎和我说的毫无二致的一顿宴会。

① 齐拉特琴：一种古代拨弦乐器，有五根旋律弦和三十至四十根和声弦。

一位公使努力想促使自己的权贵朋友们赞成一项草案，这项计划大概能让共和国的农业收入每年增加一千万美元；而我国政府就为他安排了火腿和柠檬汁，以便说服反对派。公使失败了。如果他领得到应有的那么多薪水，每年五万或六万美元——或许他无法成功，但成功的概率会有极大提高。而且无论何时，他与他举办的宴会、他所代表的国家都不至于遭受铁石心肠的人的耻笑，遭到慈悲心肠的人的怜悯。

任何一名经验老到的“旅行推销员”都能证明：要想做生意，用火腿和柠檬汁招待对方其实不省钱。推销员会把代表一国的买主带到音乐厅，带到歌剧院，带到马戏团看表演，整日整夜地请他吃饭，请他喝酒取悦于他，极尽奢华之能。此外还要不择手段地利用他的天性引诱他。依据以往的经验，他深知这才是得到有利可图的订单的最佳手段。他有自己那份奖金。除了我们的政府，别国政府都在玩弄同样一种政策，眼里也能看到同一种结果，而且他们也都设立了奖金。不过我国政府不肯照生意场的方式做生意，而是执着地使用火腿和柠檬汁。这两样儿成了全世界外交部门所知的最昂贵的饮食了。

我们国家是唯一的地位超然，却只付很少一点儿薪水给驻外使节的国家。如果我们很穷，或许我们就没法给勤俭节约大挑毛病，——起码你找不出什么似乎有理的借口来。然而我们不穷，借口也没用了。如上文所示，我们有地位的外交使节中，有些人工资是一万两千美元，其余的人拿一万七千五百美元。这些薪水只够买火腿和柠檬汁的，不够买旗帜的。我们往伦敦或是巴黎派驻一位有钱的大使的时候，他按照一位国家大使的标准生活，就像我们的大使该有的生活标准那样，那就得每年花费十万美元。可我们为什么要他掏自己的腰包儿呢？这么干一点儿都不公平，而合众国也并非受人怜悯慈悲的合适对象。有些情况下，一万二千美元的工资本该是五万美金，而所有拿一万七千五百美元工资的人都本该拿七万五千美元，或者十万美元，因为我们没替驻外使节付房租。我国国务院已经意识到我们所犯的错误，它乐于纠正错误，只不过没有这份权力。

一位年轻姑娘长到十八岁就被看成一个女人。她的腰围长了六英寸，她把下垂的发辫打散，绾到头顶梳成髻。她不再与小妹妹一同睡，而是有自己的独立房间；而且许多时候她都一掷千金。可现在她已经进入社交界了，她爸爸必须咬牙关忍着。这些花费你躲不开。很好。我们的伟大共和国在去年改穿长裙了，头发梳成了发髻，进入了世界社交界。这就意味着，要是她想繁荣昌盛，想和社交界搞好关系的话，就必须把一些热衷的幼稚做法和迷信思想丢掉，按照社交界的规矩办事。当然，如果她不想的话她也可以拒绝，不过这可不明智。她现在应当意识到，自己已经“走出国门”了，意识到该是把一部分风格改变改变的好时候了。她待在罗马，人们久已公认待在罗马时必须照罗马的规矩办事才是上策。是为了对罗马有利吗？不——是为了对她自己有利。

假如我国政府果真支付每人十万美元给在巴黎大会的我国驻外使节，奖励他们六周以来的工作的话，我确信这就是本国多年来最出色的一笔投资。因为这事似乎不太有可能，书本上写着那条先例，政府绝对能够找得到借口，把外交官的薪水保持在当前这个吝啬的数码上。

又及——元月十日，于维也纳。——从今天早晨的电视新闻上我得知自己绝不可能成为新任大使了。这事——哎，我不知道该说什么才好。我——那么，当然我不在意这点儿事，可至少也是件意想不到的事。我已经花了好几个月时间，在华盛顿动用自己的关系想得到这个外交官的位子，进而再取得大使资格，我有个想法，当然，想——不过没关系，随它去吧，没有意义了。我能心平气和地这样讲，因为我心气平和。不过同时——然而，这个问题对我一点儿意思都没有，从来都没有。无论如何，我从未真的打算取得这个职位——好多、好多个月以前，差不多一年以前我才打定主意要得到这个职位的。可现在，我心平气和的，我乐于这样说——只要我仍旧具有对祖国荣誉和尊严的自豪感，工资少于每年七万五千美元的话，我就绝不担当任何大使的职务。要是有人指责居然妄想透支国家财力的豪华生活，我也无能为力。一个无力支付大使工资的国家居然还敢向外国派驻大使真该脸红。

想想看，一位大使居然年薪仅有一万七千五百美元！尤其他还是美国大使。喂，这可真是个荒谬的奇观，最为自相矛盾的奇观了，哪怕脑子有病的人都想象不出来这样的情况。那就像一位亿万富翁却戴了个纸制的衣领，一位国王却只围了条遮羞布，一位大天使却顶着一圈锡制光环似的。纯粹是为了假模假式地自吹自擂，那份薪水刚好跟大使的官方服装相匹配——美国这是在吹嘘自己行事简朴，宣传自己虽然岁入五万美元年薪，可是面对保险公司的老总和铁道部门律师的时候仍然心平气和；吹嘘本国的外交官邸装潢得比欧洲王权在握的王公贵族们的宫殿还要豪华壮观、富丽堂皇。朴素主义共和国发明过许多东西，还出口到旧大陆[1]去，有宫廷轿车、小卧车、电车、有轨电车、最棒的脚踏车、最棒的机动汽车、蒸汽炉，有为了偷懒和舒适而设计的最良好、最时髦的电传系统和电话辅助装置，电梯、个人洗澡间，有宫廷宾馆，配有形形色色的便利设施，各种各样的舒适豪华布置，以及五花八门的演出和奢侈品，还有——哦，列起清单来可就没头儿了！一言以蔽之，朴素主义共和国身上只披了一件衬衫，却缔造了欧洲，也就是说，随着真正的奢侈品、方便设施、舒适的生活用品走向欧洲，我们把欧洲装点起来，一直包到下巴上。我们的人民是世上最为慷慨、最爱炫耀也最热爱豪华的百姓。我们在桅杆上升起一面诚实可信的旗帜，那是世上仅见的最俗艳的旗帜。哦，朴素主义共和国，世界上有许许多多骗人的胡扯，但是无论哪一段胡扯的谎话都要向你致敬！

---

① 美洲是新大陆，因此欧洲被戏称为旧大陆。

以作家身份首次亮相

早些年，在东部一家报纸上我曾发表过一篇小东西（《跳蛙》），可我没拿它当回事。依我看，一个人要是仅仅在报纸上发表过什么作品，严格意义上来讲，他没法自诩为一名作家：那得比报纸的档次高点儿，怎么也得在一家刊物上露露面，然后才算得上是位作家；而后他才能出名，马上尽人皆知。我对以上两点怀有勃勃野心。那是在 1866 年，我准备好一篇稿子要投，就四处寻找能让我引以为荣的刊物。我选中了纽约分量最重的那一家，对方收下了稿件。我是用“马克 · 吐温”这个名字署的名，因为在太平洋沿岸这个名字还有点儿影响力，而我的想法正是，这一回在这一次质的飞跃中把“马克 · 吐温”的名字传遍世界各地。文章在十二月那期上与读者见面了，我又坐等了一个月之久，等着一月号刊物出版，因为那一期里会有一年来所有撰稿人的名单，里面准有我的名字，那我就出名了，然后可以举办预想中的宴会了。

可宴会没开成。我在签“马克 · 吐温”这个名字的时候，没写清楚。在东部那些出版商脑子里，这是个新鲜名字，他们把它印成了“迈克·斯温”，或是“麦克·斯温”，是哪一个我记不清了。总而言之，没有人祝贺我，我也就没举办宴会。我已经是位作家了，只不过整个是个——被埋没的作家——让人“活埋”的。

我的文章写的是1866年5月3日一艘快速大帆船在航行中起火的事件。船上当时只有三十一个人。我在火奴鲁鲁住的时候，正赶上十五名瘦弱不堪的像饿死鬼似的幸存者上岸，他们驾着一只没有顶篷的小船穿越了炽热如火的热带海区，航行了四十三天，船上只有十天口粮赖以为生。真是一次杰出的航海历程，那是在一位出色的船长指挥下完成的，要不是他，没人能幸免于难。他是新英格兰人，他的家族是昔日最善于航海的家族。当时他正值盛年，名叫乔塞亚·米切尔。

我在群岛上给萨克拉门托《同盟报》的周报编辑写过几封信，那家日报资产丰富而且影响广泛，日报社对那几封信不感兴趣，但是供得起我一周无所事事就拿上二十美元报酬。报纸东家们都很可爱，也真的让人爱戴：他们早就死了，这是不用说的，可在我心中至少有一位仍牢记心头，因为我热切盼望着能观赏这座群岛，于是他们听从了我的意见，给我机会，可那时候我上岛究竟能带来什么好处，连点影子都没有。

那群幸存者上岸时我已经在岛上待了好几个月了。当时我躺在自己房间里，走都走不动了。这是替报社效劳的伟大契机，可我却无能为力，没法利用机遇。当时我大难临头，走运的是安森·伯林盖姆先生阁下当时在我这儿，他是去中国就职中途到此的，后来他在中国为美利坚合众国工作得十分出色。他到我这儿来把我放在担架上，叫人抬我去医院，偏巧那些失事船只的幸存者也都在那家医院，于是我根本不必亲自采访。他自己就把这事全包了，我该做的只是记笔记。他就是这种总给自己添麻烦的人。他是位伟大的人，一位伟大的美国人，稍有空闲他就要走出自己的高级办公室，善意地替别人做点儿好事，那正是出自他的善良天性。

晚六点时采访工作完成了。我连晚饭也不吃——要想超过其他驻外记者，就没有富余时间吃饭了——我花了四个小时把笔记按正确顺序排列好，而后通宵达旦地写啊写啊。成果如下：早晨九时，我已写好一篇非常详尽的长篇报道，介绍“霍尼特号”事件的始末。那时候旧金山报界的驻外记者们除了简单的几笔提纲还什么都没搞出来呢——就是因为他们没熬夜。大约九点时，那艘往来频繁的双桅杆帆船正要起锚开往旧金山时，我刚好抵达码头，船正在解尾缆，还允许自由进出，一只强有力的大手把我那只厚墩墩的信封扔上了船，稳稳当当地落在甲板上，于是我胜券在握了。船准时抵达旧金山，我那篇完整的报道引起了社会轰动，还由卡什先生拍电报传到了纽约报界，当时他负责纽约《赫勒尔德报》的太平洋事务司的工作。

不久我回到加利福尼亚时，我到萨克拉门托市去了一趟，出示了一张给一般驻外记者的每周二十美元的支票。支票照付了，而后我又出示了一张三百美元的账单，因“霍尼特号”事件共有实打实的三栏内容，每栏应付一百美元。出纳员眼睛不花，可他还是凑得那么近仔细端详了端详这张支票。他把报纸老板都请来了，他们都到了，一点儿怨言都没有。而后他们只是欢快大笑起来，还说我这是抢劫，不过没关系的，这是个精彩的“暴利”（他指那张支票还是我的“霍尼特号”报道，我不清楚），“付钱，没问题。”那些好心的报纸东家们这样说。

“霍尼特号”上的幸存者于6月15日抵达三明治群岛。他们瘦得只剩皮包骨了，衣服无精打采地挂在身上，瞧上去和没风的时候旗子包着的旗杆相比强不了哪儿去。不过在医院里他们备受关照：火奴鲁鲁人一直不停地提供他们需要的美味佳肴，让他们迅速恢复了体力，目前几乎已完全康复了。绝大多数幸存者在两周之内都乘船去旧金山了。要是我没记错日子，就是这样。我和他们同乘一艘船，是一艘帆船。“霍尼特号”的米切尔船长也和我们在一起，此外还有“霍尼特号”曾运载过的仅有的两位乘客。他们是来自康涅狄格州的斯坦福市的两位年轻绅士——是亲兄弟：塞缪尔·弗格森二十八岁，毕业于哈佛大学三一学院，另一位名字亨利·弗格森，和哥哥就读于同一学院，年仅十八岁。做哥哥的得了肺病，他的医生嘱咐他做一次长途航海旅行。然而这次可怕的灾难使他的病情更为恶化，最终夺去了他的生命。弟弟依然健在，今年（指1898年）满五十岁了。“霍尼特号”是一艘一流的快速帆船。那两个年轻人的房间宽敞而舒适，堆满了书籍，还存着肉罐头和水果罐头，用来调剂船上伙食。一月份第一个星期“霍尼特号”从纽约港出发，当时它还是有希望在前方一万四千到一万五千英里航程中迅速而愉快地行驶的。一旦寒冷地带被抛在身后，船就驶入了盛夏季节，航行变成了一次假日野游。船上升起云幕般的风帆，飞速向南行驶，走了许多天，那些帆无须多加注意，无须任何调整。两位年轻人读读书，在宽敞的甲板上徜徉，在帆影中休憩、打瞌睡，和船长共享三餐，白天过去以后就与他一起玩惠斯特牌[①]，直到上床。经历过合恩角的冰雪与风暴以后，船转向北行驶，再次进入了夏季，旅行又像一次野游了。

直到5月3日清晨。据计算船的位置在西经112° 10'，北纬2°；无风，无浪——死一般的平静；大气温度是热带气温，能把人身上灼起泡来。对于从未在那种气温里煎熬过的人来说根本无法想象。有人大叫一声着火了。是一名不称职的水手违反规定，带着一盏点着的灯到甲板小舱口那儿去，打算从桶里舀点儿清水出来。其必然后果随之而至，这艘船的生命开始进入倒计时。

没有多少富余时间，可船长充分利用了这段时间。三艘小船放下来——有一艘瘦长形小船，两只月牙形小船。眼前的事实足见时间是多么短促紧迫，人们又是多么惊慌失措：小船刚下水，就有一只船舷被撞出个洞来，而另一只刚下水就有一只桨从船舷一侧落下水了。船长最关注的是把四名患病的水手搬上甲板，安置在远离危险的地方——四个人当中有一个"葡萄牙佬"。此人在航行中一天活儿也没干，只是在吊床上一躺就是四个月，养他的脓肿病。我们在火奴鲁鲁医院里记笔记的时候，一个水手把这事告诉了伯林盖姆先生，当时船上的三副就躺在附近，他奋力抬起头，用微弱的声音更正这一点——他说得一

① 一种四人牌战，是桥牌前身。

本正经，语调中透着反感：“是‘培养’脓肿病！他有这种病的病根儿。他这么干是不想站岗放哨。”

水手们和两名乘客合力归置手边够得着的贮备物资，搬上甲板丢在那个“葡萄牙佬”躺着的地方，而后跑回去再搬。讲述这些经过的那位三副对伯林盖姆先生补充道：“我们那样来回奔波，集中了够三十一个人吃三十二天的口粮。”

那位三副又抬起头补充——语气讥讽而又辛辣地说：“那个波提盖（前文提到的葡萄牙佬的名字）守着这堆东西的时候，一下子吃了二十二份儿，没让人发现，这该死的狗东西。”

火势迅速蔓延开来。浓烟与烈焰逼着人们后退，人们只得停下工作，不再搬运给养，带着仅够十天的口粮到小船上去了。

每只小船均备有一只罗盘、一只象限仪、一部鲍迪奇著的航海书，还有一册航海历书。此外船长与大副所在的船上还有一只经纬仪。全算在一块儿共三十一人。船长算了一下贮备物资，得出以下结果：四条火腿、约三十磅咸猪肉、半箱葡萄干、一百磅面包、十二听罐头——有蛤肉、牡蛎，还有什锦肉罐头，每听重两磅，一小桶黄油重四磅，一只四十加仑容积的“煤桶”里装着二十加仑清水，四只容积为一加仑的柳条外壳细颈瓶里都装满了清水，三瓶白兰地（是两名乘客的财产），一些烟、火柴，还有一百磅烟草。没有药品。全体人员只能靠这些极其匮乏的给养为生，立即起锚。

船长和两位乘客都坚持写日记。在前往旧金山的航行中我们碰巧遇到太平洋中一个无风带，十四天的旅程一桨也没划，这让我有机会抄写些日记。塞缪尔·弗格森的记录最为详尽，我现在就摘抄其中一些文字。他写下面这段文字的时候，船离港大约已有一百二十天了，所有的人都跟平常一样懒散轻闲，因为没人能预测灾难来临：

5月2日。船至北纬1°28′，西经111°38′。又是一个炎热而懒洋洋的日子。不过，有一次云彩给人带来一点儿指望，似乎能刮点儿风，而且确实来了一阵轻柔的微风——正好足以推动我们前进。今天值得记录的唯一事件就是小船四周大群的游鱼，今天午前我们抓到九尾东方狐鲣，还瞧见许多巨大的长鳍金枪鱼。饭后，大副钓着一个大家伙，他弄不上来了，于是他把鱼线递给船长，船长那时站在船头。他自己继续拉住线猛地一抻，顺着鱼线使劲儿往上一拽。我们在船尾还瞧见了一条体型庞大的鲨鱼，肯定有九到十英尺长，当时它正跟在我们后面悠闲自在地游过来。我们试着用存下来的所有的绳子和一块猪肉引它上钩，可它不上当。我猜测它已经用我们抛出船外的狐鲣鱼和剩肉填饱肚皮了。

第二天记载的是那次海难。

三艘小船出发后，行驶了不长一段距离就停下了。两只撞伤的船漏水漏得很厉害，一些水手一直忙着往外舀水，其他人则尽自己所能努力补好那些洞。船长、两位乘客和十一个水手在长艇里，再加上一份口粮和清水，船里一点儿富余的地方都没有了。因为船身只有二十一英尺长，六英尺宽，三英尺深。大副带着八名水手在另一只小船里，二副和七名水手在第三只船里。两名乘客除了身上穿的和大衣之外别的什么衣服都没剩下。那艘帆船裹在火焰中，一股浓黑的烟柱直冲霄汉，在静寂荒僻的海面上构成一幅壮观图景，流浪者们一小时又一小时地坐在船里观看着这幅画面。这段时间里船长计算了一下与最临近的可登陆的地点之间的广阔行程，而后把口粮按比例缩减下来，以满足紧急情况需要：早餐半块饼干；正餐一块饼干加一点儿肉罐头；茶点时间吃半块饼干；每顿饭还有几口水可喝。于是帆船还在燃烧的时候，人们已经开始忍受饥饿的折磨了。

5月4日。船身整夜燃烧，光亮耀目，我们盼望着能有一条船看到火光而接近我们。可是，没人看到，因此午前我们就决定一起向北方偏西方向行驶，寻找位于北纬18°或19°，西经114°或115°的那座群岛，还盼着在这段时间里能有什么船把我们捎上一起走。我们的帆船于早晨五点轰然沉没了。我们发觉阳光灼热难挨，只得尽量避开光照。

人们此时自然而然地做着一件事：就是在几个小时里坐等那或许已经看到火光的船能穿越几近于死寂的一片沉静缓缓驶来。而后他们放弃了等待，开始制订计划。如果瞧瞧地图你会说他们的航向易于抉择：阿尔贝马利岛位于正东航程约一千英里。日记里提及某群岛，不知道是什么群岛，只写成“一些岛屿”（指雷维亚希赫多群岛，属墨西哥），大家认为它大约位于向北一千英里，向东一百或一百五十英里的广阔海域中；阿卡普尔科岛属墨西哥。在墨西哥沿岸，位于东北方向不足一百英里海面上。你会说海面上几块大小不一的石块毫无价值，还是让他们拼命找阿卡普尔科岛和坚实的大陆为好。看来像是个理智的选择。可是人们会从日记中当即猜出这个决定荒唐已极——的确是，有如自杀。如果小船直发阿尔贝马利岛，他们就一路沿赤道无风带行驶，那就意味着劲吹的狂风从一个区域的各个角度袭来，甚至成直角席卷船体，最终导致葬身水底。如果小船试着到阿卡普尔科岛去，他们到半路时就会脱离无风带——如果他们真能驶完一半航程的话——然后就落到一种可悲的境地，因为在那里他们会遇上东北信风[①]，迎上它的风口，这些小船破败不堪，实在没法顶着八级风行驶。因此他们明智地向北稍偏西方向航行。他们仅有十天定量的食品，给养不足；瘦长型小艇拖着另外两只小船；无风带里人们根本无法保证前进的速度，何况前面无风带里还要走上四五百英里路呢。这里才是名副其实的

① 气象学中一种天气现象，又称贸易风。

赤道地带，海面颠簸不平，风浪呼号，是个多雨区，约一千到一千二百英里，等于给地球扎了根腰带。

第一夜暴雨滂沱，所有人都淋透了，不过他们把水桶都注满了。兄弟俩和船长一起待在船尾，船长在那儿掌舵。月牙形小船都拴在后面，没人敢睡得太久。“继续航行，直到大雨让我们动弹不得。”

第二天清晨风雨交加，雨水把人都淋透了。海上波涛汹涌，颠簸不平，险象环生。人们肯定得惊叹这样一些小船怎么能在海上求生呢。当有一个人外加一只狗乘一只同这艘瘦长形小船一样尺码的小舟横渡大西洋时，他们的举动被称作具有敢死精神的壮举，而且也确实如此。然而这条小船上挤满了人和其他东西，而且又有三英尺深。“很自然我们都常常想家，而且很高兴的是，还记得哪天是圣餐礼拜日，那么就有我们的朋友会为我们祈祷，尽管他们对我们的危急处境一无所知。”

头三天三夜里船长甚至连个盹儿都没有打过，可在第四夜他终于小睡了一会儿。“这可算是最糟糕的海域了吧。”深夜十时左右船长改变航程向东北偏东方向进发，盼着能找到石岛[1]。如果没找到，也没关系，要找其他岛屿，这个位置更便利点儿。这里我得提一下，他没有找到那块小石岛。

---

① 属大洋洲。

5月8日这天全天没刮风，阳光焦灼似火，人们改用桨划船了。海里到处都是海豚，可人们一条也逮不着。“想来大家都意识到，我们所处的境况越来越糟了。”“乘轮船横穿无风带需要一周时间，那么用这种筏子得多花多少时间呢？”“人太挤了，无法伸展腿脚睡觉，可大家还得尽可能睡一会儿。”

当然，这种情况会越来越难以忍受，可出于本能，他们要停下来解决这个难题；这种情形还会持续五周呢——为了那几位写日记的人我们也要记住这一点，这会让我们觉得自己的床松软多了。

5月9日阳光给船长发出了警告：“好好看哪，地平线和我们成十字交叉形状了。”“亨利身体一直不错，可他对困境思虑过重，远非我所望。”人们抓到两条海豚，味道着实不错。“船长认定罗盘偏向了，可那颗失踪了好久的北极星又跑了出来——这是个人人乐见的景象，它替罗盘作了质量担保。”

5月10日，位于北纬7°0′3″，西经111°32′。自从离开帆船失事地点以来，航行六天，我们已向北航行了三百英里，“全天在无风带里漂流”。天气酷热难熬，这是必然的；我亲自到过那一带，记得那是种什么天气。“甚至就如船长所言，一切浪漫情调早已荡然无存，我想从他脸上，大多数人已经瞧出来我们的处境非常艰难。”

“我们还沿着航线前进，然而进度极微。”从最后面的小船上传来噩耗：水手们目光短浅，“他们把从船上运下来的肉类罐头全吃光了，心底的不满更加浓烈”。大副手下的人就没这么干——显然这位监督者是位真正的男子汉。

时至5月11日，“停止前进！否则后果更糟。昨夜我们退后的距离比昨天白天前进的里程还要长。”事实上，在这段费尽力气才向北推进的三百英里航道上，我们一夜之间就倒退了三英里。“大船起火时抢出来的公鸡被人扔在小船里，此时它还活着，黎明破晓时还喔喔打鸣，让大家欢欣不已。”一周来它以何为生？是不是饥饿的水手们从可怜的一点儿食物中省出食来喂了它呢？“二副船上淡水告罄，显而易见他们饮水时超过了定量标准。船长严厉地训斥了他们。”这件事是真的：我的旧笔记本上记录着他的忠告，在火奴鲁鲁岛上的医院里我从三副那里抄来的。然而在此没有写这句话的空地儿了，而且无论怎么说，这话火气太冲了。三副不光记住了原话，还特别欣赏这句话，只要他欣赏的，他都有可能宣扬出去。

人们仍满怀希望，密切注意着等候过往船只。船长思想很深沉，很可能他并没跟大家说这种做法实在是浪费时间，“在这一纬度上，地平线上布满竖直的小片云朵，它们的样子可真像只船。”弗格森先生离开大船时从私人贮藏品中抢救出三瓶白兰地，这些天来那酒的味道变得非常可口。“船长分给水手们两汤匙白兰地加水——一半酒兑一半水。”他指的是值班的水手，大家定时轮班站岗——一班岗是站四小时，歇四小时。大副是位出色的军官——一位沉着坚实、多才多艺的杰出男子汉。日记中记着下面这样的话——从中展现出他的性格特征：“我送给大副一瓶白兰地，然而他拒不接受，说自己能让跟在后面的小船保持镇静，而且酒也不够每个人都分上一口。”

亨利·弗格森迄今为止的日记，全部摘抄如下：

5月4日、5日、6日，位于赤道无风带。

5月7日、8日、9日，位于赤道无风带。

5月10日、11日、12日，位于赤道无风带。告之全体人员。我一生中从未感受，从未耳闻，从未目睹，从未亲身体验过如此高温，如此黑暗，如此的电闪雷鸣、疾风骤雨。

那男孩的日记属于文字简约的那一种，这一点我们很容易料想得到，在这种环境中，谁都会使用这样一种文字形式——大家都会宽宏大量。他哥哥身患肺结核病，又饱尝了饥渴之苦，再加上灼人的高温、瓢泼大雨、缺乏睡眠与锻炼，最终与世长辞了。他从第一天到生命最后一刻始终坚持不懈地以充实详尽的笔触书写日记——那是他的忠诚、坚韧品格的见证。他书写得紧凑而工整，无论船如何摇摆颠簸，字迹都有如印刷出来的文字一般清晰可辨：

人们不像是从北纬7°向北行进似的，第二天船仍在原地。

5月12日。昨天下了一场好大的雨，尽管我们未能把油箱、提桶之类的容器都注满水，接到的还是相当多了。我们的目标在于摆脱无风带，不过看来似乎难以如愿。今天我们航向变化不定，尽管船离开北纬7°不远，我们还是希望已经到达无风带北部边缘。今晨，人们都认为自己看到一叶风帆，然而只不过是骗人的云朵而已。今天大雨滂沱，全体人员都浑身湿透了，极不舒服。然而，几乎所有的水罐都注满水了。我期待度过一个晴朗美好的夜晚，因为船长需要休息，这样每当出现风暴危险或者别的危险时，他就总能立即到场。以前我绝不会相信，像我们这样的敞篷小船，还携带着物资，却能在我们曾漂流过的那些海域上生存。

12日至13日夜间，一声大叫"船！"让大家都站起身来。波涛动荡的海面上似乎有一盏船只的信号灯在隐约闪亮。人们在提心吊胆的期盼中凝神注视着前方，手搭凉棚，心都快跳出喉咙了，这些反应并不奇怪。然后希望却落空了：闪亮的是一颗正在升起的星星。那是许久以前的事了——过了三十二年——如今那点小事已经无关紧要，可还是有人为大家的失望而感到遗憾。“经常想到如今在家的人们，想到下周日他们收不到我们从旧金山拍发的电报而失望的心情。”人们得到好几周之后才能收到电报，那时它将有如一道久旱之后的晴空霹雳带来一个奇迹，因为那个电报是从已经被当作死人来哀悼的“墓中人”那儿发出来的。“今天口粮减到每顿四分之一块饼干，和大约一品脱清水。”这一天是5月13日，前途仍有不只一个月的行程呢！然而，连他们自己都毫无所知，“大家却感到欢欣鼓舞”。

14日上午雷雨大作，“雨一直下到夜里，似乎围成一道雨幕将我们圈禁在当中，夜色分外黑暗险恶”。“我们的处境越来越无望了。”因为人们几乎没再向北推进多少，“而且一天天消耗着食品”。人们意识到小船必须分头行动，各自拼搏求生，拖着两只月牙形小船太累赘了。

当夜直至第二天都有方向不定的轻柔的微风吹来，航程却几乎没有进展。小船停滞不前，食物消耗殆尽，让人真难于忍受。“每件东西都湿透了，人们心情沮丧，连换洗的衣服也没有。”不久太阳升起烤灼着人们。“乔今天又抓到一条海豚，我们在海豚胃里发现一条飞鱼和两条鲣鱼。”如今，发生一起事件，使人们燃起狂热的希望：飞来一只陆生的鸟！它在船板上稍稍休息了一会儿，人们满心喜悦地看它，嫉妒它，同时也感激它带来了信息。它成为中心话题，变成无价珍宝——那个全新的话题让人们就这一中心议题讨论得舌头都累了，中心是：我们还能再看到陆地吗？什么时候能看到？鸟儿是否来自石岛？多希望是这样，人们鼓起勇气坚信的确是这样。就像最终结果那样，鸟儿根本不曾带来什么信息，它只是来作弄人的。

5 月 16 日，“公鸡仍活着，每天朝上帝唱着赞美诗”。今夜又将是个雨夜，“只是能否将水桶注满，我并不关心”。

17 日，大洋深处神秘的幽灵之一——海龙卷[①]从他们身边昂首阔步走过，大家感到生死未卜，不禁颤抖起来。小亨利以其精简的信息体文字记述了此事：“若从大船上看过去，这番景象本该很美妙。”

米切尔船长当日在航海日志上写道：“仅剩半蒲式耳[②]面包渣了。”（还有一个月的航海漂流。）整日整夜大雨滂沱，每个人都很不得劲儿。这时一条箭鱼尾随一条东方狐鲣游来，那个可怜的小东西四处求援，居然逃到船舵下面避难。巨大的箭鱼围着我们不住地盘旋，把大家都吓坏了。水手们垂涎三尺，因为用它足够整治一次全鱼宴了，可当然没人敢碰它，因为要是有人作弄它，它会当即把整条船掀翻。上帝保佑着可怜的狐鲣没落入残忍的箭鱼之口。这是上帝的公平正义之举。随后上帝向失事的船员们显示了自己的慈悲：让他们抓获了那条狐鲣。这也是公平正义之举。

---

① 气象用语，由龙卷风引起的旋涡。

② 谷物计量单位：美 1 蒲式耳等于 35.238 升。

只是在同情心的分配问题上箭鱼被忽视了。这时它已走开了，很有可能，是去冥思苦想人们这种狡猾的行为。“所有小船上的水手们看来状态都还不错，病员中最虚弱的一位（他在大船上根本没法长时间站岗放哨）康复之迅速令人惊叹。”他正是那个叫三副讨厌的有脓肿病的“葡萄牙佬”。

度过了糟糕透顶的一夜。暴风雨几乎一夜没停，狂风劲吹，还伴有从四面八方袭来、恐怖吓人的电闪雷鸣。

——摘自亨利航海日记

这是我所目睹的最糟糕的一夜。

——摘自船长航海日记

5月18日，位于纬度11°11′。两周来平均每天只向北推进四十英里。大家进一步讨论分头行动的事。“是太差劲儿，可为了全体人员的安全只得这么办。”“起初我从不做梦，可现在哪怕闭上眼打个小盹，脑子里也难免胡思乱想——我猜，是虚弱的关系吧。”大家认为，若非这场灾难，此时早该待在旧金山了。“我早该给小家伙——发个电报庆贺她生日。”这是说一位小妹妹。

19日，船长召来月牙形小船上的人，命令其中一只船必须独立行进。长形小船无力再拖着两只船前进了。二副拒绝离开，可大副对此早有思想准备。事实上，每当前方需要一位男子汉效劳的时候，他总是时刻准备出力。他带了二副的船，选了六个水手留下，他自己的两名水手跟他在一起（这时候，包括他自己，小船上共有九个人）。他把船划走了，日落之际他的身影消失于视野之外。写日记的人对他的离去很遗憾。这是很自然而然的事，人们本该把“葡萄牙佬”轰出去。三十二年既往，我发觉自己对“葡萄牙佬”的偏见重又复苏了。这个人确切的面貌早已从我的记忆中消逝了，可是没关系，我又在一如既往痛恨这个人。“清水即将告罄，随着我们驶出无风带，航程中只是偶然在贸易风吹起时才会遇到阵雨。这种生活在我记忆中是那样残酷而逼真。亨利坚持做第一流水手。”亨利起初干得并不出色，然而经过艰苦劳动，他的水平直线提高。

5月20日星期天，位于纬度12° 0′ 9″。大家这时候本应该完全摆脱无风带了，可是还没有。一丝轻风也没有——人们渴望中的贸易风还是踪影全无。人们仍旧急切地守望着寻找航船的迹象，可只找到“看似船帆却最终成为泡影的东西——只是些阴影而并非实物”。这天下午，二副抓住一只鲣鸟，那只鸟全身多半是羽毛，“不过既然并没有其他肉类，有这只鸟也就不错了”。

5月21日，他们终于和贸易风碰面了！二副又抓到三只鲣鸟，并将其中一只送给长艇上的人。正餐是“半盆肉末平均分份，围成一圈轮流吃，那肉多少给我们添了几分力量”。人们必须保证总有一个人不间断地舀水；小船从燃烧的轮船上放下水时撞的洞一直没有修补好。“现在大约是在朝西北方向前进。”人们期望朝东走，走得远一点儿去寻找那些未知中的岛屿。人们觉得要是找不到，也能待在一个更容易被救援的地理位置上。这种机遇微乎其微，可船长强制自己绝口不提。

明天将是平静的一天。

5月22日。昨夜的风扭转了我们的航向，以致有些时候我们只得忽而朝东南偏东驶，忽而朝西北偏西开，如此这般航行着。今晨一声大叫“船啊！”把大家都吓醒了。我们真的看到它了！于是一时间大家把二副的船解开缆绳开过去以便吸引对方的注意。当时大约在早上五点半左右。高度兴奋之下航行了大约二十分钟的样子，我们才辨出那是大副所在的小船。大家当然很高兴见到他们，还让他们将以往经历都报告了一遍，然而这对所有人来说都是苦涩的失望。因为处于信风的海域，看来我们不可能朝北开到那些岛屿边了。我们下定决心竭尽全力，插入海上航线里。一旦这样决定，就必须与其他小船分头行动：大家对这个决定很是不快，但最终还是执行了这一决定，我们再次分派淡水和食品，并把考克斯接到我们的船上。

这样一来我们船上共十五个人了。二副船上的水手都想和我们走，然后丢开另一只船任其漂泊。这是个痛楚的分离。

于是我们很久以来曾满怀憧憬拼着命也要找到那些岛屿的想法只得放弃了。人们处于悲哀的伤痛中，一则因为飞来嘲弄我们的骗子鸟；一则因为成为空想幻梦的岛屿；再一则因为成为泡影的船只，他们的心都碎了。令人惊奇的是那只消失的船，在广袤的海面上失去踪迹三天之后重又出现了。可船上带着考克斯——我们无法确定为何是这样。不过若不是这样，写日记的人就再不可能见到陆地了。随着我们向西行进，被别的船只相救的机会越发增大了。只是我们原本不充足的食品也在日复一日地锐减。没有鱼类、海龟以及飞鸟补给食物，我不知应该如何度日。几天前我主动提出一早一晚替船长读祈祷书，昨夜开始。尽管水手们国籍、信仰各异，但都非常关注此事，而且始终毫不掩饰这种关注。愿上帝赋予这微不足道的努力以应有的收获吧。

5月24日那天在北纬14°18′海域。正餐五个牡蛎，外加三匙果汁，一及耳水[1]，还有一片银币大小的饼干。“大伙身体普遍虚弱下来——愿上帝垂怜所有的人！”夜一样深沉的大海将天空撕开一条缝，雨

① 及耳，液量单位，1及耳等于1/4品脱。

水将每个人都淋湿了，让人感到极不舒服，又得不断舀水了。

次日“一切正常”。或许我们当中有人会认为这一天与众不同。“途经一根桅状圆材，只是距离太远辨别不清。”人们看到有鲸鱼喷水的景象；有飞鱼掠过海面，却没一条落到船上。天空薄雾蒙蒙，细雨霏霏。

5月26日位于北纬15° 50′。人们抓到一条飞鱼和一只鲣鸟，可只能生吃了。“大家身体越发虚弱了，而且我觉得人们越发心灰意懒了，尽管，他们几乎没说什么。”于是，除了原本的可测与不可测的恐怖感之外，又增添了沉默的恐怖——那是缄默无言和对即将来临的绝望处境的沉思默想。“似乎插入航船的航线是最佳选择，也许某一船只在驶近时能看到我们的小船。”他期望另两只小船一直向西，得以获救（这些人在这个世界上不会再有人提起了）。

5月27日星期天。位于北纬16° 0′ 5″。照经线仪显示，经度位于117° 22′。这是我们在海上度过的第四个星期天了！离开轮船时我们预计伙食够供应十天的，可如今如果可能的话，我们希望，在严格节省口粮的情况下，这些食品能再保证一周供应。前方仍有十九天航程。相对而言，昨夜海面上平静祥和，只是风把我们吹得朝西北偏西方向偏离了航线，走了大约就是我们今天全天航程的距离。昨夜又有一条飞鱼落到船上，今天又是一条——两条却不大。没有鸟。要是有一只鲣鸟那样的巨大收获，就足够我们十五个人一小顿饭了——当然，指的是霍尼特号的长艇上吃的正餐。今天早晨我试图和教友们一起作全套祈祷，可是发觉仪式太长了。我过于虚弱，困倦不已，难以高度集中注意力。于是我留下一半仪式拖到下午完成。我相信上帝今天能听到家人为我们做祷告，在我们深切苦难中慷慨慈悲地拉我们一把。

第二天是个“大晴天，适于寻觅船只”。然而一条船也没看到。写日记的人“仍感觉良好”，尽管身体极其虚弱；他的弟弟亨利“咬紧牙关挺着，船上所有人中以他目前体力最好”。“我丝毫不觉得沮丧，因为我坚信万能的主会听到我们以及家人的祈祷，主连一只鸟雀坠地都会痛苦得无法忍受，他会照顾并爱护我们这些主的造物。”

考虑到当时处境与周围环境，第二天，也就是5月29日的记录中就出现了奇异的地方，所谓奇异的地方是相对于那些头脑迟钝的人而言的，他们认定只有医生和药品才能治病。小小的饥饿感对普通病人的帮助，比最佳药品加上最佳的医生的帮助还要大。我并非指限量供应的营养，我指的是一天或两天完全断食。我这样讲是亲身体历的结论。十五年来饥饿疗法治愈了我的感冒和发烧，而且在任何情况下都可以痊愈。三副在火奴鲁鲁上告诉我，那个“葡萄牙佬”在吊床上躺了几个月，养他的脓肿病，可吃起来像个食人族，我亲眼目睹尽管天气糟糕，尽管丧失睡眠，还有烈日炎炎，倾盆大雨，以及各种各样不幸的事，长达十三天的饥饿“令他彻底痊愈了”。轮船起火时有四名水手卧病在床。随后无情的饥饿持续了二十五六天，可是如今我们读到这样一段新奇的记录：“全体人员精神饱满，身体健壮；即使卧病的几名水手现在也体格健康，只有可怜的彼得是个例外。”几个月前我写了一篇文章鼓励人们用暂时绝食来治疗食欲不振等疾病，那时我被指责为开玩笑，其实我是一本正经的。“相对而言，大家体质都很棒，很强健。”这一天饥饿疗法让腰带又抽紧了两个扣眼儿。饮食供应从日常银币大小的一块饼干削减成半块大小，一日三餐也减去一餐。这样做将削弱人们的身体状况，可是人们身上要是还留有什么普通类疾病的话，那病准会销声匿迹。

尚存两夸脱[①]面包，三分之一根火腿，三听牡蛎小罐头，并有二十加仑清水。

——船长航海日志载

日记中满怀希望的口吻始终不变，这一点是不凡的。看看地图，瞧瞧船在什么位置吧：纬度是16°44′，经度是119°20′。离雷维拉希赫多群岛西

① 夸脱，英美计量单位，等于1/8加仑。

端有二百余英里之遥，因此尽管船已经破坏不堪，人们还是毫不怀疑自己能顶得住信风。对如此一只小船来说眼前最近的陆地在美国地界，向西，距此六百五十英里之遥。没有屈服的话语，甚至表示失望的话语都没有！然而，到5月30日的时候，“我们如今只剩下：一听牡蛎罐头；三磅葡萄干；一听汤罐头；三分之一根火腿；三夸脱饼干渣”。而十五名饥饿的男人就要靠这些食品维持生命，缓慢地行进六百五十英里航程。“不知什么原因今天我们改变了航向（西向改北向），这让我欢欣鼓舞不已。”六百五十英里路，靠只能装满一只帽子的食品维持体力。即使过了三十二个年头，让我们仍旧感谢上苍吧，人们对事情真相一无所知，他们靠一帽子的食品为生，前方漂泊的航程并非六百五十英里，而是二千二百英里！情况本身难道还不够惊险吗？不够。上帝又添上了一段令人咋舌的情节：小船上拖着一只桨，挣着普通水手工资的人当中还有位被流放的公爵呢——是位丹麦公爵。关于他的事大家什么都不知道，只是有人提到，仅此而已，再加上简单的评语：“他是我们最棒的水手之一。”——处于那种考验男子气概的环境中，这话足以充当对一位公爵乃至任何其他水手最高度的赞美。带着他举桨划水的一刹那的记忆，带着那句溢美之词，他从我们这个世界里永远消失了。永远，除非他碰巧看到这篇文章，自己走出来。

5月最末的一天来临了。而此时正有一件灾难性事件值得报道："当你与家人坐在一起，眼睛扫过早餐餐桌时，再回顾一下这个灾难，才能理解它的意味有多深。昨天还有三品脱面包渣；今晨发现那小包的袋口敞开着，一些面包渣不见了。"我们不愿怀疑任何一个人做出如此卑鄙无耻的行径，然而毫无疑问确实有人犯下这个滔天大罪。所余的一点儿食物两天内势必告罄。愿上帝赋予我们力量抵达美国边界！在火奴鲁鲁岛三副告诉我，人们痛苦地忆起那名"葡萄牙佬"等着让人从燃烧的轮船上运下来的那段时间里吞吃掉二十二天的口粮，还告诉我，这时人们都诅咒他，并且发誓一旦到了同类相残吃人肉的地步，他就必然第一个成为牺牲品。

船长丢失了眼镜，于是他无法常常阅读我们的袖珍祈祷书，我本来觉得他乐于读这本书，尽管他对这类书并不熟知。

对船长进一步的了解是："他是个好男人，一直对我们极为慈爱——几乎有如父亲之爱。他说要是早些得到开船的命令，他本来会将两个女儿带上。"这话让人不寒而栗，想到那会是怎样一番九死一生的经历啊。

每天两餐（口粮）供应如下：早餐十四枚葡萄干，和一块美分大小的饼干；一及耳水，一片火腿和一片面包，都是一美分大小。

——船长航海日志载

“美分大小”，他指的不仅是周长还有厚度。塞缪尔·弗格森的日记中说，火腿削得“就如勉强能下刀那么薄”。

6月1日。从昨夜到今天，海面上一直颠簸不平，风浪很大，浪涛不时地高高卷起，猛然冲击一下我们的船，把人们打得浑身透湿，冷作一团。在这风雨大作的天气里，毫无疑问只有谨慎小心地控制——加上上帝的关心保佑——才能让我们逃过这一夜加上一整天的折磨；那么说来，每一丝一毫送到我们口边的食品的确都是无与伦比的赐福。它让我每天都幻想出许多面包和许多鱼突然就在眼前的奇迹。亨利坚持不懈一直工作得很出色，这让我感到一丝慰藉，无论怎么说我都充满信心，期望着痛苦不幸能很快结束，尽管我们正在横穿航线，包括出航与归航两条航线；我们最盼望的是能遇到一只捕鲸船、一艘军舰，或是一条澳大利亚的船只，在鲍迪特勃我就不再寻找那座群岛了，而在我的航海图上，它存在与否还令人怀疑。上帝保佑它们就在那儿吧！最艰苦的日子。

——摘自船长航海日记

令人怀疑！事实上比可疑还要糟糕得多。一周后他们横跨了那片海域，却一无所获。

6月2日。位于纬度18° 9′。海面上风云密布，波涛汹涌，……我禁不住怀念起在霍尼特号上欢快而惬意的生活。

只剩两天伙食了——每天十份定量淡水还有一丁点儿面包。然而阳光普照，上帝是仁慈慷慨的。

——摘自船长航海日志

6月3日星期六。纬度位于17° 54′。海面整夜浪涛翻滚，早四时起人人都在水里，海浪像开闸泄洪似的不断冲击着小船，特别是船尾的东西都泡在水里了。白天一整天海浪剧烈翻滚不停，我们居然没有卷入海浪里简直是个奇迹。老天保佑让浪头平静下来吧！我们的船已经停滞不前，情况越来越不妙。今天早晨我费力地向船尾方向爬过去，说“爬”比说“走”更贴切些，我惊奇地发现自己如此虚弱，双腿与双膝尤其无力。太阳又露出脸来，我将一些物品晒干了，盼着今夜好过一些。

6月4日。位于纬度17° 6′，经度131° 30′。昨夜几乎没走多远，今天海面上浪涛多少平静了些，尽管要说让人觉得舒服的话，海浪还是太高了点儿，这时它只是偶然才有机会提醒我们：海水是湿淋淋的。

全天阳光普照，让我们美美地晒了一天。十几天以来我始终努力要把一条衬裤晒干，以便能穿上身，今天终于做到了。我提这个是要表明我们曾生活在怎样的状况之中。如果我们的经线仪大体接近正常的话，我们就该在明天或后天见到美国那座群岛了。如果那座岛不在该地，乘着这艘迷航的小船，我们就只剩几天生存机会了。因为余下的口粮没法勉强维持五六天的生活，而且大家力气消耗得太快了。今天我非常惊讶地注意到两条大腿消瘦到什么程度：恐怕和我以往上臂的粗细差不多呢。我依然坚信上帝具有无限的同情心，并确信他会尽力帮助我们。为了生存下去，就如三十二天来我们乘一只敞篷小船所为之奋斗的那样，最初只带了供三十一名水手十天定量的食物，而且这些食物随后两次分配过；这时要想生存下去就不是无人相助时，单纯靠人的技术和力量所能完成与支撑得住的了。

面包、牡蛎都吃光了。

——摘自船长航海日志

水手们内心极度不满的情绪日渐增长，开始满腹牢骚，谈话也令人不快。上帝要我们从人类的一切竞争中奋力解脱出来；那么如果我们现在就必须死亡，请他自己带我们去吧，但不要在我们痛苦地死亡时再雪上加霜了。

——摘自亨利的航海日志

6月5日。夜间平安宁静，白天舒适惬意，尽管有迹象表明我们的帆与刹车不能用了，需要拆除——拆除工作多少算是一件工作，因为需要爬到桅杆上去才行。船头也传来些新的消息，有不满情绪，还有对食品分配不均的恶毒的抱怨等等，全都愚不可及，不可理喻；虽然如此，我们仍然忠于职守。我感到身体渐渐地虚脱无力，但还尽力保持最佳状态。如果不能找到那些岛屿，我们就只有试着朝西北方向航行，插进三明治岛进出船只的航线，在有生之年尽量活得好些。今天我们改为一餐，大约在中午时进餐，此外早上约八九点钟时喝了一点水，中午十二点又喝一次，下午五六点钟时喝第三次。满船只剩一小片火腿和一及耳淡水，其余一无所有了。

——摘自船长航海日志

如今人们每天减为一餐，——照实话说，——还得慢吞吞地行进一千五百英里路程呢！而今恐怖感进一步加深了，尽管摆脱了实际上的暴乱，可水手们的态度变得令人恐慌。现在我们似乎明白了为什么老早以前，有那件新奇事发生了：我指的是考克斯跟大副的船走远，而且已经几天不见踪影后又回来的事。如果不是他回来的话，船长和两位乘客早就被水手们杀害了，这些人在忍受苦难的历程中变得异常疯狂。

以下是亨利暗地递给哥哥的字条上说的话：

考克斯告诉我昨夜水手们进行了一番险恶的对话，要干掉船长和我们俩。他们讲船长是这一切的始作俑者，说他根本不打算救这只船，不打算弄吃的，甚至不让水手们吃自己的东西，还说他在船尾分配食物的时候明显偏心。……前几天他们问考克斯是首先选择饥饿，还是宁愿吃人肉。考克斯回答他宁愿饥饿……而后那人说他这样只会害死自己。如果我们找不到那些岛屿，我们就得准备好应付一切事件……这是他最强调的部分。

回条：我们可以信赖……我觉得，还有……还有考克斯，不是吗？

第二张字条：

我猜也是如此，而且 ××× 看来更为可靠；不过也难说。××× 和考克斯没问题。不过就目前我对考克斯的了解，还不能作确定的评价或是明确的暗示；饥饿的人和疯子是没什么两样的。最好小心看好你的手枪，别让枪和子弹落到贼人手中。

亨利航海日志记载：

6月5日。可怕的预感。上帝为我们解脱所有这些恐惧吧！一些水手聚在一起谈了许久。无话可记。情绪很低落。

亨利航海日志记载：

6月6日。沿途看到一些水草，还有一棵看来像老树的树干似的东西，却没有鸟类；开始担心岛屿不在前方。今天听说全部谈话，告知了船长，一些水手在一个人死后不打算退让，还是要吃他的肉，尽管他们不想杀人。可怕！愿上帝给予我们充分的理智，让我们摆脱这种惨事吧！引导我们逃过天灾，逃过瘟疫，逃过饥荒，逃过征伐与谋杀，逃过暴死吧，伟大的主！

6月6日，位于纬度16° 30′，经度（据经线仪显示）134°。干燥的夜风稳定得足以保持船向不变，可今天早上我们试着把船帆降低点，可最终失败了。三副头一个爬到船的刹车上，他绑牢一个临时装置，好把扬帆绳穿到那个孔里，可还没干完，他就虚脱无力了，几乎晕过去，只得爬下来；然后乔上去了，爬了两回，终于安装完毕了，并把刹车弄下来了，可是这活儿太消耗力气，今天一整天他什么也做不了。然而，我们一直试着帮助断裂的刹车运转起来的引线铸却质量不高，而且我担心它不久就会将绳子割断。在我们虚弱得拿它一点儿办法也没有以前，把每件东西都和船帆连结得整整齐齐，让它自由运转起来可是太必要了。

仅剩三顿饭的食品了。

——船长航海日志载

6 月 7 日。位于北纬 16° 35′，西经 136° 30′。一夜潮湿不适。今天最终表明那些美国岛屿不在那里，尽管我们曾看到些看似岛屿的迹象。中午时分我们决定不再继续寻找这些岛屿。今天夜里转变航向再向北偏一点儿，以便插入三明治岛船只的航线，在这条线上那些船行驶得特别顺利——就是在纬度 19° 到 20° 这条航线上——这是受益于信风。我们朝西走的行程当然都是有收效的，同时我期望经线仪出的毛病能得到我们的宽恕，因为我瞧不出这么精密娇气的仪器在经历海上那些不间断的颠簸震荡后，怎么还能保持正常。借着强劲的贸易风，我希望到下个星期时，我们能瞧得见三明治群岛，如果那以前我们还没被别的船救起来的话。

到三明治群岛去有一千二百英里路；消耗得精光的是食品，

而不是那位垂死的写日记的人的勇气和胆量。

6月8日。昨天夜间咳喘让我痛苦不已，因此几乎整夜不眠。可我依旧表现得相当正常，不会怨天尤人。昨天三副修理了刹车装置，于是今天下午费了好大力气，帆才降下来，哈利爬到桅杆顶，经过几番艰难周折才把升降索穿过去拉过来，这样帆就能轻易运转自如了。在我们所处的海区里，爬到桅杆顶部，不管什么时候都不是件容易事儿，而且就我们现在的身体状况来说，这活儿太消耗体力了。我们只能奖励哈利多喝一小口水而已。今天我们心情愉快，航行也挺顺利。船往前猛冲，只是，这样海水就从船舷两侧灌进来，让我们全身一直湿淋淋的。然而，我们对此无可奈何，这样的时候要想写作的话就由不得自己了。十五个人今天这顿饭包括半罐头盒“糊汤”，剩下半罐留作明天口粮。亨利仍旧不懈地挺着干，大家都喜欢他。愿上帝拯救他的生命！

水手之间渐渐蔓延开一种好转的情绪。

——船长航海日志载

6月9日，位于纬度17°53′。今天我可以那么讲，吃光了全部食品存底。然而，还有六天航程。我们只剩下一根火腿骨头的根儿了，上面还连着些肉皮儿。考虑到淡水问题，无论怎么说我觉得我们就目前的定量标准来说还够供应十天的。有水，有从皮靴靴筒和类似可以嚼的东西里得来的营养成分，希望能让我们一直熬到三明治群岛，要不就在航行的这段时间里一直熬到让别的船救起带走。我盼着是后一种情况，因为别的情况我一概无法承受。我们仍然在上天殷切保护之下。我希望，上帝能在他心情好的时候用自己的方式把我们全体解救出来。水手们渐渐虚弱下去，可仍旧保持安静，听从指挥。

6月10日星期天。位于纬度18° 40′，经度142° 34′。昨夜格外美好，稍有点儿湿漉漉的，于是又到了一个美妙的周日。我不能不想到如果待在家里我们该有多高兴，和此时此地又有多大的反差啊！那些人悬而未决的念头会是多么可怕！上帝保佑这一切灾难在不久就能解脱，而且上帝看来当真一直都与我们同在，无论我们在干些什么，他都奇迹般地保护了这只船。自从我们离开帆船后，我们行驶了令人瞩目的漫长的航程，不止三千英里，再想一想我们那点儿贫乏的食品存货，这段航行简直是空前绝后的壮举。我对食品定量的体会可不像对水定量那么深。哪怕是亨利，他天性爱灌水，但也能时不时省下定量的一半来，可那时候我做不到。不管怎么说，我喉咙里的病跟这段经历是有那么点儿什么关系的。

现在剩下的东西不管你怎么恭维它，能称作吃食的是一点儿也没有了。可人们得想法儿再挺五天，因为到中午时分还有八百英里路要走呢。现在是为生命冲刺。

我没时间闲聊，或者受其他打扰——每分每秒都是弥足珍贵的。这时我会打开那男孩的哥哥的日记，在日记前拨开海水，让书页随波逐流。

——亨利·弗格森航海日志

6月10日星期天。今天火腿骨头让我们品到一点儿食物的滋味，我们留了点儿肉星，还有骨头剩下的部分作明天的饭。世上肯定从来没有哪块肘骨有这么香甜，也没哪块能让人吃得那么彻底……和上星期日相比，我不知道自己是否身体减弱了一点儿，以致无法忍受再减少食物；然而我坚信我们都能获得上帝赋予的力量，支撑着忍受下一周的痛苦和煎熬。大家估计船已经到了位于环三明治群岛七百公里以内的海区了。同时我们航行的平均速度是大约每天一百多英里，因此我们的期望还是有些理智基础的。老天保佑，让我们都能活着看到陆地吧！

6月11日。肉骨头上的皮和肉都吃了，骨头和火腿外面一层油脂都留下作明天一餐。上帝给我们鸟类和鱼类为食，不让我们死于饥饿，或者落到另一种可悲境地，靠吃人肉活命！如今的感受是，我认为没什么事能说服我这么干；可当你因饥饿而形销骨立时就说不清自己要做些什么，满脑子都犹豫不决。我盼望着、祈祷着在落到这步田地前就抵达那座群岛；船上仍有一两个悲观失望的水手，虽然就这一两个也就够了。我坚定的信念就是：我们必然获救。

食物都吃光了。

——摘自船长航海日志

弗格森航海日志继续：

发觉那群疯狂的水手幻想着船长携有一百万美元金币封存在船尾，他们妄图杀害船长和两名乘客，夺取金币。

6月12日。狂风大作，我们简直是在飞向那座群岛呢——不啻与死神赛跑。这是个好兆头，只是面临饥饿实在太糟糕了。今天吃掉了肉骨头。今天是船长生日，他五十四岁了。

6月13日。火腿渣没全吃光，还有皮靴的靴筒，我们发觉，去掉盐分还挺可口的。我想稍熏熏或许能好吃点儿，可我也不知道是不是真的。

6月14日。饥饿没让我们受太多的苦，可我们都虚脱了。水也渐渐枯竭了。上帝保佑我们早日看到陆地吧！没东西可吃，我觉得比昨天感觉好一些。近黄昏时看到一道灿烂的彩虹——我们所见到的第一道。船长说：“振作起来，孩子们！这是一个预言——这是上天许诺的彩虹！”

6月15日。上帝的无限同情心应永世赞颂！看见陆地了！船迅速迫近，不久就确认是块陆地……两位高尚的卡内加人游过来把船拖上岸。两名白种人兴高采烈地接待了我们——他们是琼斯先生和他的管家查理——同行的还有一大群当地男女儿童。他们热情地招待我们——帮助我们，把我们运上岸，给我们弄来淡水、夏威夷芋粉酱、香蕉，还有绿色的椰子；可那两位白种人照料着我们，不让大家吃得过多。看到我们每个人都兴奋过度了，他们一言一行，一举一动都表达着最由衷的同情。琼斯先生和查理是当地仅有的白人，他们待我们太好了。首先给我们大约一茶匙药酒溶在水里喝，而后每人一杯热茶，外加一点儿面包。照顾我们细致入微。过后再给一杯茶，和同样大小一块面包，而后让我们去休息。这是我一生最快乐的日子……上帝垂怜，他听到我们的祷告了……每个人都那么慷慨仁慈。这种心情只可意会不可言传。

6月16日。琼斯先生给我们一张惹人喜爱的床，我们理所当然美美地休息了一晚，可没睡着——我们兴奋得失眠了，宁愿醒着保持真实感受，也不愿让它变成幻影——我们生怕一觉醒来发觉自己又在船上了。

这是一段令人咋舌的冒险经历。历史上从没发生过比它更为惊险的类似事件，他们把完全不可能做到的事变成现实。还有个不寻常的细节——就是船上每个人都活下来了——很可能在这类探险史上它要独占鳌头了。一般来说船上的人只能有一部分活下来——军官占绝大多数，还有别的受过教育、精心栽培出来的人，他们不习惯艰难生活或是辛苦的体力活儿。那些没受过训练，粗枝大叶养活起来的苦力工人一般都死光了。可这回哪怕那些最粗野、最残忍的人，也和那对受过学院教育的兄弟俩还有船长一样历尽海程中一切艰难和不幸，活下来了。我说活下来，指的是肉体上的。第四周时大多水手的意志就崩溃了，而且一时间自甘堕落，不过肉体上的持久忍耐仍然令人惊叹。那些人当然不是靠着自身的美德与能力活下来的，他们靠的是船长的坚韧和智慧，全靠船长的精神控制力他们才苟活下来。如果没有船长，这些人早就成了一群没人照料的孤儿，他们会在一周内吃光所有口粮，而勇气恐怕连一周都不能维持。

最后那段时间里，小船都快破烂得不能用了。船靠近海岸的时候，帆就放开没人管了，而后突然倒下去了，船长眼瞧着它轻飘飘地朝一块丑陋的暗礁漂过去，人们努力想把它重新扯上来，可是做不到。人们力气都耗尽了，连一只桨都拉不动。他们绝望无助，死亡就要临头了。就在那时两名卡内加人发现了他们，这两个人援助了他们。这两个人游过来操纵着小船给他们导航，穿过暗礁中间一条不易注意到的狭窄豁口——那是方圆三十五英里海区里唯一的豁口！靠岸的地点也是这一带仅有的可以找到立足点的海岸，其余地点都是悬崖峭壁，陡峭地直插到四英寻[①]深的海水里。而且，在整个那片地区这里是唯

① 英寻，测量水深的长度单位，1英寻等于六英尺。

一有人居住的地方。

登陆后十天内除了一个人，别人都能站起来到处走动了。人们早就该让最后几天的“食物”害死了——无论怎么说，有几个得被害死——这些人曾用旧靴子上割下来的一条条皮革，还有木桶破片果腹，这些充饥物他们可不是通过消化排出去的，而是靠别的手段。船长和两位乘客不像水手们一样，去吃皮革条和木片，而是把靴子皮革和木片磨成末儿，用水调成粉糊似的东西。三副告诉我，那靴子旧得满是窟窿，又若有所思地加上句，“可还是窟窿最容易消化”。说到消化，有件事令人叹为观止，值得注意：在这段奇异的航海旅程中，甚至上岸后一段时间里，一些水手的大肠彻底失去原有的功能，有的人二三十天肠子也不运动，有个人四十四天里完全没反应！睡眠也变得少见了。可人们不睡觉照样干得不错。许多天里船长根本没睡过——我觉得，是连续二十一天吧。

登陆的时候，所有人都保养良好，没有吃过量，只有“葡萄牙佬”除外。他躲过看护人的视线，吃了那么多香蕉让人都不敢置信：三副讲有一百五十二个，不过无疑他夸大了事实，我想有一百五十一个而已。他肚子里几乎填满了皮革，都要从耳朵里溢出来了（我不会借三副的名义阐述这件事，因为我们早已看清他是哪种人了，我以自己的名义说话）。“葡萄牙佬”早该死掉，这是当然的，可即使现在看来怪遗憾的，他还没死，而是恢复了健康，和别人一样早早恢复了。把肚子里填满皮革绝对是他吃东西的方式。还填了木桶片、手绢，还有香蕉。水手们真的有人在最后几天连手绢，还有袜子都吃了，他是其中之一。

水手们没有杀死那只嗓音洪亮、天天报晓的雄鸡，真是该予以表扬。它活了十八天，而后站起身伸长脖子，勇敢但虚弱无力地再努力尽职一次，而后“因公殉职”了。这个情节美妙如画；那道彩虹也是——那是四十三天里见到的唯一一道彩虹——那是给坚强不屈的斗士们升起的通向胜利与救援的空中凯旋门。

靠十天口粮，乔赛亚·米切尔船长完成了值得永远纪念的历时四十三天零八个小时的航行，乘一只无篷船实际航行了四千公里，其中直线航行三千三百六十公里，还把船上每个人都安然带上陆地。一个多么聪明勇敢的人，他心地纯洁，不爱摆架子，最值得人跟他交往。二十八天里我陪他在甲板上散步——是在我不抄日记的时候——而且我满怀虔诚的敬佩之情纪念他。

如果我记忆不错的话，塞缪尔·弗格森同我们抵达旧金山后不久就去世了。我估计他没能活着回到家乡，因为那段艰苦历程让他的病情严重恶化了。

一段时间里，我们还盼望能打听到另外两只小船的消息，可希望终究变成了失望。毫无疑问，那两只小船连同所有船员都沉到海底了，甚至那位深具骑士风范的大副也没能逃过这一劫。

日记的作者允许我照抄日记内容，文中我摘录的部分丝毫未加润色或修改。日记的文字谨慎适度，不矫揉、不造作。作者不经意间运用的艺术手法直达高潮，情节、力度、韵律分层次递进，渐次发展，颇为戏剧化。它们让你随着情节的越发紧张而精神越发紧张，当最后一声大吼“看见陆地了”在耳边响起的时候，你的心已经跳到嗓子眼儿了，一时你觉得是自己获救了。最末两段文字无论谁的手笔也无法改得更为传神，更是金子般的文字，其中的停顿以及不完整的句子，其内涵都是流畅的，没有什么文字能达到这种境界。

这个故事意味无穷，时光也无法使之褪色。三十年来，我并没时时翻阅这部日记，然而我发觉这么久以来几乎什么细节也未曾忘怀。忘怀？它们反而更深刻了呢。因为根据某种不可捉摸的规律，穿过时光去遥望，你会了解到，所有人类悲剧性的经历都会赢得同情。认识到这一点是在那不勒斯，当时我们伫立在庞贝城那位可怜的母亲身前冥思苦想，思绪迷失在十八个世纪以前那次历史上的火山灰风暴中。母亲躺在那儿，紧紧搂住孩子贴在胸前，试着挽救他的生命。她的绝望与悲哀已被火热的封壳保留了下来，这个封壳夺去了她的生命，却令她的形体与容貌永葆不朽。她感动了我们，萦绕在我们心中许久不散，不知这是为什么，因为她与我们毫无关联。这十八个世纪以来，她对任何人都无关紧要，然而今天面对类似情况时，我们应该说声：“真可怜！太不幸了！”而后一小时以内把它忘得干干净净。

败坏了哈德莱堡名声的人

一

那是多年以前的事了。哈德莱堡一直以童叟无欺而闻名乡里。这名声是镇民们心头至高无上的骄傲，什么东西都比不上它。他们竭力维护着这个清白名誉，算到那时已经三代人了。人们太自豪了，总渴望着能让这个美名天长地久，于是小婴儿还在襁褓里就开始接受诚信教育。而且在他们今生的学习生涯里，诚信教育也成为最重要的组成部分。不仅如此，在他们的成长岁月里，镇民绝不许年轻人接触诱惑，这样，诚实的美德才能时时刻刻在年轻人的心中巩固、强化，深入骨髓。周边的小镇都嫉妒哈德莱堡的美名达到如此的顶点，冷言冷语地讽刺哈德莱堡，把他们的自豪感说成是虚荣自大；可不管怎么说，外人都不得不承认哈德莱堡的名声没人能够玷污；而且非要让他们表态的话，他们就得承认：年轻人离开家乡外出找工作的时候，仅凭出生在哈德莱堡这一条，就足以让他找到一个挑大梁的职位了。

然而时光易逝，到后来，因为得罪了一位路过的外乡人，哈德莱堡的好运气终于到头了——可能镇民们根本没察觉，肯定是没留心。因为哈德莱堡的人志得意满，根本不屑于饶舌地评价外乡人，也不在意外乡人对自己是怎么评头论足的。当然，对待这个人本来不该按照常规的做法，因为他生性刻薄，复仇心重。整整一年的流浪旅途上，他时时刻刻都把这点窝囊事挂在心头，但凡有点空闲的时间就要谋划复仇的坏点子，好补偿一下自己的委屈。他设计过许多方案，每一个都不错，可没一个够狠。其实哪怕力道最弱的那个计划也可以把不少人卷进去了，但是他想算计全镇的人，谁也不能漏网。终于，他脑子里冒出了一个绝妙的点子，这个金点子才一冒头儿，他心里那些恶毒的快意就都熊熊燃烧起来。他连忙着手制订计划，心里暗想："就这么干——我要败坏整个镇子的名声。"

六个月后，他驾驶着一架轻便马车赶往哈德莱堡，夜半十点钟左右，马车停在了银行老出纳员的家门前。他从车里拖出一个麻袋，扛着它蹒跚地穿过天井，叩响了前门。听到有个女子说了声"进来"，他就进了屋，把麻袋放在起居室炉子的背后，对正在灯下读着《布道先驱报》的老太太彬彬有礼地说：

"太太，您不必起身，不打扰您。那个袋子——现在封得好好的；没人知道它是搁在这儿。太太，见见您的丈夫可以吗？"

"您见不到他，他去布里克斯顿了，清早以前赶不回来。"

"那好，太太，没关系。我只想把这个袋子留在这儿请他照看，要是找到合法主人就请转交给他。我是个外乡人，我们没打过交道。今天夜里我故意从这个镇子过一下，有件埋藏在我心底多年的旧事要了结一下。现在事办完了，我真是心满意足，并且多少有点儿自豪。将来我就不再到这里来了。麻袋上附着一张纸，前因后果都写得清清楚楚。晚安，太太。”

这样一个高大神秘的陌生人真让老太太怕得要命，见他走了可是松了口气。不过，好奇心也被勾了起来，她径直走到麻袋跟前，取下那张纸，纸上这样写道：

> 登报公开，或请私下寻访那个人——两法均可。麻袋中装有一百六十磅零四盎司金币……

“老天保佑，门还没上锁呢！”

理查兹太太颤巍巍地走到门边锁好门户，拉下百叶窗，她站在那儿胆战心惊、焦虑不安，不知怎么办才能让自己和这些钱更加妥当些。她侧耳听了听，看是不是有贼。最终还是好奇心占了上风，她走回灯下读完那张纸条：

> 我来自外国，现在回国途中，打算回乡定居。我在美国居住多年，蒙贵国优待，心中十分感激；同样我十分感谢一位美国公民——他住在哈德莱堡——一两年前蒙他慷慨帮助过一次。实则是两大帮助。我来解释一下。以前我是个赌棍。我是指以前。那时候我已经一贫如洗。有一天夜里我到了这座村庄，饿着肚子而且身无分文。我在黑暗中求人行行好，要是有灯亮照着我可不好意思向人家乞讨。我找对了人。他给了我二十美元——换句话讲，他给了我新生，在我眼

里是这样的。他也给我带来了好运气；因为靠这些钱做本钱，我在赌桌边发了大财。最后还要说一件事，他送我的忠告我至今记忆犹新。这句话让我心悦诚服，决心挽救仅剩下的一点儿良心，从此戒赌了。直到现在我也不知道那位好心人是谁，可我希望能有人替我找到他，让他得到这笔钱。是分给别人，是丢弃，还是自己留下，都由他自己做主。这只不过是我感恩之心的一点表示。如果能留在贵国，我本打算亲自找到他；不过无论如何，总会有人找到他的。这是一座诚实的镇子，它的诚信堪比金贵。我深知这一点是毋庸疑虑的。您可以根据那位给我的忠告找到他；相信他仍能记得这些话。

我想这样办：如果您喜欢自己私下里调查，尽可调查。您把信里说的情况告诉每一个可能是那位先生的人。如果他回答“我就是那个人；我给的忠告是如此如此”，就再请您进一步核实——打开麻袋，里面能找到一只封好的信封，里面写着那句忠告的原话。如果受检验的人一字不漏地复述了这句话，就把钱给他，不必再追问，因为肯定就是他。

要是您打算公开寻找，那么就请在当地报纸上公开这封信——再添上附加说明，即：从今日起三十天内请候选人在周五晚八点到镇办公大楼，把他说的“忠告”封在信封里，交给伯吉斯牧师（如果他肯热心帮忙的话）；请伯吉斯牧师彼时彼地拆开麻袋里的信封，检验人们写的句子是否正确；如果是的，就把钱送出去吧，连同我诚挚的谢意一同转交给那位确定了身份的好心人。

理查兹太太坐了下来，心情激动得微微颤抖起来，她很快陷入沉思，她这样想道："这件事太离奇了！……不过是点滴之恩，就得到人家涌泉相报，真是太幸运了！……如果恰好是我丈夫做的该多好啊！——我们太穷了，又上了年纪，一贫如洗！……"想到这儿，她长叹了一口气："不过，怎么可能是我家爱德华；不会，把二十美元给外乡人的绝不可能是他。这也太可惜了；我现在瞧出来了……"想到此处，她身子猛地一颤，"这可是赌棍的钱！来得不干净。这种钱可没法要；碰都不能碰。离这种钱太近可不好，它看着就是污秽的东西。"她挪到远一点儿的椅子上……"盼着爱德华能回来，把它弄到银行去；强盗什么时候都可能到这儿来；我单身一个人跟这些钱待在一起实在太可怕了。"

十一点钟，理查兹先生到家了，太太说："你可到家了！"他说："我累坏了，一丝力气都没有了。穷日子太难熬，到了这把年纪还得辛辛苦苦地跑出去。为了挣那点薪水，就得像骡马一样拉磨，拉磨，再拉磨——成天听人使唤，人家消消停停地往家里一坐，拖鞋一穿，又舒服又不差钱。"

"我替你难过，爱德华，你知道的；别难过，我们好歹还有个生计；名声也不错……"

"对，玛丽，那才是最重要的。别介意我说的那些话——那不过是一时气愤，没什么别的意思。吻吻我——好了，现在一切都过去了，我不会再抱怨一句啦。你弄来了点儿什么东西？麻袋里装的是什么？”

于是，太太把那个了不得的秘密说给他听。他一时之间头晕目眩起来，过后才说：

“有一百六十磅重哪？噢，玛丽，那是四万美元呢——想想看——多大一笔钱哪！这个村子里趁那么些钱的人不会超过十个。给我那张纸。”

他粗略地读了一遍，说道：

“简直是历险记了！咳，像传奇故事！书里才有这种不靠谱的事，真实生活里什么时候见过啊。”他此时意动神摇，兴奋非常，甚至可以说惊喜若狂。他拍着老伴的面颊，开玩笑说：“啊！我们有钱了，玛丽，有钱啦！只要把钱埋起来，烧掉这几张纸。就算那个赌棍回来调查，我们只要冷冰冰地瞅着他说：‘胡说八道呢吧？我们可从来没听说过你和你那袋金子。’他就傻了，而且……”

“而且，就在这个时候，你还啰里啰嗦开玩笑的时候，钱还放在这儿，过不了多久贼就该上门了。”

“对。好啦，我们该干点什么呢——私下里调查吗？不行，那样不行：非得破坏这份浪漫不可。公开找的形式更好。想想看，这会造成多大的轰动啊！别的镇子都得嫉妒得眼红，因为一个外地人在这种事上绝不会相信哈德莱堡以外的什么镇子，他们自己也知道。这是替我们扬名哪。我现在就得去印刷厂，否则赶不上出版了。”

“可是你等等——等等——别把我一个人留在这儿陪着这些钱，爱德华！”

可他已经出门了。不过，出门了不长时间。刚走出不远，他就遇到了报纸的编辑兼东家，就把那份文件递过去，说：“给你点好东西，考克斯——插进去吧！”

“有点儿迟了吧，理查兹先生？不过让我先瞧瞧再说。”

再回到家以后，他和老伴儿来回地谈这件妙不可言的神秘事，两个人都无法入睡。首要问题是：镇上有谁给过一个外地人二十美元呢？这个问题看起来相当简单，两个人不约而同答道：“巴克利·古德森[①]。”

“对，”理查兹先生说，“兴许是他，这该是他的手笔，镇上能这样做的人再没第二个了。”

“大家都得承认这一点，爱德华——只不过，大家都是私下里承认罢了。都有六个月了，村子里又回到原来的样子——诚实是诚实，可目光短浅，自以为是，而且小家子气。”

“他一直这么说来着，一直到他死的那一天——还当众讲过呢。”

“是啊，他遭人恨就是因为这个。”

“哦，可不是嘛，可他无所谓。镇上最遭恨的人该是伯吉斯牧师，然后就是他了。”

“啊，伯吉斯罪有应得——在这地方，他甭想找到肯听他布道的人。这个镇小气是小气了点，但是对他还是能估算个八九

---

① “古德森（Good son）”为音译，字面意义为“好人之子”。

不离十。爱德华，那个外地人点名道姓地非要让伯吉斯负责送出这笔钱，是不是有点古怪啊？”

“嗯，是呀——是古怪。不过……不过……”

“哪有那么多不过？要是换了你，你能选他吗？”

“玛丽，也许那个外地人比镇上的人更了解他呢。”

“不过就能帮得了伯吉斯？”

老头子好像被妻子的答话弄得狼狈不堪；老婆则把眼光紧紧盯在他身上，等他回话。最后，理查兹又开了口，态度有些迟疑，人们明知自己的话要遭到非议时就是这副吞吞吐吐的样子。他说：“玛丽，伯吉斯本性不坏。”

妻子自然是惊诧得不得了。

“胡说八道！”她说。

“本性不坏。我知道。他不讨人喜欢是因为那一件事——而那件事偏又引起了那么大轰动。”

“就那‘一件事’，的确是！好像单那‘一件事’还不够似的。”

“足够了，足够了。只是在那件事上他真没什么罪过。”

“你说什么？他没罪过？人人都知道是他的过错。”

“玛丽，告诉你吧——他是无辜的。”

“这话我可没法相信，我才不信哪。你怎么知道他是无辜的？”

“我得坦白。这事真丢人，可我得坦白。唯有我一个人知道他无辜。我本来可以替他挽回名誉，可……可……不过，你知道当时镇子里群情激奋——我没胆子说。人人都得掉过头来针对我。我也觉得不好意思，非常不好意思。可我不敢，我没有胆量面对这个后果。”

玛丽看来内心很不安，好一会儿沉默不语。后来她结结巴巴地说：

“我……我觉得你不可能曾经干过——干过——人们不会……呃……公众态度……怎样也得在意……这样……”她很难表达清楚，窘极了。又过了一会儿，她又开口说：“他也真可怜，可是……唉，我们可经不起，爱德华，我们真的担当不起。哦，怎么说我也会逼着你说出去！”

“真要是说出去我们得招多少人的恨哪，玛丽，而后……而后……”

“我现在头疼的是他会怎么看我们，爱德华。”

“他？他并不知道我本来可以挽回他的名誉。”

“哦，”妻子叫起来，语气轻松了一些，“是这样，我真开心。只要他还不知道你本来可以挽回他的名誉就好，他，他，啊，这样好多了。唉，我早该明白他不清楚，因为他总是试探着向我们示好，虽说我们一丁点主动的意思都没有。人们不止一次拿这个取笑我。有威尔逊家，有威尔考克斯家，还有哈克尼斯家。他们总说‘你的朋友伯吉斯’，开这种无聊的玩笑打趣我，因为他们知道这样说让我心烦。我多希望他别再老是追着我们家，我想不明白他干吗和我们没完没了。”

“这个我知道。还有一件事我得坦白。那件事刚曝光的时候，镇上闹得沸沸扬扬，人们打算把他捆在一根横杆上抬着，上街游行[1]。我良心上实在过不去，就私下里去给他透露了个消息，而后他就躲到外面去了，直到风头过去才回来。”

“爱德华！要是当初让人知道了……”

“别叫！一想这事我就后怕。刚送完信我就后悔了，所以连你也不敢告诉，生怕你挂出相来泄露了机密。那一宿我都没合眼，就是因为心里害怕。不过过了几天，看没人怀疑我，我又觉得能给他送个信还是挺高兴的。而且直到现在我还是觉得高兴，玛丽——我从头到脚都高兴。”

“我也一样，那样对他太残酷了。对，我很高兴，因为你的确亏欠了他，要知道。可是，爱德华，想想要是哪一天泄露出去，该多可怕呀！”

“不会！”

“为什么？”

“因为每个人都以为是古德森通知他的。”

“大家是得这么想！”

“当然。而且古德森根本无所谓。人们说动了索斯伯里那个可怜老头去找他兴师问罪，老头马上就怒冲冲地去找古德森算账。古德森上下打量打量他，好像要找出他身上最让人讨厌的地方似的，而后说：‘看来你是调查委员会的了，是吗？’索斯伯里说算是吧。‘哼。依你看他们是想拷问细节呢，还是大略地说说也行？’‘如果他们想知道详细情况，我还会再来，古德森先生，我想先简略地问问大概情况。’‘很好，那么，让他们见

① 美国一种私刑。

鬼去吧——我估计这话够简略了。此外，索斯伯里，我还得给你提个建议，下次详细问话的时候随身带个篮子来，好把自己的尸首捎回家。'”

“这才是古德森，全是他能说的话。他就有一个缺点：总觉得自己的建议比别人的都棒。”

“可他这一来摆平了那件事，而且救了我们，玛丽。以后再没人提过这个话题。”

“上帝保佑，我可不是疑心这个。”

而后话题又重新回到那一袋子金币的事上，兴致高昂得很。不一会，谈话又断断续续了——夫妻俩思考的时候常忘了说话。间断越来越频繁，最后理查兹先生全神贯注地想自己的事，再也不做声。坐在那儿半晌，他眼睛空洞地盯着地板，双手时不时神经质地动一动，仿佛给思绪打着拍子，似乎很苦恼的样子。这时他的妻子也陷入沉思，默默地想着心事，心里的不安从她的动作中可以略窥一斑。最后理查兹站起身来，就像梦游者做了个噩梦一样，漫无目的地在屋里踱步，十指一下一下通着头发。而后他似乎下定了决心。他一言不发扣上帽子，快步走出门去。妻子还拧着眉头，静坐沉思，似乎根本没发觉只剩自己一个人了。她时不时地嘟囔几句："别引诱我们啦……可——可——我们太穷了，太穷了！……别引我们去……啊，谁会为这个受损失呢？——而且没人会知道…………引诱我们……”声音含含糊糊低落下去。过了一会儿，她抬头一望，半是惊诧半是欢喜地低声叫起来：

“他走了！可，哦，天哪，可能已经太晚了，——太晚了……也许不晚——也许还有时间。”她站起身思考着，十指紧张地一会儿交握在一起，一会儿又松开。一阵轻轻的战栗，她全身抖动了一下，喉咙发干地自语道：“上帝原谅我——有这个念头太可怕了——可是……主啊，你是怎么把我们变得——变得那么古怪了！”

她把灯光捻暗，不声不响地溜到那袋钱旁跪下，双手抚摸着它鼓囊囊的外沿，亲热地爱抚它们；贪婪的光芒在昏花的老眼中闪动着。她时不时突然心不在焉，口中念念有词时又猛回过神来：“刚才要是稍等等多好！——哦，如果我们稍等一小会儿，没那么性急的话多好！”

就在这段时间里，考克斯从办公室回到家把那件奇事从头到尾都说给自己的妻子听。夫妻俩急不可待地讨论过后，都认为只有已故的古德森才可能仗义疏财，拿出像二十美元那么一大笔钱，对一个落难的外乡人施以援手。而后一阵沉寂，两人都变得心事重重，静坐不语，过了一会儿他们坐立不安起来。最后妻子开口了，仿佛自言自语似的说：

“除了理查兹夫妇外没人知道这件事……再就有我们……没旁人。”

丈夫微微一惊，从思绪中醒过神来，愁容满面地直盯着妻子，她的面色已变得苍白，而后他犹犹豫豫地站起身，鬼鬼祟祟地瞅了瞅自己的帽子，又瞅了瞅妻子——那是无言的询问。考克斯太太吞了一两口唾沫，手捂着喉咙，没说话，只是点了点头。只一瞬间，屋里就只剩下她一个人待着低声地自言自语了。

此时理查兹和考克斯急匆匆从相反方向沿着空空如也的街道赶来。他俩在印刷所台阶脚下碰面了，全都气喘吁吁地。他们借着路灯彼此打量着。考克斯小声说：

“除我们俩，没人知道这事吧？”

低声的回答是：

“连个鬼都没有——以我的名誉保证，没有！”

“如果还不太晚的话……”

两人开始上台阶。这时一个少年超过了他们俩，考克斯问：“是你吗，约翰尼？”

“对，先生。”

“你先别急着送出早晨的邮件——任何邮件都不用送，留着等我的通知再送。”

“都送完了，先生。”

“送完了？”声调中满是难以名状的失望。

“对，先生。去布里克斯顿和其他城镇的火车时间表今天都改点了，先生——报纸得比平时提早二十分钟发出去。我只得火急火燎地赶过去，如果我迟两分钟的话……”

两人转身缓缓离去，没等他把余下的话说完。有十分钟谁都没开口，而后考克斯语调懊丧地说：

“真不明白，谁让你那么急急忙忙的。”

对方回答地低声下气：

“我现在明白了，可不知怎么，你知道，我总是到无可挽回的时候才动动脑筋。可下一次……”

“该死的下一次！一千年也碰不上个下一次了。”

而后，两个老伙伴连句晚安都没说就分手了，拖着有如死期将至一般的步子回家去了。家里的妻子都急切地跳起来，问："怎么样？"——用不着再听丈夫的回话，她们就看出了答案，哀怨地一屁股坐了下去。两幢房子里都吵得热火朝天——这可是不寻常，以前老两口也吵过架，但是都不激烈，从没闹得不可开交。可是今夜里的吵闹声却仿佛两家人在相互剽窃。理查兹太太说：

"如果你等一会儿，爱德华——只要停下想一想；可你没有，你非得直冲到印刷所去，把事儿闹得全天下都知道。"

"那张纸上说了可以公布这个消息。"

"那无关紧要。纸上还说过如果你愿意也可以私下里调查呢，我没说错吧？"

"唉，是的——是的，是没错；可我一想到那会闹出多大的动静，而且一个外乡人这么信赖哈德莱堡，这是多大的荣誉啊……"

"哦，当然，这些我全知道，可如果你停下来多考虑一下，就会明白你根本没法找到那个人，因为他已经躺在墓地里，身后并没留下个女人、孩子或者什么有点亲戚关系的人。只要钱落在急需的人手中，又没人受损失，而且……而且……"

她哽咽住话语，哭了起来。她丈夫本想说点什么安慰安慰老妻，可是说出口的却是这么一番话：

"可毕竟，玛丽，这肯定会得到最好的结果——肯定会！我们都明白。而且我们得记着本来是注定这样的……"

"注定的！哦，每件事都是注定的，每当人们做了蠢事都找这个借口给自己解脱。要说是注定的，也可以说那笔钱注定以这种特别的形式落到我们手里，就是你自己要多事，非要违背上帝的意志——谁给你这个权力？这就是跟上帝瞎捣乱，就是这样——，你非要对上天大不敬，你根本就不是什么虔诚的顺民……”

“可是，玛丽，要知道我们一生都受的什么样的教育，全镇人都一样，直到诚信成为我们的第二天性，遇到该诚实的事毫不迟疑……”

“哦，我知道，我知道——那是没结没完的诚信训练、训练、再训练——从孩提时起这种诚实品质就被好好地保护起来，好抵挡每一个诱惑，所以这是人造的诚实，一旦诱惑来袭就土崩瓦解了。今天夜里我们可都亲眼看到的。上帝知道，对于自己那点僵得牢不可破的诚实，我是一直连一点儿怀疑的影子都没有，直到现在——现在，面对这么一个又大又甜的诱惑，我——爱德华，我相信全镇的人他们的诚实品质跟我自己的一样不可靠；也跟你的一样不可靠。这个镇自私、刻薄、顽固，除了这点自负盛名的诚实品质以外什么美德也不具备。救救我吧，有朝一日有个了不得的大诱惑肯定能把我们的诚实品质砸成碎末，然后它的美名就会像纸糊的大厦一样毁灭。好了，我现在已经忏悔过了，自己觉得好受多了。我是个牛皮匠，一辈子都没说句实话，自己居然不知道。谁都别再说我诚实了——我不配。”

“我——是的，玛丽，跟你一样我想了好多，确实想了。这件事好像很古怪，太，太古怪了。我从不可能相信这个——从来不会。”

随之一片久久的沉寂，两口子都沉入深思。到后来还是妻子抬起头来说：

“我明白你在想什么，爱德华。”

理查兹露出一副让人看穿的尴尬相。

“虽说坦白承认实在是丢人，玛丽，可是……”

“没关系，爱德华，咱俩想到一处去了。”

“希望如此。你说吧。”

“你刚才在想，要是有人能猜出古德森对那个外乡人说的那句忠告就好了。”

“完全正确。我觉得内心有罪，真丢人。你怎么看？”

“这个念头我早想过了。让我们搭个地铺，我们得守到早晨，等明早银行门一开，就去认领这一麻袋钱……哦，天哪，哦，天哪——如果我们没有走那个弯路有多好！”

铺好地铺，玛丽说：

“芝麻开门——那句话究竟说了些什么？我真想知道那句忠告说了点什么？不过，来吧，我们现在上床。”

“睡觉。”

“不，思考。”

“对，思考。”

与此同时，考克斯夫妇也结束了从拌嘴到和好的整个过程，转入——思考，思考，辗转反侧，烦闷不安，他们为古德森究竟给落难的流浪汉说了句什么样的忠告而焦头烂额。那句话真是和黄金一样珍贵，一句话就价值四万美元，还是现金。

镇上的电报站这天晚上加班了，其原因在于：考克斯报馆的主编是美联社的地方通讯员。恐怕他只能算个挂名通讯员，因为每年由他拍发的稿件里，能有幸在报上刊登出来的时候一年不足四次，每次也就三十来个字。可这回不一样。他拍了急电，报告收到的新闻，并获即时答复：

悉查始末——巨细无遗——一千二百字。

这是多大一份稿约啊！主编如约完成了这篇报道，他成了全美国最自豪的人。第二天早餐前，诚信如金的哈德莱堡的名字已挂在每个美国人嘴边，从蒙特利尔到墨西哥湾，从阿拉斯加的冰川到佛罗里达的小橘林，千百万人都在谈论那个外乡人和他的钱口袋，大伙都想知道物主能不能找得到，都盼望赶快看到相关的报道——越快越好。

二

哈德莱堡的居民们一觉醒来，家乡已经是全球名城，他们先是大吃一惊，而后欣慰之余就开始自命不凡起来。大家得意之情令人超乎想象。村子里十九位要人和他们的夫人奔走相告，握手相庆，喜气洋洋，笑容满面，彼此祝贺，大家都说有了这一事件，字典里肯定要添上新的一笔——哈德莱堡，是“诚信如金”的同义词——这个词注定永存在各大字典之中！那些次要的公民和无关紧要的公民夫妇们也在四处奔走做着完全相同的事。大家都奔向银行去瞧那袋金币，午前开始，布里克斯顿以及其他邻镇的居民开始成群结队地涌向哈德莱堡，他们满怀酸涩和嫉妒；从午后直到第二天，记者也从各地蜂拥而至，他们来调查这个钱袋的故事的真实性，把整个事件的来龙去脉重新描摹了一遍。他们奋笔疾书，草绘出钱袋、理查兹家的房子、银行以及长老会的草图，洗礼堂、大众广场，还有将要进行测试并送出金币的市镇大厅都画了图形。他们还为理查兹夫妇画了一幅讨嫌的肖像画，此外也画了银行家平克顿、考克斯、报社的主编、伯吉斯牧师、还有邮政局长——甚至还画了杰克·哈利迪。这个家伙整日游手好闲，倒是个和气的人，在镇上这个人根本算不上个人物，靠打渔行猎为生，他是个孩子头，对无家可归的狗也很友善，是镇上典型的“山姆·劳森[①]”。那个油滑小气的小个子银行家平克顿满脸假笑着将麻袋展示给所有来宾们看，快活地直搓那双保养得溜光水滑的手掌，极力吹嘘着本镇以诚信而著称的古老美誉，以及本次事件是如何惊人地证实了这一点。他表示，希望并确信这一事例应该在整个美洲大陆上广为传扬，并且成为道德改革进程中划时代的事件。如此这般，这般如此。

过了一周，一切都沉静下来；如痴如醉的自豪感和若狂的欣喜之情终于凝止下来，慢慢地化作温情而甜蜜的、无声的喜悦——一种深邃的、无名的、难以言喻的满足感。呈现在镇民脸上的是一派祥和圣洁的喜悦表情。

---

① 山姆·劳森（Sam Lawson）是斯陀夫人（Mrs.H. B.Stower）小说《汤姆叔叔的小屋》中风趣、爱讽刺人、乐天派的懒汉型人物。

再后来，镇上出现了些许变化。这点变化是脉脉渐渐中出现的，以至最开始几乎没有引起大家的注意，或许根本没人察觉。唯有杰克·哈利迪与众不同，每逢有事他总是能注意到出现了变化，而且不管出了什么事总是能乐在其中。他开始说闲话，讽刺大家不像一两天前显得那么高兴了；再后来他宣布这一全新的现象已经愈演愈烈，成了哀怨；接下来，他又谈论某某一脸大便相。最终，他说每个人都变得喜怒无常，满肚子心思，哪怕他把手探到镇上最小气的人的裤袋最底处，抢出一分钱来，这人也还是在那里心不在焉地想入非非。

发展到这一阶段时——或称大体这一阶段时——那十九个重要家庭中的户主们每每在入睡时分不经意地说出类似这样的一句话——说话的时候往往先是一声叹息，才说：

"唉，古德森的忠告究竟是什么呢？"

而后那些为妻的——浑身一抖——立即说：

"哦，打住！你脑子里想些什么啊？太可怕了。看在上帝的分上，赶紧把这个念头丢开吧！"

可是，到了第二天晚上，那问题又在折磨这些男人——然后照例遭到女人们的反对。只是，反对的意思减弱了。

第三天夜里，男人们又一次念叨着同一个问题——内心充满痛苦，精神恍惚。这一次——连同下一夜——妻子们微微有些忐忑不安，有心说点什么，却都没有说出口。

再下来的那个夜晚，她们终于开口了，也回应着说——充满渴望地说：

"哦，如果被我们猜中就好了！"

哈利迪的闲话是越来越多，话里话外地诋毁人家，越发讨人厌。他马不停蹄地四处乱窜，取笑镇上的人，有时候是一个一个地嘲笑，有时候是一群一群地奚落。然而他的笑声是镇里仅存的笑声，响彻了整座空旷、哀伤、茫然、空虚的镇子上空。整座镇子无论哪里都看不见一丝微笑。哈利迪拿着个香烟盒架在三脚架上，假装它是照相机，但凡有人路过，他就叫住人家，用假相机对准人家说："预备！——笑一个。"可是，即便这样一流的玩笑也无法让镇民们阴郁的面孔柔和下来。

就如此三个星期过去了——只剩一个星期的时间了。到了周六晚上，晚饭过后，街上空荡荡的杳无人迹，当初每逢周六晚上，街上总有人聚在一起，热热闹闹地走来走去、逛商店，或是嬉闹着玩笑，如今这样的场面都不复存在了。理查兹和老妻在屋里各坐一边——暮气沉沉，满怀心事。现在这样的沉思已经成为他们晚间的习惯动作：从前老夫妻俩习惯于看看书、打打毛线、心满意足地闲侃，到老邻居家串串门，或者有人来串门接待一下，这些一辈子都习以为常的老习惯如今早就沉寂而忘怀了，仿佛忘记了许多年了——其实只是两三周以前而已。现在没人闲谈，没人读书，没人找邻居串门——全镇人都闭门家中坐，除了焦躁不安的叹息，就再没一句话了。大家都在竭力猜想那句忠告究竟说的是什么。

邮差送来一封信。理查兹无精打采地瞥了瞥姓名、住址和邮戳——不熟悉，全都不熟悉——于是把信抛在桌上，重新陷入东猜西想和绝望而苦闷的思索。两三个小时过去，老妻疲惫地站起身，打算上床睡觉去，连声晚安都没说——现在这也是习以为常的事了——可当她走到那封来信的旁边时停下了脚步，兴致缺缺地看了看，而后拆开粗略地扫了一眼。理查兹坐在椅中，椅子的靠背倾斜着顶在墙壁上，他的下巴埋入双膝。这时就听有什么东西倒在地上。原来摔倒的是他的老伴儿，他冲过去，可是她却大叫着：

“别管我，我太高兴了。你快看看这封信——看啊！”

他看起了那封信。一字不漏地看完之后，脑子开始晕眩起来。信是从远方的一个州寄来的，写道：

我和您素昧平生，不过不要紧；写这封信是因为有事相告。我刚从墨西哥回到家就听说了那件事。您当然不知道那句忠告是何人所说，可我知道，而且我是目前知道这句话的唯一还健在的人。那人是古德森，许多年前我就认识他。当天夜里，我途经贵镇，在他家做客直到午夜，然后乘火车离开。我偷听到黑暗里他对那外乡人讲的忠告——那是在黑尔胡同。后来往回家走的归途中，还有在他家吸烟的时候，我俩一直在谈这件事。他言谈中提及许多贵镇的居民——谈到大多数人的时候都说得不太客气，只有两三个评价较好，其中就包括您。我说是‘评论较好’——也仅仅是较好而已。记得他说过这镇上的人他谁都不喜欢——一个也没有。可是谈到您的时候——我印象他说的是您——应该没错——曾经帮过他一个大忙，可能您本人根本不清楚这个帮助的意义，但是他说过希望自己有笔财产，这样死后能留赠给您，而镇上其他的居民都只配诅咒。既然如此，假如确实是您帮过他这个大忙，您就是他的合法继承人，有权获得那袋金币。我知道您的名誉与诚实完全可以信任，因为在哈德莱堡的公民身上这些美德是世代相传的，我要把那句忠告透露给您。如果并不是您帮的忙，您肯定会代为寻访真正的助人者，让可怜的古德森欠下的人情债能够偿清，我会很高兴。那句忠告说的是："你本性不坏：走吧，重新做人吧。"

霍华德·L. 史蒂文逊

"哦，爱德华，钱是我们的了，谢天谢地，哦，我真是感激老天——吻吻我，亲爱的，好久没有亲吻过我了——我们正需要——这笔钱——现在你可以炒平克顿的鱿鱼，甩开他的银行了，再不听别人使唤了，我简直快活得要飞起来了。"

之后的半个小时非常愉快，夫妇俩坐在长靠椅里抚摸着对方，那是旧时光的重现——那样的温存从求爱时开始，一直延续，直到外乡人带来那袋该死的金币才戛然停止。过了一会儿，妻子说：

"哦，爱德华，你帮过他这个大忙实在太幸运了，可怜的古德森！这个人我从未喜欢过，可是现在我热爱他。而且你做了好事却从没提起，也不自吹自擂，干得不错，真是太棒了。"说完，她又稍稍责备了一句："可你应该告诉我呀，爱德华，你应该告诉自己的妻子，你知道。"

“哦，我……呃……这个呢，玛丽，你看……”

“现在别再哼哼唧唧，嗯嗯呃呃的，告诉我，爱德华。我一直爱你，现在我简直以你为荣。大家都相信这个镇里只有一个人急公好义，而今原来还有你——爱德华，为什么不告诉我？”

“哦……呃……呃……为什么，玛丽，我不能说！”

“不能说？为什么？”

“你看，他——哦，他——我答应过他不说出去。”

妻子上下打量着他，而后非常缓慢地说：

“答应——过——他？爱德华，你说这话是什么意思？”

“玛丽，你认为我会撒谎吗？”

她好生为难，一时间连句话都没说，而后将自己的手放在丈夫的手上说：

“不……不。我们的人品已经从自己的航向上偏离得太远了——愿上帝宽恕！你一生中从没说一句谎话。可现在——很多立身的根本原则眼看着都在我们心底粉碎了，我们——我们……”一时间她说不出话来，而后断断续续地说道，“千万别把我们引诱到罪恶的道路上去……我想你也发过誓的，爱德华。这事就放在那儿吧。我们别再停留在这个问题上了。现在——事情都过去了；我们还是高高兴兴地，我们没工夫想那些阴暗的事。”

爱德华发觉要想照妻子的话办还真是有点困难，因为他的脑子里总是在来回地想——回忆他究竟帮助古德森做了什么。

夫妇俩几乎彻夜未眠，玛丽心情愉快地忙着盘算，爱德华也忙着想事，只是心情却并不那么高兴。玛丽计划着用这笔钱做什么；爱德华则努力回顾那次帮忙的事。最初他还因为对玛丽撒了谎而感到良心不安——如果那也算谎话的话。经过几度反省——他觉得即便说了谎，那又如何？有什么大不了的？难道我们干的假事还少吗？做都做了，说说又算得了什么？看看玛丽——看她都干了些什么。在他忙着做老实事的时候，她在干什么呢？她在悔不当初怎么没有毁掉那封信，把钱扣下！难道偷东西就比撒谎强点儿吗？

有了偷东西的事撒谎就不扎眼了——谎话的事退散之后，就剩下心安理得了。这时，另一个问题就突出出来：他真帮过忙吗？不过，史蒂文逊信里有古德森自己说的话为证，没有比这更好的证词了——这信本身就能证明他确实帮过忙。当然能。那么这一点也解决了……不，还没有完全解决。他瑟缩了一下，想起这个素昧平生的史蒂文逊并不确定帮过忙的人究竟是理查兹还是别的什么人——而且，哦，天哪，他还要理查兹以名誉担保找出这个人！他得自己决定那笔钱的去向——如果他不是该得到这笔钱的人，他肯定会光明磊落地去找出真正的得主，对此史蒂文逊先生毫无疑虑。哦，让人家落到这步田地实在太恶心人了——啊，难道史蒂文逊就不能不留下这个悬念吗！偏偏加上这么一句这是何必呢？

进一步想想。史蒂文逊指出那个得主时，理查兹的名字怎么会留在他印象中的，而非别人的名字，让史蒂文逊觉得就是理查兹干了这件事？这个看起来不错。对，这个看起来非常棒。事实上，这一点越是想感觉越好——到后来这种感觉渐渐地变成了确凿的证据。而后理查兹立即把这事抛出脑海，因为他本能地认为证据一旦成立，最好就这样算了。

既如此，他当然放宽了心，然而还有一个小节总是来求关注：他当然帮过忙——这一点已确定了。可那个忙是什么？他得回忆起这件往事——回忆不起来他没法入睡。这件事可以让他真正地平心静气。因而他思来想去，想来思去。他想到了十几件事——兴许算是帮忙，甚至就该算是帮忙——但似乎没一件满足条件，没一件算得上意义重大，没一件事值得人家给这么一大笔钱——值得古德森非要在遗嘱里留给他一笔财富。此外，他无论如何都想不起自己究竟有没有做过这些事。现在，那么——现在，那么——究竟得帮多大的忙才能让一个人感激得五体投地呢？啊——拯救他的灵魂！肯定是。对，现在他能记起了，一次他是如何肩负重任劝说古德森弃恶从善，而且辛劳工作长达——他本打算说三个月。然而等他进一步反思之后，这个时间段锐减为一个月，又减至一周，再后来成了一天，到最后一点零星时间都不剩了。对，现在他能回忆起，那令人不快的一幕仍历历在目，古德森让他滚他妈的蛋，少管闲事。——他才不指望能追在哈德莱堡屁股后边升天堂呢！

因此那次劝解以失败告终——他不曾挽救过古德森的灵魂。理查兹失望了。过不一会儿，他又想起一个主意：他是否曾经挽救过古德森的财产呢？不，这怎么可能——古德森根本一无所有。救过他的命？就是这样。当然，嘿，他早就该想到。这一次他有把握想对路子了。他的想象力在这一瞬间飞速地运转起来。

从这时开始整整两个小时的殚精竭虑的思考中，他一直忙于挽救古德森的生命。他历尽千难万险努力挽救了古德森。每一次，就在他快要圆满完成任务的时候，正当他开始确信此事当真发生过的时候，总会冒出一点琐细的问题，于是这段故事就满盘皆输了。举例说明，比如落水事件。在那次事故中他奋力游出水面，把昏迷不醒的古德森拖上岸来，岸上大群观众目睹了全过程，为他鼓掌喝彩，可他刚把事件过程安排通顺，一大堆使之不成立的问题又摆在面前：真有这件事的话，镇里的人应该清楚事情的原委，玛丽也该知道，在自己头脑中这样的事情应该有如聚光灯一般光芒四射，而不可能是“曾经帮过他一个大忙，可能本人根本不清楚这个帮助的意义”。想到此处，他才记起自己根本不会游泳。

啊——还有一点他从最初就忽略了：这个恩惠必须是“可能本人根本不清楚这个帮助的意义”。嘿，真的，那种事本来应该很好找——比其他事容易得多。果然，不一会儿他就想通了。多年以前，古德森和一位极其甜美可爱的姑娘谈婚论嫁过，她芳名叫作南希·休伊特，然而由于这样或那样的原因这桩亲事破裂了：姑娘去世了，古德森终生未娶，渐渐地变得性情乖僻，目中无人。姑娘去世不久，镇上的人发觉或自认为发觉，她血液中有一丁点黑人血统。理查兹研究了许久，最终自觉记起了有关的一些情节，这些事搁置太久淡忘了。似乎隐约记得正是他发现那姑娘有黑人血统的问题；也是他告诉了镇上的人；而镇上的人告诉了古德森这个消息从何而来；于是他如此这般地挽救了古德森，没有与这样一个血统不洁的女子成婚；从而在“根本不清楚这个帮助的意义”的情况下帮了他一个大忙。事实上他毫不知道自己正在帮忙，但古德森心知肚明，自己曾经九死一生逃过此劫，因此满怀对恩人的感激之情魂归地府，并希望能有笔财产留赠给他，现在一切都清楚了，再简单不过，而且他每多回顾一番，事情的脉络就越发清晰和明确几分。最后，当他心满意足、欢欣鼓舞地安卧下来入睡时，整个事件清晰得宛如昨日。事实上，他隐隐约约记得有一次古德森向自己道谢过一番。就在理查兹思考着是怎样拯救了古德森的这段时间里，玛丽心里已花掉了六千美元买栋新房子给自己住，还给自己的牧师买了一双拖鞋，而后心平气和地沉入了梦乡。

在周六这一个晚上，邮差给镇上的每一位要人都送了一封信——共十九封。信封各个不同，姓名地址没用同一笔体，然而信的内容几乎字字相同，只有一处有别。它们的确是理查兹收到的那封信的复本——从笔法乃至内容——信的落款都是史蒂文逊，只是但凡写着理查兹的名字的地方换成了其他收信人的名字。

彻夜之间，那十八位要人和他们的阶级兄弟理查兹做着同样的事——他们倾尽精神努力回忆着自己曾无意中给了巴克利·古德森什么恩惠。回忆的过程无一不是艰辛无比，但他们还是都成功地完成了。

在他们艰难地回忆时，他们的妻子无不用了一夜时间盘算着花钱的事，那可简易得多，那一夜之间，十九位太太平均花销七千美元——合共十三万三千美元。

第二天，杰克·哈利迪好生意外。他发现十九位要人和他们的妻室面上恢复了祥和圣洁的欢快表情。他无法理解，同时也想不出什么话可以破坏或打扰这种祥和快乐。于是，轮到他对生活感到郁闷了。他对这种快乐情绪的缘故好一番揣测，可是一经推敲，他的猜想全都不能自圆其说。他遇到威尔考克斯太太时注意到她脸上狂喜的表情，心里想："她的猫咪产仔了？"——去问了问厨师，却并非如此。厨师也觉察到了这种喜悦，却不知道起因。而当哈利迪发现"大肚汉"比尔森[①]脸上再版一样的狂喜表情时，他认定比尔森的哪个邻居一定摔断了腿，但是经过调查并未发生这样的事。格雷戈里·耶茨强自克制住内心的狂喜只能说明一件事——他丈母娘去世了：可又错了。"平克顿——平克顿——肯定是本来要不回来的十美分居然收上来了。"如此这般，这般如此。某些揣测还留有疑问，有些猜想则证实确系误会。到最后，哈利迪自言自语道："不管怎么说，哈德莱堡有十九家暂时鸡犬升天了，我不明白这是怎么回事，我只知道老天爷今天不上班。"

最近，有位来自临州的建筑设计师兼建筑商尝试在这座不堪造就的小镇里搞点儿小生意，广告招牌挂在外边迄今已经一周了，连一个顾客都没有。他灰心丧气起来，悔不该跑到这个地方来。可是今天，生意突然好转。要人的妻子一位接一位地来找他，偷偷说：

"下周一到我家来——不过暂时别跟人家提。我们在考虑盖房子的事。"

一天之内，他接到了十一家的邀请。他当夜写信给女儿，

---

① "大肚汉"是他在村里的绰号。

撕毁她与自己学生的婚约。他说女儿可以另找一个比这个强百倍的人结婚。

银行家平克顿和其他两三位经济宽裕的男子计划建造乡间别墅——不过要等事情尘埃落定才定。这种人鸡雏没有孵出壳来他是绝不会把它计算在内的，纯粹是不见兔子不撒鹰。

威尔逊夫妇则规划要搞一个新玩意儿——化装舞会。他们并没有信誓旦旦地说肯定要办舞会，只是悄悄地通知了每位相识的乡邻他们正考虑此事，并认为应该举行这么一场舞会——“如果我们真操办起来，您肯定在邀请之列。”大家都吃了一惊，两两地议论着：“怎么，他们疯了，威尔逊这家穷鬼，他们哪里开销得起呀。”那十九家要人家庭里的妻子们私下里对自己的丈夫说：“这主意不错——我们静等不动，等他们的廉价把戏完成了，而后我们再搞一个，让他们的破舞会一想起来就恶心。”

日子如流水，还没到手的那笔财富在预算中被挥霍的范围越来越大，越来越广，越来越愚蠢，越来越肆无忌惮。这样看来，恐怕这十九家里任何一家都在取得那笔钱之前不仅花尽了为数四万美元的巨款，而且还真要在取得财富之前负债累累了。有几个愚蠢的家伙已经不满足于空想，而是真的花起钱来——不过是赊账。他们购买土地、抵押契据、农庄、投机股票、精美服装、马匹，以及其他各种各样的东西，他们用现金支付利息，让人相信他们付得起余下的金额——以十天为限期。过了不多久，这些人才清醒过来，哈利迪注意到在许多张面孔上开始显露出极度急切的神色。他又一次感到困惑不解，不知该怎么解释这一现象。“威尔考克斯家的小猫咪没死，因为根本没出生；没人摔折腿；也没一位当丈母娘的过世；什么也没发生过——这种事太玄了。”

除了他以外还有一位公民摸不着头脑——就是伯吉斯牧师先生。有好多天，不论他走到哪里，都有人跟踪他，或者密切注意着他。而且但凡走到一处僻静的地方，那十九位中的一个必然会现身，偷偷把一个信封塞到他手里，悄声说：“等周五晚上在镇办公大楼再打开。”而后仿佛作了案的贼似的飞快地消失了。他原本也料到可能有人提出领取那个麻袋——不过恐怕也难说，毕竟古德森已经过世了——可是他从没料到能有这么一大群人申请。等到最后，当周五这个不平凡的日子终于来临时，他才发现手头有十九封信。

三

镇办公大楼从未像今天那么壮观。大楼顶头的主席台上方悬挂着色彩浓艳的旗帜作为背景；沿墙每隔几步都悬挂着彩旗；走廊的前门用旗帜包裹着；大厅立柱也全裹在旗帜中；所有这些都是为了给外来的客人留下深刻印象，因为来宾的人数一定很多，而且多半与报界有联系。屋内爆满。四百一十二张固定坐席都坐满了；侧廊里堆挤在一起的六十八张添座也是如此；主席台的台阶上挤满了人；几位显赫的来宾都在台上设了座；主席台前面呈马蹄形摆着一排桌子环绕着前台，来自各地的特派记者都在这里就座。这是本镇有史以来布置得最漂亮的房屋了。屋里还出现了几套昂贵的女装，价格都还能让人忍受，可不知什么缘故穿着这些衣物的妇女看来对这种打扮都有些陌生。至少镇上的人觉得她们的表现是这样，然而本镇的人早就知道其实这些妇女以往从未穿过这样的服饰，才能注意到她们的表情。

那装金币的麻袋立在主席台正前方一张小桌上，全场人都可以看得到。在场的大多数人都兴趣盎然地死盯着麻袋，眼神里掩饰不住口水长流的热情和可望不可即的哀惋；那十九对夫妇作为少数派则温柔地盯着它，充满爱心地以主人自居，这一少数群体的男性公民不停地默诵着感人肺腑的小型即兴讲话，内容是对观众掌声和祝贺表示谢意，过会儿他们就要站起来致答谢辞了。时不时地有一位还要从背心的口袋里摸出一张纸，偷偷扫一眼来巩固记忆。

当然场上一直都有嗡嗡的交谈声——从来都是这样的；可当伯吉斯牧师先生终于起身并将手按在麻袋上的时候，全场是那么寂静无声，他简直都能听到自己身上的细菌咬牙的声音。他提到那个麻袋令人好奇的来历，接着以温情地谈到哈德莱堡由来已久、份所应当的白璧无瑕的名望，也谈及镇民们为这一名誉由衷地感到自豪。他说这一名誉是无价的珍宝；说在上帝的保佑下，其价值已无可估量，因为当前的这个事件哈德莱堡的名声得以广为流传，由此全美洲人民的关注都集中到了这座小镇，让它的名字永世传颂，就如他所希望并坚信的那样，哈德莱堡将成为“诚信如金”的代名词。（掌声响起。）“那么谁将成为这一荣誉的卫士——是整座小镇吗？不！每个镇民都应当承担这一责任，它不是集体的责任。自今而后，人人都要亲自担负起卫护这一荣誉的责任，不叫它受到任何伤害。请问大家——每一个镇民——是否愿意接受这一伟大的重托呢？（赞同的声音轰然响起。）那真是好极了。把它传给你的子女和你的孙辈吧。今日你的纯洁无可非议——千万要让这份纯真无瑕如初。今天你们当中没有一个人会经不起诱惑去碰一碰不属于他的钱——务必保住这种美德。（“我们会的！我们会的！”）在这个场合不适合把我们这个镇和其他镇子做对比——有些人对我们的评价不佳；志不同则道不合；让我们知足常乐吧。（掌声响起。）我讲完了。在我的手掌下，朋友们，放置的是一个外乡人对我们究竟是哪种人的有力的认可，通过他世界将了解我们的为人。我们不知道他是谁，但我谨代表镇民们表达对这位的谢意，并请大家放开喉咙，表示赞同。”

全场起立，四壁被雷鸣般的感谢声震得颤了好一会儿。而后大家落座，伯吉斯牧师从口袋中取出一只信封。全场的人都屏息静气看着他撕开信封抽出一张纸。他诵读全文——语音和缓、感人肺腑——听众们心醉神迷地侧耳倾听着，这份具有魔力的文件里每个词都代表着一枚金币：

> 我送给那绝望的外乡人的忠告是：“你其实本性不坏：走吧，重新做人吧。”

而后他继续道：

“过不了一会儿我们就能知道信中所述和麻袋里密封信里的话是否相符，如果相符——毋庸置疑——这袋金币必将属于一位本镇的公民，他将作为使我们镇闻名全国的美德标兵站在国人面前，他就是——比尔森先生！”

满场的人原本准备好爆发出摧枯拉朽般的强劲的掌声，结果没有，满屋的人似乎都瘫痪了，一时间场上一片沉寂，而后全场都小声窸窸窣窣地议论起来——大意都是："比尔森！哦，得啦，这话太不靠谱了！给一个外乡人二十美元——无论是给谁吧——也不会是比尔森！别信口开河了，谁信你那一套啊！”而就在这时，又出现了新的异事使得全场的人都突然屏住了呼吸，因为人们发现迪肯·威尔逊在大厅的某一处站起来，头颅羞怯地低垂着，而在大厅的另一处威尔逊律师也同样站起身，做着同样的姿态。一时间场内一片疑惑的沉静。

每个人都大惑不解，那十九对夫妇惊怒连连，义愤填膺。

比尔森和威尔逊都转过身来，互相对视着。比尔森语带尖酸地问道：

“你为什么站起来，威尔逊先生？”

“我有权站起来。或许你能解释为什么你站起来？”

“荣幸之至。因为那封信是我写的。”

“真是厚颜无耻的欺诈！那是我亲手写的。”

这一下轮到伯吉斯牧师目瞪口呆了。他呆立在那儿，茫然不解地瞧瞧这一个，再瞅瞅那一个，似乎不知道该如何是好。全场人都呆若木鸡。这时，威尔逊律师开口说道：

“我请求主席公开签名者的名字。”

听到这话主席幡然醒悟，赶紧大声地读出了签名：

“约翰·沃顿·比尔森。”

“你看！”比尔森大叫起来，“你现在还有什么说的？你企图欺诈钱财的恶劣行径该说点什么对我和这满屋遭到冒犯的观众道歉呢？”

“没什么该道歉的，先生；还有，我要公开指控你从伯吉斯先生那里窃取我的信件并用自己签名的抄本替换。你没有其他途径知道那忠告；在世的人中，唯有我掌握着那句话的秘密。”

再吵下去恐怕要出丑闻了，每个人都痛心地注意到记者正像疯了一样快速地记录着。许多人大叫着“主席，主席！肃静！肃静！”伯吉斯使劲敲着小木槌，说：

“让我们别忘记应有的礼节。这事显然是哪儿出现一点儿误差，然而想必不过是这样罢了。如果说威尔逊先生给过我一只信封——我想起来了他确实给过我——我还带着它。”

他从袋中抽出一只信封，拆开，浏览一遍，脸上露出又惊诧、又困惑的表情，好一阵子说不出话来。而后他迟疑而又机械地挥了挥手，嘎巴了两下嘴想说些什么，却沮丧地什么都没说出来。几个人大叫着：

“念啊！念啊！信里写的什么？”

因此他开腔昏昏沉沉像个梦游者似的读道：

> 我对那个悲惨的外乡人讲的话是：“你本性不坏。（全屋人惊奇地盯在他身上。）走吧，重新做人吧。”（人们窃窃私语：“真怪！这是怎么回事？”）

“这一份的签名是，”主席道，“瑟洛·G. 威尔逊。”

“看哪！”威尔逊大吼大叫起来，“我就说让我猜着了！肯定是我的信让人偷看过。”

“偷看！”比尔森回嘴反击道，“我非得让你知道知道厉害，无论你还是跟你一样坏了心肝的家伙都别打算投机取巧……”

主席：肃静，先生们，肃静！请坐下，二位，请坐下！

他们遵言坐下，摇着头愤怒地喋喋不休。全场的人都大惑不解；面对这一稀奇古怪的突发事件不知该如何是好。这时汤普森站起来。汤普森是个做帽子的匠人。他本来很乐意成为十九家要人之一，可是他不够资格：他的帽子库存量不够，不配获得这个地位。他说：

“主席先生，我能否这样猜测，其实两位先生都是对的呢？请教您一下，先生，有没有可能两位恰巧都对这位外乡人讲过相同的话呢？在我看来似乎……”

皮匠站起身打断了他的话。皮匠满心不痛快，他自信有资历能担当本镇要人的头衔，但没人承认。这让他在言谈话语和举止动作上都露出一丝不痛快。他说：

“呸，问题不在这儿，这种情况百年难遇——但是，另外那件事儿恐怕千年也等不到一回！这俩人谁都不可能掏那二十美元给人！”

（掌声一片。）

比尔森：是我给的！

威尔逊：是我给的！

而后二人都指责对方剽窃。

主席：肃静！坐下！烦请二位——坐下。这两封信无时无刻都在我的手心里。

一个人的声音：很好——那偷看的事就不是问题了！”

皮匠：主席先生，现在有件事是清楚的：两位先生之中肯定有一个曾经躲在另一方的床下窃听，并窃取其家庭机密。如果说这话不犯忌的话，我肯定会说这两个人都干得出。（**主席**：肃静！肃静！）我收回我的话，先生，现在本人仅提议如果他们俩之中一个在对方告诉妻子那句忠告的原话时窃听了人家的对话，我们应当立即把他揪出来。”

一个人的声音：“怎么个查法？”

皮匠：容易。二人在引用那句忠告的时候都不是一字不差。诸位应该注意到了，如果不是两封信之间隔了好一阵子时间，而且还有人情绪激动争吵的话，本来大家能注意到。

一个人的声音：说清楚区别在哪里。

皮匠：比尔森的信上用了“其实”这个词，而另一封信里就没有。

许多人的声音：是这样——他说得对！

皮匠：因此，只要主席把麻袋里那句原话拿出来对照一下，我们就知道这俩骗子——（**主席**：肃静！）——这两名冒险家中是谁——（**主席**：肃静！肃静！）——这两位绅士中究竟哪位——（哄堂大笑、掌声响起。）——该戴上勋章，证明他是本镇破天荒第一个不诚实的撒谎大王——他玷污了这个镇的名声，这个镇从今往后也要叫他不好过！（掌声雷动。）

许多人的声音：打开！——打开麻袋！

伯吉斯先生在麻袋上划开一个口子，手探进去掏出一只信封，里面有两张折起的纸条。他说：

“其中一张标明，‘请把交给主席的所有书信都读完——如果有那么不只一封信的话——之后才能开启验证。’另一张上标明‘检验标准’。请允许我读出来。信上写道：

我并不要求恩人能分毫不差地复述原先告诫我的话的前半句，因为前半句并不引人注意，可能会淡忘，但结尾的五十七个字非常打动人心，我认为应该可以记得住。除非申请人毫无误差地复述这些词句，否则可以视为骗子。我的恩人开头说他极少告诫别人，然而每当给人以忠告的时候，他的话必然是价值连城。而后他这样说——在我脑海中这句话从没有淡化过：“你本性不坏……”

五十个人的声音：搞定——钱是威尔逊的！威尔逊！威尔逊！发言！发言！

人们跳起来围着威尔逊，握紧他的手热烈祝贺——这时主席敲击着小木槌大叫起来：

“肃静！先生们！肃静！肃静！请让我读完这封信。”重整秩序后，又继续宣读——如下：

走吧，重新做人吧——否则，记住我的话——当有一天你死去的时候，你会为自己的罪恶堕入地狱或者哈德莱堡——**还是努力堕入地狱的好**。

随后，全场像见了鬼似的沉寂下来。起初镇民们的脸上阴云密布，随后，这片阴云渐渐散去，代之以一副忍俊不禁的表情。忍住笑意是那么困难，大家只好拼命克制才勉强把笑意压了下去。记者们、来自布里克斯顿和其他外镇的客人都垂下眼，用手遮住面部，出于强烈的礼貌强自克制着情绪。就在这最不合时宜的时候，有个人的声音炸碎了一片死寂的会场——那是杰克·哈利迪的声音：

“那句话可是价值连城！”

随后满场人哄堂大笑，连客人也无一例外。甚至伯吉斯先生的庄严表情这时也破了功，这时听众们自认为一切约束都正式解除了，于是大家就尽情地开怀大笑起来。全场人大笑不止，狂风暴雨般地痛快淋漓，可最终笑声停息了——时间长得足够让伯吉斯先生重拾话题，让人们擦去眼泪，随后场内又爆发出笑声，又是一阵，直到最后伯吉斯先生才得以说出这样一些严肃的话语：

“企图掩饰事实是徒劳的——现在我们面临着一个严峻的问题。它事关这个镇的荣誉，令本镇的美誉遭受打击。威尔逊先生与比尔森先生提供的语句之间有两字之差，这一问题本身就很严重，因为它告诉我们这两位先生之中有一位有偷盗行为……”

两位男士原本无精打采地坐在那儿，麻木无所知，精神崩溃。然而一听到这些话语，两人都像触电一般跳了起来。

“坐下！”主席厉声说道，俩人这才遵命坐下。“就如我所说，这个问题非常严重。虽然这事只是——其中一位的罪过，但是事情的严重性远不止于此，因为两个人的荣誉现在都处于可怕的危险境地。我可否更深入一层说，其实他们的名誉都出于危险境地？两个人都漏掉了最关键的四十五个字。”他稍停了停。在这几秒钟的空白里，弥漫在全场的寂静沉默都凝聚起来，更加深了感人心肺的作用，而后他补充道：“事情似乎只有一种可能。请问这两位先生——你们是同谋？还是事先串通好了？”

全场响起一阵低低的谈论声，大概意思是说：“这下两个都别想逃脱了。”

比尔森没有应付意外情况的经验，他无助地坐在椅子上，意志崩溃了。然而威尔逊可是一名律师，他脸色苍白、神色焦急，但还是强支撑着站起身说：

“请容许我解释一下这件令人痛心的事件的前因后果。我很遗憾不得不把实情说出来，因为这些话势必造成对比尔森先生无可挽回的伤害。迄今为止，我一直对这位先生尊敬有加；我一直深信，比尔森先生能够坚定不移地抵御一切诱惑——就如诸位所相信的一样。然而出于保护自己的名誉，我只得直言不讳地把实情说出来。我满心羞愧地坦白——现在我请求诸位原谅——我对那位沦落异乡的外乡人说过那些话，其中还包括那些轻狂的十几个词。(群情激动。)最近报纸上登载了这件事以后，我记起了这些话，决定申请领取那一麻袋金币，因为我完全有权得到这些钱。现在我请诸位考虑一点，琢磨一下：那晚外乡人对我感激不尽，他说找不出什么语言足以表达自己的谢意，还说一旦有能力偿还这份恩情，他愿意以千百倍的金钱回报。现在，那么，我请教诸位：我能否希望——能否相信——能否甚至是隐约想象——假如他感恩戴德的话，怎么可能如此徒劳无功地把那些完全无必要的词句加到他的测试题中呢？——给我设一个圈套？让我在大庭广众之下暴露出自己曾经恶意诽谤过自己镇子？真是愚不可及，真是绝无可能。他的答案中只可能含有我忠告中开头的那部分。对此我丝毫没有疑虑。事情落在诸位身上也必然会像我这样思考。诸位怎么能料想得到，有人受了你的恩惠，从没有得罪过他，居然能下流无耻地坑害你。因此，我满怀自信，满怀信任，在一张纸上写下那开头的十几个字——结尾是'走吧，重新做人吧。'——并且签署了名字。我正要把信装入信封时被人叫进办公室的里间，想也没想我就把那张纸摊开着留在了桌上。"他停下来，缓缓转头看着比尔森，稍等片刻，又继续道："请诸位注意：稍后当我返回时，比尔森先生正从我的大门那里走出去。"（人们感情波动起来。）

比尔森一下子站起身大叫着：

"谎言！无耻的谎言！"

主席：先生，请落座！现在由威尔逊先生发言。

比尔森的好友拉着他坐回自己的位置，安抚他安静下来，威尔逊接下去讲道：

"情况就是那么简单。当时我的信已经不在原先的位置了。我注意到了，但没重视这个问题，我想是风吹到那边的。比尔森先生居然偷看别人的私人信件，这种事我可不敢想：他是位体面的先生，他的人品不至于如此。诸位容我冒昧地讲，我认为他那多余的两个字‘其实’恰恰说明了问题，可以归咎于他记忆力不好。我是世上唯一能一字不漏地把那段话光明正大地说清楚的人。我的话讲完了。”

世上再没哪一段话能像这样一段讲演具有很强的说服力，它让听众的思维一片混乱，彻底颠覆他们的信念，让对这种把戏以及雄辩的迷惑性还不精通的听众情绪激动起来。威尔逊获胜落座。全场潮水般的掌声和赞同他的话将他淹没了。朋友们蜂拥上前与他握手庆贺，比尔森让人喝到一边不许他讲一句话。主席又敲了敲小木槌，不停地大叫着：

“接着开会，先生们，接着开会！”

最后，终于肃静了下来，做帽子的匠人说：

“可除了把这些钱发给他以外，还有什么事要讨论呢，先生？”

许多人的声音：对呀！对呀！到前面去，威尔逊！

制帽匠：我为威尔逊先生欢呼三声，他是我们的美德标兵……

话还没说完，场内就爆发出一声声欢呼；在欢呼声中——也在小木槌敲击的噪声中——几个狂热分子把威尔逊抬上一个大个子的肩上，打算耀武扬威地把他抬到平台上去。这时主席抬高声音压过了嘈杂的喧闹声：

“肃静！回到自己位子上去！你们忘了还有一份文件没有念呢。”会场安静下来以后，他拿起那份文件，打算朗读，但又放下了，说道，“我忘了；我没有先读完所有的信件之前不能朗读这份文件。”他又从口袋中掏出一个信封，撕去封口，浏览了一下——吓了一跳——连忙拿远一点儿再仔细地瞧瞧——死盯着它。

二三十个声音高声叫喊起来：

“信里写了什么？念出来！念啊！”

于是他念了起来——语速低缓而迟疑地念道：

> 我给那个外乡人的忠告是——（话语声响起：“哇！这是怎么回事？”）——是：“你本性不坏。（人声鼎沸：“老天爷！”）走吧，重新做人吧。”（许多人的声音响起来：“哦，真叫人莫名其妙！”）

署名是银行家平克顿先生。

这时候的一阵肆无忌惮的狂笑简直要叫人忍不住想哭。有些人根本不在乎，心里一点儿都不难过，他们狂笑不止，眼泪都笑出来了；记者们，强忍着大笑的欲望，奋笔疾书，字迹潦草凌乱，世上再不会有人辨得出写了些什么；一只睡着的狗跳起来，看到这种场景惊恐不已，对着一片混乱大声狂吠。一片鼓噪声中满是各种各样的大叫大喊：“我们有钱了——有诚信如金的两个标兵了！——还不算比尔森！”“有三位！——算上‘大肚汉’——越多越好！”“好吧——比尔森当先！”“哎呀，可怜的威尔逊——让两个贼光顾过！”

一个强有力的声音：安静！主席从口袋里还掏出别的信来呢。

许多人的声音：万岁！是什么新鲜玩意儿吧？快念念！念

啊！念啊！

主席（朗读如下）：“我讲的忠告，”以及其他等等，“你本性不坏。走吧。”等等，等等。签名者是“格雷戈里·耶茨”。

狂风般的呼喊声：一共四位标兵了！耶茨万岁！再念一个！

这时场内满是高声的笑闹，看着眼前的情况，人们恨不得尽情取乐。那十九位要人中有几位面色苍白、垂头丧气，站起身开始向走廊一路挤出去，可是好几十个声音响起来：

“门口的人，门口的人——关上大门！这些诚信如金的家伙一个都不许放出去！坐下，每个人都坐下！”

该命令被执行了。

“再拿出来一封信吧！念啊！念啊！”

主席又掏出一封信，那些熟悉的字眼儿再次从他双唇中吐出来——“你本性不坏……”

“名字！名字！写信的是谁？”

“L. 英格尔德斯比·萨金特。”

“选出五位了！把标兵都堆在一起！接着念！接着念！”

“‘你本性不……’”

“名字！名字！”

“是尼古拉斯·惠特沃思。”

“万岁！万岁！今天真是标兵节啦！”

不知什么人拖着哭腔唱起歌来，他把这一句当歌词，按那段美妙的《天皇曲》里“当男人惧怕美人……”的调子唱起来，只省略了“今天”两个字。听众们也兴高采烈地跟着唱起来，而后，有人恰好及时地加上另一句：

你可别忘怀这一点……

全场人吼叫着合唱起来。立即又有人凑出了第三句：

哈德莱堡的名声真是牢不可破……

场内又合唱了一遍。当最后一个音符落地时，杰克·哈利迪那嘹亮的歌声响起来，他吐字清晰地送出歌曲结尾的一句：

标兵们就在我们眼前！

唱得热情奔放。而后心情愉快的人们又从首句开始把四句重唱了两遍，唱得韵律优美，气势十足，结尾还为“诚信如金的哈德莱堡，以及今夜找到的值得盖上质量合格的印章的标兵们”高呼万岁，喊了足足三三得九遍，还加喊了一声结尾。

而后，场上到处都有人冲主席喊起来：

“接下去！接着来！念啊！多念几封！把你收到的信都念出来。”

“对极了——接着念！我们要名垂青史了！”

这时有十几个人站起来表示不满。他们抱怨说这幕闹剧肯定是一个寡廉鲜耻的家伙的拙劣手段，是对全镇的侮辱。毋庸置疑这些签名都是伪造的……

“坐下！坐下！闭嘴！你们这是在坦白呢。你们的名字就快找到了。”

“主席先生，你收到几封信？”

主席数了一下。

“加上已经查对过的总共是十九封。”

嘲弄的掌声暴雨般响起。

“或许他们都知道那个秘密。建议您把所有信都念念，而且念出那一类句子后面附上的签名——也念念条子上最开头的五个字。”

“附议！”

人们吼声如雷通过了这个建议。这时可怜的老理查兹站起来，他的老妻站起来傍在他身侧。她的头低垂着，这样就不会有人看出她在哭。她丈夫把手臂伸给她，扶住她，他开始用颤抖的声音讲话：

“朋友们，我们夫妻俩——我和玛丽——这一辈子的事都在大家眼里，而且我觉得你们都喜欢也尊敬我们……”

主席插话道：

“请允许我插话。非常正确——您刚才说的都对，理查兹先生；这个镇确实了解你们夫妇，确实喜欢你们，确实尊敬你们，除此之外还有——这个镇以你们为荣并且热爱你们……”

哈利迪的声音又响起来：

“这事也有质量保证！如果认为主席是正确的，全场人都来说这句话。起立！现在，来，——嗨！嗨！嗨！——预备齐，全体起立！”

全场起立，热情洋溢地面对着这对老夫妇，大家抖动着手绢就如暴风雪在凌空飞舞，满怀爱心地喝彩。

主席接下来说：

“我要讲的是：我们了解你们心肠好，理查兹先生，不过现在不是向触犯众怒的人发慈悲的时候。（场中大叫着：“对！对！”）我能从您脸上看出您想说的话是因为厚道，可我不能允许您为这些人求情……”

“可我打算……”

“请落座，理查兹先生。我们必须检验剩下的几封信——这是为了对那些已经暴露了罪行的申请人公平起见。等我办完这件事——我发誓——一定听您说。”

许多人的声音：对！——主席说得对——走到这步田地了不能打断进程！接着念！——念名字！名字！——就按照刚才定的规矩念。

老夫妻俩不情愿地坐下了，丈夫小声对妻子说：“被迫留下实在是难熬，如果让他们发现我们只是打算给自己求情，我们就更难堪了。”

随着牧师念出那些署名，毫无顾忌的哄笑声再次轰响。

“‘你本性不坏……’署名是‘罗伯特·丁.蒂特马什’。

“‘你本性不坏……’署名是‘艾利法莱特·威克斯’。

“‘你本性不坏……’署名是‘奥斯卡·B. 怀尔德’。”

这时场内的人提议，由他们接手念最开头的这五个字。对这个建议，主席甚为感激。而后他只要顺次拣起一张信纸，等着，然后在场的人就会异口同声、有节奏地唱响那五个字，有如配乐诗朗诵（它和一首妇孺皆知的教堂赞美诗的曲调是那么地相似）："‘你——本——性——不——坏。’"而后主席说道："署名是‘阿奇博尔德·威尔考克斯。’"如此这般，一个名字接一个名字，除了那十九位可怜人以外，其他人的快乐心情有增无减。时不时地，当念到一个格外闪光耀目的名字时，场内就要求主席稍候，等他们从开头到结尾通篇吟唱一番，"堕入地狱或哈德莱堡——还是努力坠入地——啊——啊——狱为妙！"在这些比较特殊的情况下他们还会声势浩大、愁眉苦脸地加上一句冠冕堂皇、雄壮嘹亮的"阿——阿——阿——门！"

名单上的人越念越少，越念越少，越念越少。可怜的老理查兹一直不在其内，每当念到一个与他名字相似的名字时他总是瑟缩一下，在惊恐不安中等候那一时刻的来临，那时他才能获得一份可耻的权利和玛丽一起站起来讲完替自己辩护的话，他打算这样措辞："……以前从未做过什么错事，我们一直安分守己地过自己的日子，没有丢过脸。我们很贫苦，年纪大了，又没有一个孩子能帮助我们一下；这次我们没禁得起诱惑，失了本心。我上一次站起来目的是向大家坦白，并请求不要在这大庭广众面前念我们的名字，因为对我们来说实在无法承受它的打击，可是大家不容我忏悔，我们是罪有应得，该和其余人一起受煎熬。我心里真是很难受。这是我平生第一次听到人家说自己的名字——却让自己名誉尽毁。看在以往的分上——可怜可怜我们吧！请你们尽量慈悲为怀，别让我们太难堪。"他的白日梦做到这的时候，玛丽发觉他已心不在焉了，就用肘部推了推他，提醒他注意。这时，全场正在吟唱"你——本——性——"这类的词句。

“注意了，”玛丽轻声说道。“现在轮到你的名字了，他已经念过十八封信了。”

大合唱停住了。

“下一个！下一个！下一个！”的喊声从场内各个角落一齐迸发出来。

伯吉斯把手伸到口袋中。那对老夫妻颤巍巍地，准备站起来了。伯吉斯掏摸了一阵儿，说道：

“原来全都念完了。”

夫妻俩又惊又喜，眩晕无力地跌坐进椅子里，玛丽低语道：“哦，上帝保佑，我们得救了！——他把我们的那封弄丢了——这可是千金难买的好运气！”

屋里又哄唱起那支《天皇曲》改编的滑稽小调，他们唱了三遍，一遍比一遍卖力，唱到第三遍最末一句时喊道——

标兵们就在我们眼前！

唱完之后，又全体起立欢呼喝彩，而且加喊了一句为“哈德莱堡的纯洁和十八位流芳百世的标兵们”喝彩。

然后马具工匠温盖特站起来，提议为“镇里最清白的人，唯一没试图偷那笔钱的本镇要人——爱德华·理查兹”欢呼。

欢呼声里带着令人感动的无限热忱；而后有人提议应该选理查兹做那钱的唯一守护者，选他做哈德莱堡的神圣传统的标兵，他有资格、有权利昂然挺立，面对外界的尖酸刻薄。

这个提议被大家欢呼着通过了，而后人们又唱起那首《天皇曲》，结尾改成：

只剩一个标兵了！

稍停了一下，而后——

一个人的声音：那么，哎，谁该拿那麻袋钱呢？

皮匠（满口挖苦地）：太容易了。钱得给那十八位诚信如金的人平分。他们每人给那个穷困潦倒的外乡人二十美元——还都给了那番忠告——他们是轮流说的——大队人马说完这句话总共花了二十二分钟。在那个外乡人身上下注——总共三百六十美元。他们都只盼着收回本金——加上利息——利息是总共四万美元。

许多人的声音（嘲弄）：对啊！分份儿！分份儿！对穷人大方点儿！——别让他们等着啦！

主席：肃静！现在我奉上外乡人的剩下的文件。上面说："若没出现申请者（满场都是嘘声），我的愿望是打开麻袋把钱数清给镇里的要人，委托他们拿起这些钱（一片噢！噢！噢！），请他们以自己认为最恰当的方式维护和宣传贵镇如金玉般坚定的诚信美誉（喊声更多了）——他们的名字和他们的成就将为这个美誉增添光芒万丈的新光彩。"（听众起劲地鼓掌，充满嘲讽和不屑。）似乎就这些了。没有——底下还有一条附言：

附带说明——哈德莱堡的公民们：根本不存在那

番忠告——没人说过。（场中一片巨大轰动。）没有过什么接受过周济的外乡人，也没有什么二十美元的捐助，更没有为此说的感恩和赞美的话——这些全都是凭空编出来的。（又惊又喜之下嗡嗡哼哼的人声灌满了全场。）允许我讲讲自己的故事吧——只用一两句话就成。有一次我路过你们镇，无缘无故地被人羞辱了一番，受了很大委屈。要是别的人准会杀了镇上一两个家伙，也就心满意足，只当是清账了，可对我来说那样的报复微不足道，远远不够；因为死人感觉不到痛苦。而且我又不能杀了所有的人——何况，就算真能赶尽杀绝，我也不满意。我要毁掉这地方的每个男人，连同每个女人——而且毁的不是他们的身体或者他们的产业，而是毁掉他们的虚荣心——因为这才是意志薄弱的笨蛋们最脆弱的地方。为此我化装回到这儿研究你们。你们这群人轻易就能上钩。你们高尚的诚实名声很有年头了，当然会为此为傲——这个名声是你们宝藏里的珍品，爱如掌上明珠。我发现你们始终小心翼翼地时刻提防着让自己和孩子们远离诱惑，我就知道该怎么下手了。为什么这么说呢，你们这群头脑简单的家伙，你们所有脆弱的东西中最脆弱的就是从没经历过真正的磨炼。我制定方案，列出一份名单。我的计划是要败坏‘哈德莱堡诚信如金’的名声。我打算把几十个一辈子没撒过一句谎、没偷过一分钱的男女变成说谎的骗子和偷钱的贼。我怕的是古德森，他不是在哈德莱堡出生，也没在这儿成长。我唯恐在实施计划的时候，刚一把信放在你们眼前，你们就会暗自想，‘我们这些人里唯一能给一个穷鬼二十美元的人只能是古德森’——那你们就不会咬钩上当了。可是上帝带走了古德森，这样我知道自己安全了，于是挖好陷阱，下好钓饵。也有可能收到我伪造信的人不能全部落入我的圈套，不过只要我了解哈德莱堡的本性，大多数人都逃不出去。（人声嘈杂：“对——一个都没漏下。”）我相信这笔赌徒的钱他们宁可下手偷，也绝不会放过，这些面对诱惑却训练不得法的可怜虫。我盼着把你们的虚荣心永远、永远地粉碎，给哈德莱堡改个新名声——你们甩都甩不掉——传扬得远近皆知。如果我得手了，就把麻袋打开吧，并且招集哈德莱堡名誉宣传维护委员会会议吧。

狂风般的声音：打开！十八条好汉到前面去！召开宣传委员会！诚信如金的人们——往前走啊！”

主席把麻袋割开个大口子，拢起一把亮晶晶、黄澄澄的大硬币，晃了晃，仔细查看了一下说：

“朋友们，这不过是些镀金的铅饼罢了！”

听到这个消息，场内哗地爆出一阵兴高采烈的笑声，声音平息下去以后，皮匠叫起来：

“根据这件事目前的状况，威尔逊先生该当选传统宣传委员会主席。我提议他代表自己的伙伴走到前面来，接管这笔钱。”

上百个人的声音：威尔逊！威尔逊！威尔逊！讲演！讲演！

威尔逊（因为恼火，声音都颤抖了）：是你们让我说的，我要是说了粗话可绝不道歉，让那该死的钱见鬼去吧！

一个人的声音：哦，他还是浸礼会的教徒呢！”

又一个人的声音：还剩十七个标兵哪！站起来，绅士们，担负起这个重托吧！”

冷场了一会儿——可那些人没人响应。

马具商：主席先生，无论怎么说，好在这些大贵人里还剩下一个清白的人，他需要钱，也应该得到这笔钱。我提议您指定杰克·哈利迪把那麻袋镀金的二十美元一个的硬币拍卖掉，把得来的钱给真正应得的人——那位哈德莱堡乐于表彰的真正的骄傲——爱德华·理查兹。”

场内的人狂热地接受了这条建议，那条狗又凑起热闹来；做马具的率先从一美元开始报标，布里克斯顿的百姓和巴南来的与会代表起劲地争买着，每一次涨价人们都欢呼一声，随着时间一分钟一分钟地过去，场内的情绪越发高涨，喊价的人越来越胆大了，越来越果断了，价码由一美元涨到五美元，后来涨到十美元，而后二十,五十,一百，最后……

拍卖一开始，理查兹就心事重重地和妻子小声说：“哦玛丽，这怎么行？这——这——你明白，这是荣誉奖，用来奖励纯洁品格的，那么——那么——我们能让他们这么干吗？我是不是该站起来，再——哦玛丽，我们该怎么办？——你看我们该怎么办？——（哈利迪的声音在喊着：“有人喊价十五块！——十五块买这一麻袋！——二十块！——啊，谢谢！——三十块——再次感谢！三十块，三十块，三十块！——是不是有人叫四十块？——是四十块！别停啊，先生们，动起来！——五十块！谢谢，尊贵的阁下！涨到五十块，五十块，五十块啦！——七十块！——九十！——太棒了！——一百块！——再添点，再添点呀！——一百二十块——是一百四十！——您喊的恰是时候！一百五十块！——谢谢！二百五十块！……”）

“爱德华，这又是一个诱惑——我现在全身都抖成一团了——不过，哦，我们刚逃过一个诱惑，该警惕——（“是不是有人叫六百？——谢谢！六百五，六百八——七百块！”）不过，爱德华，想想看——没人猜得到——（“八百块美元！——万岁！——涨到九百吧！——帕森先生，我是不是听您说——谢谢——九百！——这袋子宝贵的纯铅只作价九百块就要成交了，连镀的金在内通通算上——咳！我是不是听到叫一千块了！——太感谢您了！——有人叫一千一的吗？——这袋子铅将来要名扬整个世……”）“哦，爱德华，”（她开始抽泣起来），“我们这么穷！——可是——可是——你看着该怎么办就怎么办吧——该怎么办就怎么办吧。”

爱德华屈服了，就是说，他坐着没动，坐在那儿良心稍有点儿不安，可周围的一切让良心做不了主。

这时候一个外乡人站起来，他看起来像个业余侦探，打扮成个似像非像的英国伯爵模样，他始终关注着这一晚整个事情的经过，显然兴致不浅，脸上露出一副满意的神色；与此同时，他一直暗自评论着。这时他心里的独白大体是这样的意思：“那十八位没一个喊价的；这可不过瘾，我得改改这个局面——戏剧上的三一律[1]要求统一，他们得自己掏钱把这袋子打算偷走的钱买下来，他们还得出个大价钱——这些人里有几个挺有钱的。还有件事，我在估计哈德莱堡人的本性时有点失误，让我失误的那个人该得到巨额奖励，得有人出这笔钱。这位穷老汉理查兹让我的判断大失水准，丢了面子，他是个诚实人——我想不通是怎么回事，可我得承认这一点。是的，瞧我摊出一对二，他就摊出同花顺，照规矩他该得到这笔赌码。若我办得到的话，这笔赌码还只是头彩。他让我失望了，不过这事就不提了。”

他关注投标的情况。涨到一千块的时候，行情暴跌，喊价的涨幅迅速降了下来。他严阵以待——仍旧关注着。一个夺标的人退出了；然后又是一个，又是一个。这时他喊了一两次价。当出价变成十块一涨的时候，他加了五块，有人在他喊价上又加三块，他等了会儿，然后突然抬了五十块，以一千二百八十二块美元的价钱——买下了这袋子东西。场上欢声雷动——然后停下来，因为他站起来，还举起一只手。他开口讲话了。

“我想说句话，请诸位帮个忙。我是个珍奇物品的专卖商，跟世界各地的钱币爱好者打过交道。今天我买走这袋东西，原封不动就可以稳赚一笔。如果能征得诸位的同意，我就有办法让这些面值二十美元的铅饼每一块都能卖到面值上

① 戏剧上要求时间、地点、情节一致。

的钱，或许还能多点儿。只要诸位同意我的主意，我会把收益的钱分一部分给你们的理查兹先生，他牢不可破的诚实品质在今夜得到了大家公正热情地认可。分给他的那份将是一万美元，明天我会把钱交给他。（场内响起热烈掌声。可那句“牢不可破的诚实品质”让理查兹夫妇面红耳赤，然而，大伙儿认定那是谦虚所致，所以没露破绽。）如果绝大多数人同意我的建议的话——我希望有三分之二的人支持我——我会视作这个镇赞同我的建议，这就是我想请诸位帮的忙。珍奇物品上要是有足以诱发好奇、又让人不得不注意的花纹就能让它身价猛增。现在如果我可以取得诸位的同意在每一个假币表面铸上这十八位先生的名字的话，他们……”

听众们十有八九都一下子站起来了——连人带狗——这个建议在一阵旋风般的表示同意的掌声与笑声中予以通过了。

人们坐下来，除了克莱·哈克尼斯“博士”以外所有的标兵都站起身强烈反对这个无法无天的提议，还威胁说要如何如何。

“我求你们别威胁我，”外乡人心平气和地说，“我知道自己的合法权益，向来不怕人吓唬。”（一片掌声。）他坐下来。哈克尼斯“博士”瞧出这是个好机会。他是当地最阔气的两个人之一，另一个是平克顿。哈克尼斯家资巨万，如同开了一家造币厂，因为他专卖一种市面流行的专利药品。他由一个党提了名正在参加议会竞选，而平克顿正是另一个党提名的候选人。两个人势均力敌，竞争激烈，而且日益白热化。两人都对钱胃口很大，各自都购买一大块地，各有各的企图。当地将修建一条新铁路，他俩都打算钻进议会，以便划定对自己有利的路线，多一票兴许就能决定胜败，而且会因此发两三笔财。这个赌注相当大，可哈克尼斯是个有胆量的投机商。他的座位紧挨着那外乡人。当其他品德标兵们提出抗议、大声疾呼，给场上的人们添笑料的时候，他却歪过身去，小声问道：

“那袋东西你出什么价儿？”

“四万美元。”

“给你两万。”

“不行。”

“两万五。”

“不行。”

“干脆三万吧。”

“价码是四万，一个子儿也不能少。”

“好吧，成交。早上十点我到旅馆。我不想让人知道这事，只和你一个人见面。”

“好极了。”而后外乡人站起身，对听众说：

“我看现在不早了。这些先生所说的并非全无价值，并非全无趣味，并非全无体面。如果诸位不见怪的话，我要退场了。承蒙诸位同意，帮了我大忙，在此我表示感谢。请主席代我看管这袋东西，我明天来取，三张五百美元的钞票请您转交理查兹先生。”钱传给了主席。“九点钟我来取麻袋，十一点时把一万美元的尾款面交理查兹先生。晚安！”

之后他偷偷溜了出去，观众们还留在场内大喊大叫，嘈杂的声响中掺杂着欢呼声、《天皇曲》、狗的抗议，和“你——哦——哦——本性——不坏——啊——啊——阿门！”的吟唱。

四

回到家，理查兹夫妇不得不忍受着无休止的祝贺与赞美，直到深夜时分。后来只剩老夫妻两人了。他们脸上流露着哀伤，坐在那儿一声不吭想心事。最后玛丽叹了口气说道：

“你认为这能怪我们吗，爱德华——当真怪我们吗？”她的眼光转过去望着桌上平躺着的、兴师问罪的三张大钞票，那些致贺的人刚在那儿羡慕地端详它们，钦佩地触摸它们呢。爱德华没有马上作答，他吐出一声叹息，迟迟疑疑地说：

“我们——我们对此无能为力，玛丽。这——唉，这是命中注定的。世上的事都是命中注定的。”

玛丽抬眼定定地注视着他，可他没回头看她。随后她说：

“以前我总觉得贺词和赞美总是滋味挺好。可是——我现在觉得好像——爱德华？”

“唔？”

“你还打算留在银行里干吗？”

“不……不干了。”

“想辞职了？”

“早上——写封信去。”

“也许这样做最妥当了。”

理查兹双手捧着头，低声嘟囔着说：

“以往人家的钱像海水似的从我手里流进流出，我心里一点都不慌，可——玛丽，我真累啊，累极了……”

“我们睡吧。”

清晨九点，外乡人去取那袋东西，叫辆出租车运回旅馆。十点哈克尼斯与他私下会谈。那外乡人索取了五张由一家大都会银行承兑的支票——都是开给“持票人”的——面值一千五百美元的共有四张，三万四千美元的一张。他把一张面值一千五百美元的支票收进衣袋，把剩下的价值三万八千五百美元的支票放进一个信封，又把在哈尼克斯走后写的一张字条附在信封里。十一点钟，他拜访了理查兹先生住所，敲响大门。理查兹太太从百叶窗缝里偷偷看了一眼，而后走出去收下信封，那外乡人一言未发就走了。她满脸通红地跑回来，脚步有些蹒跚，气喘吁吁地说：

“我认出他了，我有把握！昨天晚上我就觉得仿佛在什么地方见到过这个人。”

“他就是把那个麻袋运到这里来的人吗？”

“大致就是他。”

“那他显然就是那个史蒂文逊，他用假造的秘密把镇上所有重要人物都出卖了。现在如果他带来的是支票，不是现金，我们也会上当的，我们原来还以为逃过这一劫了呢。经过一夜的休息，我原本还踏实了一点，可看到那个信封的样子又让我浑身不舒服。它不够厚，哪怕用票面最大的钞票凑足八千五百美元也装得比这里面的厚。”

“爱德华，你干吗不愿意要支票？”

“由史蒂文逊签署的支票！这八千五百块钱如果全是现金的话我还能勉强收下——因为这好像的确是命中注定的，

玛丽——可我的胆量从来就不大，我可没胆量拿一张签着那个晦气名字的支票去兑现。这肯定是个陷阱。那个人当初就企图让我上当；我们好歹总算逃过了；现在又来谋算我了。如果真是支票……”

“哦，爱德华，糟透了！”她拾起支票哭起来。

“把它们扔到火里！快点儿！我们再不能受诱惑了。这个骗局会让我们也和其余人一样受世人嘲笑，咳——给我，你干不了这一手！”他夺过支票打算抓得紧紧的，赶快送到火炉里去；可他毕竟是个凡人，又是个出纳员，于是他停了一下去辨认签名，这一看他都快晕过去了。

“给我透透气，玛丽，透透气！这简直就是真金呀！”

“哦，真是棒极了，爱德华，怎么会这样？”

“签字是哈克尼斯的。真让人猜不透啊，玛丽？”

“爱德华，你是不是认为……”

“瞧这儿——瞧瞧这个！一千五——一千五——一千五——三万四。三万八千五百美金！玛丽，那袋子东西连十二块钱都不值，可哈克尼斯——显然——是按铅饼的面值付给我们的。”

“难道说这些全是给我们的吗——不只是那一万块钱？”

“唔，好像是这样的。何况支票还是‘见票即兑’的。”

“这有什么好处吗，爱德华？这是怎么回事？”

“我估计是暗示我们到远处什么银行去提取现款。可能是哈克尼斯不希望这事传出去。那是什么——一张字条吗？”

“对。和支票放在一块儿的。”

笔迹是“史蒂文逊”的，可没署名。信上说：

我失算了。您的诚实品质不受任何诱惑的侵害。对此我的看法原本不同，可是我原来的估计冤枉了您，我请求您原谅，这是真心话。我敬佩您的为人——这一点同样发自肺腑。这个镇的风气连您的袍子边都够不着。亲爱的先生，我跟自己规规矩矩地打过赌，赌的是能把你们这座自命不凡的镇子里的十九个人可以被诱惑着堕落。我失算了。请您把赌注都拿去吧，这是您理所应得的。

理查兹深深叹息一声，说道：

“这封信简直是用火写成的——那么烫人呀。玛丽——我又难受起来了。”

“我也是。啊，亲爱的，我盼着是……”

“想想看，玛丽——他这么信任我们。”

“假如说，我们对这些美丽的词句受之无愧，玛丽——上帝知道我从前自信自己是真的受之无愧哩——我想我宁愿交出这四万美元去换这些赞美。那我就把这封信放起来，把它看作比黄金珠宝还要珍贵的东西永远珍藏。可现在——有它在指责着我们，我们没法活在它的阴影里，玛丽。”

他把信投进火里。

有个邮递员来了，送来一封信。

理查兹从中取出一页字条，念起来，信是伯吉斯写来的。

您在我落难的时候救过我。昨夜我就挽救了您。挽救的代价是谎言，可我情愿做出牺牲，而且出于感激之心。这个镇上没人比我更了解您的为人是多么勇敢，多么仁慈，多么高尚。内心里您不可能尊敬我，因为您知道旁人众口一词给我定了罪名的那件事。可我请求您相信至少我还是个知恩图报的人，这样我在忍受苦痛的时候会好一点。

伯吉斯（签名）

“我们又得救了。而且条件这么公道！”他把信扔进火里。“我——我宁愿死掉，玛丽，我宁愿摆脱这一切。”

“哦，这日子太苦了啊，真苦啊，爱德华。这一刀一刀的零割碎剐一样地疼啊，偏偏又是他们宽大为怀——来得还那么快！”

选举前三天，两千名选民每人都突然得到一枚宝贵的纪念品——那些闻名天下的伪造双头鹰金币之一。金币一面上一圈印着这样一句：**我对那个落魄的外乡人说的忠告是——**；另一面一圈印着：**走吧，重新做人吧。**（签名）**平克顿**。这样，那幕滑稽戏剩余的垃圾就全扣到一个人头上了，后果惨重。这使前不久那番哄堂大笑又一次爆发出来，而且嘲笑集中指向平克顿，于是哈克尼斯轻易获胜当选。

理查兹夫妇收到支票后二十四小时内，他们的良心渐渐平静下来，只是有些沮丧而已，老夫妇正学着对自己所犯的罪行心安理得。可他们还有一点尚待提高，那就是当罪行似乎还有机会叫人发现的时候，就会引起崭新的、真正的恐怖情绪。这样一来，他们的恐怖情绪就呈现出全新的样态，非常具体、不可轻忽地表现出来。教堂里的早礼拜仍和往常是一样程序，他们听过一千遍了，早觉得那都是些空话，毫无意义，听着引人瞌睡。可现在全变了：布道词好像处处带刺儿，指责他们；好像是特别针对那些隐瞒了重大罪恶的人。做完礼拜他们尽快摆脱开贺客，跑回家去，只觉浑身冰冷刺骨，也不知为了什么——只是模模糊糊、隐隐约约的、难以名状的恐惧。碰巧伯吉斯先生拐过街角的时候，他们又瞥见他一眼。他们冲他点头打招呼，他却置之不理！其实伯吉斯是没瞧见他们，可他们并不知道。那么他这么做意味着什么？可能是指——可能意味着——哦，足有十几种可怕的可能。是不是他知道了理查兹当初本可以帮他洗清罪名，所以不动声色地等待报复的时机呢？回到家，他们心情沉重，开始想象在理查兹向妻子吐露那个秘密时，他们的用人可能在隔壁听到了他知道伯吉斯无辜的那件事；而后理查兹开始幻想他那时的确曾听到有衣服的窸窸窣窣的摩擦响动；再后来，他就确信自己真的听到响动了。他们打算找借口把莎拉叫来，察言观色：如果她出卖过这个秘密，脸色上肯定能显露出来。他们问了她几个问题——这几个问题漫无边际、东拉西扯，似乎毫无目的，弄得那姑娘觉得肯定是这对老人由于突然交了好运，头脑有点儿反常了。他们目光严厉而专注地盯着她，把她吓坏了，结果弄假成真了。她面红耳赤，精神紧张而且思路混乱，在那对老人眼里这些显然都是做贼心虚的表现——她肯定犯了这样或那样的令人恐怖的罪行——毫无疑问她是个间谍，是个奸细。把莎拉打发走以后，他们开始把这些毫无关系的事件牵扯到一起，在牵强附会中得出一个可怕的结论。后来他们认为事态已经极为严重的时候，理查兹突然倒吸一口冷气，他妻子问道："哦，怎么回事？怎么回事？"

"那封信——伯吉斯写的信！信上的话都是挖苦人的，我现在明白了。"他复述着信里的句子："内心里您不可能尊敬我，因为您知道旁人众口一词给我定了罪名的那件事——哦，事情已经十分明白了，啊，上帝保佑我吧！他清楚我明白！你瞧他措辞多巧妙。这是个圈套——我像个傻瓜似的，偏偏钻进去了。玛丽……"

"哦，这太糟了——我明白你想说什么——你写的那份假证词他可没交还给你。"

"没还——他留着这个把柄好毁掉我们。玛丽，他肯定已经把我的秘密泄露给什么人了。我知道——我很清楚。做完礼拜后，我从许多人脸上都瞧出来了。啊，我们跟他打招呼，他不理睬我们——他耍了什么花招自己清楚！"

那天晚上医生被请来了。第二天早晨消息就四处传开了：这对老夫妇病得很厉害——据医生说是由于意外发横财兴奋过度，加上大家都来道喜，夜里睡得太晚，结果被拖垮了。镇上的人都真心地替他们难过，因为现在大家能引以为荣的大概只剩这对老夫妇了。

两天后，消息更糟了。老夫妻已经神志不清，尽做些怪事。护士们亲眼见到，理查兹摆出几张支票——是八千五百块钱吗？不——数目惊人——是三万八千五百美元！这笔巨大的财运该怎么解释呢?

第二天护士们又传了新消息——消息很怪。她们本来商量好了把支票藏起来，以免发生意外，可当她们去寻这些支票的时候，支票已不在病人枕头下面——无影无踪了。病人说：

“别动我的枕头！你们找什么？”

“我们觉得最好把支票……”

“你们再也见不到这几张支票了，已经销毁了。它们是地狱来的，我瞧见上面盖着地狱的大印，我知道这是送来骗我犯罪的。”而后他又唠唠叨叨地说些稀奇古怪、阴森可怕的话，叫人不大听得懂，医生劝他们不要让人知道。

理查兹说的是真话，没人再见到那几张支票。

肯定是有个护士说梦话走漏了消息，因为不到两天那些不许外传的呓语就已经传得满城风雨了。那些话都很令人惊诧，似乎是说理查兹自己也曾申请过那袋东西，伯吉斯隐瞒了这一真相，后来又恶意地泄露出来。

伯吉斯为此受到指责，他坚决否认了。而且他说这么重视一个精神错乱的老头儿的胡言乱语是不公平的。然而怀疑仍然存在，人们议论纷纷。

一两天后，传闻理查兹太太昏迷中说的话渐渐与她丈夫雷同起来。这时候人们的怀疑更加强烈甚至变为确信无疑，全镇对这位唯一不曾丢脸的重要镇民的纯洁而感到自豪的心理也就随之暗淡下来，像烛火一闪一闪，终致熄灭。

六天过去了，又来了更多消息。老夫妻俩快不行了。理查兹临终之际，突然清醒过来，叫人请来伯吉斯。伯吉斯说：

“请诸位离开！我想他希望说点儿心里话。”

“不！”理查兹说，“我要有人做证。我要大家听我坦白，这样我会像一个人那样死去，而不是像只狗。我本来是清白的——伪造的清白——和其他人一样，我也和其他人一样，碰到诱惑时就摔跟头了。我在一份谎言上签了名，申请那个可恶的口袋。伯吉斯先生记得我帮过他一个忙，为了报恩（也许是因为他糊涂）他瞒下我的申请，救了我。大家都知道许多年前怪罪伯吉斯的那件事。我的证词，也只需我的证明，就可以洗刷他的罪名，可我是个胆小鬼，让他遭受这种不白之冤……”

“不——不是的——理查兹先生，你……”

“是我的女佣把这个秘密泄露给他……”

“没人向我泄露什么话……”

“而后做了一件自然而且合乎情理的事，他懊悔不该救我，就把我的事揭穿了——这是我罪有应得……”

“从来没有！——我发誓……”

“我发自内心原谅他。”

伯吉斯动情的辩解他是一句也听不见了，他逝世了却不知道自己又做了一桩对不起可怜的伯吉斯的事。他的老妻那一夜也死了。

那神圣的十九位要人中最后一位也做了那个有如恶魔般残忍的钱袋的牺牲品，小镇世代光荣的最后一块遮羞布也被剥掉了。它的哀悼并不显眼，但是非常深切。

由于大家的祈求与请愿给哈德莱堡改名——州议会通过了这一申请——哈德莱堡获准改名（别管叫什么吧——我绝不泄

露秘密)，而且从世世代代刻在小镇官印上、为小镇增光的那句格言中删去了一个字。

它又是一个诚实的镇子了，而且哪个人要想再抓住它打瞌睡的茬子的话，只有起个大早才行。

出 品 人：许　永
出版统筹：林园林
责任编辑：许宗华
特邀编辑：林园林
装帧设计：海　云
印制总监：蒋　波
发行总监：田峰峥

投稿信箱：cmsdbj@163.com
发　　行：北京创美汇品图书有限公司
发行热线：010-59799930

创美工厂
微信公众平台

创美工厂
官方微博